고바야시 다키지 평전

21세기는 어떻게 살아야 하는가

KOBAYASHI TAKIJI: 21 SEIKI NI DOU YOMUKA

by Norma Field

First published 2009 by Iwanami Shoten, Publishers, Tokyo.

This Korean edition published 2018

by Silcheon Munhak Publishing, Seoul

by arrangement with the proprietor c/o Iwanami Shoten, Publishers, Tokyo

through EntersKorea Co., Ltd., Seoul.

小林多喜二

고바야시 다키지 평전

노마 필드 지음

21세기는 어떻게 살아야 하는가

차례

프롤로그 - 다키지 선생님께

'이웃집 오빠'

다키지 선생님.

이렇게 당신의 이름을 부르면, 홋카이도나 도호쿠 지역에서 흔히 들을 수 있는 특유의 억양도 함께 전달되는지요. 예를 들면 당신이 오타루칫코역 근처에 살던 시절, 이웃이던 하쓰코 씨(당신이 한때 수학 과외를 해 주었던, 그리고 저 또한 몇 년 전 오타루에서 1년간 지내며 알고 지냈던 가미야마(결혼 전 성은 누노카와 하쓰코 씨)가 발음하던 것처럼, '다'에 악센트가 가지 않고 '키'와 '지'가 올라가는 부드러운 억양 말입니다. 그렇지만 이 세상을 떠난 지 70년도 지난 당신 이야기를 할 때마다 하쓰코 씨는 도리어 '오빠' 혹은 '이웃 오빠'라고 불렀습니다. "그 정 많던 오빠가 어떻게 그런 식으로 죽을 수 있었을까?"라는 식으로요.

하쓰코 씨도 작년(2007년)에 타계하였습니다. 향년 97세. 크리스천이던 그녀는 교회에서 이야기할 때마다 당신이 흘린 피를 그리스도가 흘린 피에 빗대어 얘기하곤 했다고 말해 주었습니다.

생각해 보면 "어떻게 그런 식으로 죽을 수 있었을까?"라는 말은 조금 독특한 표현 아닐까요? 마치 어떻게 죽느냐, 아니 어떻게 살해당하느냐에도 각각의 자격이 있다는 듯 들립니다. "다키지 씨는 자기 자신을 위해 그런 일들을 한 게 아니니까." 그리스도는 죄인을 위해 목숨을 바쳤고, 다키지 씨는 가난한 이들을 위해 그런 것이라고, 하쓰코 씨는 설명했습니다.

당신의 어머니에 대해 이야기한 미우라 아야코 씨의 『어머니』의 발상에서 비롯된 것인지는 잘 모르겠습니다. 어쨌든 하쓰코 씨가 그렇게 확신하고 있던 것은 분명합니다. 특히나 자각적으로 살아온 사람이니까요. 그녀는 매일 밤, 불을 끄고 1시간 혹은 1시간 반씩 기도를 했습니다. 지나온 하루를 돌아보고, 다음 날을 더 잘 살아가기 위해 신의 가르침을 얻고자 하는 기도였습니다. 오랜 세월 이어 온 신과의 대화와 미용사로서 쌓아 온 경력 덕일까요. 하쓰코 씨는 독자적인 발상과 언어를 지닌 사람이었습니다. 노후 생활을 보낸 언덕 위의 집에 대해서는 "여기는 바닷바람과 산바람과 나무바람이 하나가 되는 곳이니, 세상에서 제일 좋은 곳"이라 이야기했습니다. 저와 처음 만났을 때에는 손을 내밀고 "친하게 지내요."라고 말하던 사람이었습니다.

돌아온 수채화

그러한 하쓰코 씨의 생애가 끝을 향할 때쯤, 당신은 석 점의 수채화로 그 곁에 돌아왔습니다. 당신이 오타루 고등상업학교 입시를 준비할 때, 누노카와 하쓰코 씨의 어머니가 다다미 여덟 평 공간을 공부방으로 쓰라 내주었지요. 당시 하쓰코 씨는 넉넉한 운송점 따님이었습니다. 그 후의 삶에는 산더미 같은 고생이 그녀를 기다리고 있었지만……. 당신의 어머니 세키 씨와 가깝게 지내던 누노카와 씨는 당신의 집이 좁다는 것을 알고 그리 제안했던 것이겠지요(하쓰코 씨는 고바야시 일가에 대해 "훌륭한 가난뱅이였어요."라고 평했습니다). 입시를 무사히 마친 당신은 '감사의 표시'로 두 장의(한 장은 앞뒤로 풍경과 정물이 그려진) 수채화를 선물했다 합니다. "오빠다워요. 화가도 아니면서 말이에요." 오타루 상업학교 시절부터 그림에 푹 빠져 있었지만, 학비를 대주는 큰아버지의 반대에 단념했다고 하지요.

누노카와 가족은 당신의 그림을 한동안 둥글게 말아 서랍에 넣어 두었다고 합니다. 그러다가 어느 날 아버지가 그렇게 두면 아깝다며, 친분이 있는 액자 가게에 부탁해 액자에 넣었습니다. 액자 가게는 두 장의 그림에 그린 사람과 소장자의 이름을 적어 쇼윈도에 걸어 두었다고 하지요. 그때 고등경찰이 나타난 것입니다. 아마추어가 그린 수채화에 '고바야시 다키지'라는 이름이 적혀있다고 고등경찰이 등장했다는 것은, 이미 당신이 프롤레타리아 작가로 알려진 상태기 때문이겠지요. 아니, 그 정도가 아니었습니다. 하쓰코 씨 기억에 의하면 1935년의 일로, 당신은 2년 전에 죽은 상태니까요.

하쓰코 씨의 아버지는 어째서 그 시기에 당신의 그림을 둥글게 말아 두는 것이 '아깝다.'라고 느낀 것일까요. 과거, 가까이 지내던 가난뱅이 청년이 노력 끝에 성공했다는 소박한 생각에서였을까요. 당신이 어떻게 경찰에 잡힌 건지 알고 있었다면, 당신과 어떤 사이인지 공개적으로 드러내지는 않았을 텐데요. 그렇지만 저의 노트를 다시 읽어 보니 하쓰코 씨는 오빠가 나쁜 짓을 한다고 생각한 적은 한 번도 없으며, 부모님도 똑같이 생각했다고 딱 잘라 말하고 있었습니다.

어쨌든 고등경찰은 매일 운송점에 찾아왔다고 합니다. "아침부터 와서 눌러앉아가지곤 가게에 오는 사람들을 다 조사했었지. 게다가 당연히 점심까지 차려 줘야 한단 표정으로 말야!" 단단히 질린 하쓰코 씨의 아버지는 친구인 오타로 마이니치신문 사장에게 그림을 맡겼습니다. 그 다음부터 그 그림이 어떻게 태평양전쟁과 전후의 혼란 틈에 살아남았는지, 구체적으로는 알 수 없었습니다. 생각해 봅니다. 당신과 관여된 것만으로도 위험하던 시절, 편지나 원고를 숨겨 준 사람들은 용기가 있었기 때문이 아니라 당신에 대해 상당한 애정을 품고 있었기 때문은 아니었을까 하고요.

결국 석 점의 그림은 일본공산당 간부인 고바야시 에이조 씨의 손에 넘겨져 계속 보관되었습니다. 그는 상임간부회 위원직에서 은퇴할 때, 그 그림을 시립 오타루 문학관에 기증하기 위해 정말 당신의 그림이 맞는지 확인해 보려 했습니다. 그도 그럴 것이 당신은 서명도 하지 않고 누노카와 가족에게 그림을 선물했으니까요. 확인 차 수소문을 하던 우시쿠보 다테오 씨가 『느티나무 통신』(2005년 5월호)에 보고한 대로, 그 시점(1999년)에 그림을 그린 게 누군지 확인해 줄 수 있는 것은 하쓰코 씨뿐이었습니다. 젊은 시절에 남편과 사별하고, 고생 끝에 재혼하여 성씨도 바뀐 하쓰코 씨를 찾아낸 것은 기적과도 같은 일이었습니다. 그것은 하

다키지가 누노카와 가족에게 선물한 수채화 한 장. 오타루 오쇼로 만의 풍격을 그린 것으로 추정된다. (시립 오타루 문학관 소장)

쓰코 씨 입장에서도 생각지도 못하던 기쁨이었다 합니다. "오빠의 그림이 제 발로 오타로에 돌아왔다!"라고, 사오 년이 흐른 후에도 그 이야기를 할 때면 목소리에 생기가 돌았습니다.

미용사의 삶을 살아온 하쓰코 씨는…

'이웃집 오빠'가 하쓰코 씨의 의식 속에서 사라졌다가 돌아올 때까지 걸린 긴 세월 동안, 그녀는 고바야시 다키지에 대해 생각할 일이 없었다 합니다. 그도 그럴 테지요. 아가씨처럼 살다 은행원의 부인이 된 그녀는, 먼저 세상을 떠난 남편과의 약속대로 세 명의 아이들을 스스로의 힘으로 키워 내기 위해 아버지의 반대를 무릅쓰고 미용사 자격을 따냅니다. 그러나 이 또한 새로운 고생의 시작일 뿐이었습니다. 전시 중 재혼을 하고 농촌으로 이주했는데, 전성기의 오타루(여섯 살 위인 당신이 잘 아는 오타루)에서 자란 도시 여자 하쓰코 씨에게는 굉장한 컬처 쇼크였을 것입니다. 그렇지만 하쓰코 씨는 8월 15일에도 "손님을 위해 오늘도 파마를 할 수 있어!"라고 하며, 자식들을 업고 홋카이도 대학에 다녔고 콜드파마 기술도 배웠습니다. 미용사로 일하며 아이 다섯을 다 키워 내고, 두 번째 남편의 간병도 하고 손주들도 성년을 맞이할 만큼 다 자랐을 때 당신이 나타난 것입니다.

언젠가 하쓰코 씨가 '보물'을 보여준 적이 있습니다. 매화 빗과 철로 된 파마 도구, 그리고 가위였습니다. 그녀는 왜 이 물건들을 보물이라 했을까요. 아무런 고생도 해 보지 않았던 자신이, 이 도구들을 통해 많은 사람들의 인생과 만났기 때문입니다. 어느 날은 흰 종이 한 장을 꺼내 매화 빗을 그 위에 세워 보였습니다. 양쪽 모서리에 비해 가운데 부분의 이가 닳아 종이에 닿지 않았습니다. 그만큼 머리를 빗어온 것입니다. 참고로 설명하자면 옛날에 당신이 수학을 가르치던 시절 '귀엽지 않게' 그렸던 하쓰코 씨의 머리는 90년대 중반이던 그때에도 항상 깔끔하게 정돈되어 있었습니다. "있지, 여자는 나이가 몇이든 단장을 해야 해."라고 이야기했었습니다.

그런 하쓰코 씨가 70년이나 지나 재회한 고바야시 다키지에게 깊은 애정을 보여 주었습니다. 장편 다큐멘터리 영화 『시대를 쏴라, 다키지』(2005년)에 등장해 잊기 힘든 한 마디를 남긴 것입니다. "파리 한 마리도 죽이지 못하는 다키지 오빠에게 그런 짓을 저지른 사람은 어떻게 안 되나요?"라고 말입니다. 카메라 앞에서 내심 이상하단 투로 이야기했습니다. '나만이 할 수 있는 이야기, 다들 생각하면서도 말 못하는 이야기.'라는 것이 그녀의 생활 속에서 느껴졌습니다. 그렇기에 그녀는 '이 말을 한 것은 저세상 갈 때 가져갈 선물'이라 생각하고 있었겠지요.

다키지 선생님. 낡은 매화 빗을 소중히 아껴온 하쓰코 씨는 아주 오래 전에 이미 살해당한 '이웃집 오빠'에게 마음을 보여줄 줄 아는 사람이었습니다. 이 일화는 당신이 어떤 위치에 선 존재일까를 정의할 때 중요한 힌트가 되지 않을까요. 즉 당신을 이해하기 위해서, 어떤 사람들이 어떤 시대 속에서 당신을 아껴왔는지에 대해서 잊어선 안 된다 생각합니다.

어째서 이 시대에 고바야시 다키지일까?

오타루로 돌아온 그림은 시립 문학관에서 만나볼 수 있습니다. 문학관에서 당신이 차지하는 위치는 엄청납니다. '운동'이나 '노동'이란 말이 거의 사어가 된 지 오래인 이 시대에도, 역시 오타루에서는 당신이 계속 시민권을 가지고 있는 모양입니다. 그렇지만 문학관에 함께 있는 다른 오타루 출신의 문학자들, 예를 들면 이토 세이라든지 프롤레타리아 시인이었던 오구마 히데오조차도 당신과는 꽤나 다른 존재입니다. 그들의 전시는 누구든 가볍게 볼 수 있습니다. 그렇지만 당신의 코너는 다가서기 어려운 영웅이라는 점과 고문을 당해 죽었다는 꺼림칙함까지 더해져, 전혀 다른 느낌입니다. 게다가 일반적으로 고바야시 다키지는 잊혀진 존재지요. 그렇습니다. 30년 이후, 특히 소련이 붕괴된 후부터 당신의 이름은 무관심 혹은 신경 쓰면 안 되는 존재로 다루어졌고 혹은 혐오를 불러일으키는 대상이 되어 있었습니다.

이러한 상황에 대해 저 스스로도 꽤나 고민을 해 왔습니다. '어째서 이 시대에 고바야시 다키지일까?' 라는 의문이, 말로 나오진 않더라도 사람들의 목소리나 얼굴 표정에서 읽히는 것입니다. 여기에 그럴싸한 대답이 나오지 못한 것은 제 역량 문제겠지만 시대의 흐름 탓도 있다는 것을 요즘 들어 통감하는 중입니다. 이는 지금까지와는 반대로, 당신을 향한 무관심이 관심으로 전환되는 시점을 맞이했기 때문입니다.

글로벌리제이션이라 불리는 자본의 형태(세계화는 자본의 본질이니 엄밀히 새로운 현상은 아니지만)에 적응하기 위한 것이라는 말과 함께, 반복적으로 규제 완화를 행해 온 일본의 지도자들이 만들어 낸 사회는 지금은 당신의 대표작이 된 『게잡이 공선』의 세계를 방불케 합니다. 그리고 특히나 비정규직의 젊은이들이 처음에는 만화로, 더 나아가서는 당신의 원작을 만나는 방식으로 고바야시 다키지의 세계에 접근하고 있습니다. 이러한 만남이 반드시 보증되었다고 보기는 어렵습니다. 그렇지만 역사란 그런 것이겠지요. 필연과 우연의 만남이라 표현해도 좋을까요. 그렇기에 어째서 '고바야시 다키지'가 압도적 다수에게는 잊혀져 마땅한, 지루한 혹은 지긋지긋한 존재가 되었는지 제 나름 돌아보고 싶었습니다.

당파성, 정치와 문학

먼저 그 어떤 것보다도 정치 이야기를 하지 않을 수 없겠지요. 일단은 당파성과 정치와 문학으로 나눠 생각해 보겠습니다. 결국은 다 같은 이야기지만요. 당파성에서 시작을 해 보자면 어떤 사람들에게는 당신이 전전(戰前)의 비합법 일본 공산당원이었다는 것 자체가 문제일 테지요. 그리고 그런 사람들에게 더 큰 장애물은 그 당이 아직까지도 존재한다는 것일 터입니다. 소련 붕괴 후, 유럽의 당들처럼 당명을 현명하게 '사회'나 '민주'를 조합한 형태로 변경하지 않았으니까요. 만약 당신이 죽지 않고 계속 살아 있었더라면 쭉 당원이었을지 어떨지는 제쳐두고, 매년 의석수를 잃어가면서도 실재하는 당이라는 것이 거슬릴 것입니다.

존속 중의 조직은 정당이건, 종교단체건 간에 공적과 함께 과오와 타협을 축적할 수밖에 없습니다. 이념을 배신한 적도 한두 번은 아닐 것입니다. 정치조직의 경우는 사상에 공감하는 사람일지라도, 아니 특히 공감하는 사람에게 조직의 모순은 용인하기 어려운 부분일 것입니다. 그리고 실체가 축소되는 것(의석수 감소)이 본질적으로 잘못된 부분을 증명하는 것처럼 보일 것입니다. 여담이지만, 양대 정당제야말로 성숙한 민주주의의 모습이라는 보기 좋은 신화가 버젓이 통하고 있기에, 일본의 의회정치가 입은 상처는 무시할 수 없습니다.

어쨌든 베를린 장벽이 무너지고 소련이 붕괴된 후, 사람들은 사회주의의 실천이나 이념까지 아주 간단하게 과거의 것으로 묻어 버렸습니다. 이 흐름만으로도 당신을 쓸모없는 대상으로 만들기에는 충분했을 것입니다. 더불어 당신이 생전에 대립했던 주류 예술관이 뿌리 깊게 남아 있습니다. 그것은 정치와 문학은 공존할 수 없다는 것, 그리고 정치적 효과를 노린 문학은 제대로 된 문학이 아니라는 신조입니다. 조금 더 일반화하자면, 문학 혹은 예술은 그 자체가 목적이어야 하며 자기완결을 맺지 못하는 것은 자립성이 결여되었기에 불순하다는 것이 근대가 구축해 온 사상인 것입니다. 작품 자체가 목적이어야 한다는 것은 매우 추상적이고 알기 어려운 개념입니다. 이는 바꿔 말하자면 예술작품의 사용을 부정하는 것입니다. 그리고 가장 부정적으로 여겨지는 것은 정치적 사용입니다.

어째서 그런 걸까요. 신중히 분석해야 할 일이지만 조금 거칠게 정리를 해 보자면 지금 우리가 '문학'이라 하는 것, 특히 소설은 부르주아의 등장과 같은 시기에 성립되었기에 부르주아적 인간 형성을 반영하고 있으며 또 거기에 큰 역할을 담당했습니다. 그리고 소설 주류는 내부로, 내부로 향하여 내면이라는 것을 만들어 갑니다. 풍부한 내면과 개인주의는 서로를 전제로 삼고 있어, 예민한 내면은 개인의 힘으로는 어떻게 할 수 없는 외부 세계와 힘차고 저속한 자본주의 사회로부터 뒤꽁무니 치며 소외감에 잠기게 됩니다. 여기서 말하는 '소외감'이란 전근대적 굴레로부터 해방된 개인이 맛볼 수 있는 유일한 자유의 형태, 즉 내면의 자유인 것입니다.

일본 근대소설을 상징하는 사소설(私小說)은 주로 생활에 불편함을 느끼지 않는 남성의 심리에 대해 탐구하고 있습니다. 당신도 유럽을, 그리고 유럽의 부르주아 소설을 많이 공부하였지요.

'세상을 바꿀 수 없다.'는 말은 조금 과장하자면 '바꾸려 생각할 필요도 없다.'는 발상으로 미묘하게 이어집니다. 모두 자신이 무력하게 느껴지는 것을 좋아하지 않습니다. 당신이 확신했던 것은 예술 세계, 상상과 창조의 세계는 편리한 도피처이며 동시에 세계에 맞설 힘을 키우는 공간일 수도 있다는 것이었습니다.

지금, 중산계급의 일원으로서

서론이 길어졌습니다만 이 커다란 배경 속에서 1970년대 이후, 즉 정치의 계절이 얼어붙은 후 당신을 향한 관심이 사그라들었던 모습을 생각하면 제 눈에는 이러한 시나리오가 보이는 듯합니다. 빨갱이 혐오라든지 '신좌익' 혹은 '구좌익'이라는 말들은 일단 제쳐두고 생각해 보는 것입니다. 저의 세대(일본의 단카이(團塊)나 전공투(全共闘) 세대, 미국의 60년대 세대, 프랑스의 68운동 세대)는 청년기에 사회변혁에 대한 큰 꿈을 품은 후, 많든 적든 세상과 타협하며 보통의 중산계급 일원이 되었습니다. 되도록 양심을 중요히 여기고 체제에 대해서는 비판적 태도를 유지했습니다. 그러나 음악과 미술, 영화를 즐기면서도 이들이 의미하는 것, 혹은 예술을 지탱하는 다양한 조건과 일상생활의 내용을 대조하려고는 하지 않았습니다. 애매한 상태로 놔두는 편이 편리하기 때문입니다. 어차피 아무것도 할 수 없으니까. 바쁜 일상에 쫓겨 현재 상황에 분개하고 미래에 대한 막연한 불안감을 품으며, 지금을 살아갈 수밖에 없다고. 그렇게 믿기로 하며 현실 외의 것들을 상상하지 않았습니다.

사회변혁의 필요성만이 아니라 그 가능성을 믿으며 또한 문학을 통해 실천하려 했던 당신과 당신의 운동은, 이러한 입장에서 보면 냉소할 만한 것이며 동시에 짜증을 자아내는 것이었습니다. 설명하기 힘든, 설명하고 싶지 않은 짜증은 특히나 성가신 존재 아닐까요. 그리고 우리보다도 아래 세대에게 당신은 아예 관계가 없는 존재가 되어 있는 것입니다.

제 자신의 이야기를 하자면, 중산계급의 삶에 매달려 왔으며 앞으로도 절대 놓고 싶지 않습니다. 이는 물론 물질적인 부분을 의미하는 것입니다만, 존엄의 문제이기도 합니다. 안타깝게도 중산계급이라 불리는 물질적 조건 없이, 인간으로서의 존엄성을 확보하기 어려운 사회 속에 살아가고 있기 때문입니다. 미국은 물론이거니와, 사회보장을 줄이고 있는 일본 또한 그런 방향으로 나아가고 있습니다. 유럽도 마찬가지입니다.

당신은 이러한 생각을 경멸하지는 않을 거라 생각합니다. 적어도 딱 잘라내지는 않겠지요. 부모님이 직접 겪기도 했던, 생활이 보장되지 않은 고통에 대해 그토록 날카롭게 파악하던 당신은 문학만이 아니라 영화나 음악이라는 부르주아 사회의 문화적 유산의 혜택도 실컷 누리며 그 소양을 프롤레타리아 문학가, 운동가 입장에서 살리기도 했습니다.

당신의 숨결을

어쨌든 당신은 영웅시되기 쉬운 존재입니다. 당신의 당을 싫어하는 사람에겐 예술의 '정치주의'라는 문제뿐만 아니라, 당신이 쓸데없이 희생되었다는 한의 감정도 있겠지요. 당원들 입장에서도 당신이 고문에 못 이기고 세상을 떠난 것은 영광스러운 사실이자 제법 무거운 짐일 것입니다. 다들 속으로 당신처럼은 될 수 없다고 생각하지 않았을까요. 경찰도 협박할 때 당신을 들먹였습니다. "고바야시처럼 되고 싶냐."라며 말입니다. 하쓰코 씨가 말하던 '그런 식으로 죽는 것', 이는 너무나도 극단적이며 참혹한 것이었습니다. '죽는 방식'이 생 그 자체를 압도하는 것만이 아니라, 정말로 살아 있던 한 인간의 죽음이었다는 것조차 희미해지는 느낌입니다. 이를 일깨워 준 것은 친구의 행동이었습니다.

200킬로미터도 더 떨어진 다키노우에에서 오타루까지 찾아온 '할아범(오쿠무라 아키라)'은 문학관에 상설 전시된, 동으로 제작된 당신의 데스마스크를 두 손으로 감싸고는 한동안 가만히 있었습니다. 이 데스마스크는 원래 당신의 친구가 위험을 무릅쓰고 서둘러 본을 뜬 후, 나중에 당신의 어머니가 데스마스크에 당신의 눈썹이 딸려갔다는 사실을 알아챈, 생생한 석고상입니다. '할아범'은 병약해진 50대 후반에 '할멈(도키코 씨)'과 함께 홋카이도의 숲으로 이주해, 봄여름가을겨울 물과 흙과 나무와 함께 살아온 사람입니다. 그는 고목과 같은 손으로 동으로 만들어진 차가운 복제품을 다정히 감싸고 "볼이 여위었네. 고문당한 후라 그런가."라고 중얼거렸습니다. 그 순간 당신은 제게 한 명의 인간으로서 부활했습니다.

지난밤, 오랜만에 오타루 경찰서 앞을 지났습니다. 명작 『1928년 3월 15일』의 중심 무대였던 그곳은 그때와 같은 장소에 세워져 있습니다. 1928년 2월, 제1회 보통선거로 무산자파 대의사가 여덟 명 나온 일을 두고 정부가 대탄압에 나선 그 3·15 사건 이야기입니다. 오타루에서도 당신이 그린 어마어마한 고문이 행해졌습니다. 건물은 개축 및 증축을 거쳤으며, 깨끗하고 따뜻해 보이기까지 하는 노란 타일이 발라져 있었습니다. 밤에 새로 내린 눈을 밟으며 바깥에서 본 불빛은 화려하게도 느껴졌습니다. 그러나 조금이라도 역사를 아는 사람으로서, 꺼림칙함을 불식시킬 수는 없었습니다. 그토록 사람들을 괴롭혔던 장소에서 아무렇지 않게 일하는 게 괴롭지는 않을까, 슬쩍 속죄의 의식이라도 치른 것일까 생각하게 됩니다.

다키지 선생님. 우리는 지금 당신의 시대를 향해 가고 있는 걸까요? 그렇지만 당신의 '시대'란 어떤 시대이며, 또 '당신'의 시대라는 것은 무엇을 뜻하는 것일까요. 이는 당신이 목숨을 걸었던 운동과 문학을 얼마나 이해할 수 있느냐에 달린 문제입니다. 그러나 '이해'라는 말은 너무나도 객관적이라 본질에서 멀어지는 느낌도 듭니다. 요즘 들어 깨달은 것인데 당신의 조금 더 논쟁적인, 예를 들면 프로파간다적인 문장을 읽다가 논의 내용에 동의하기 어려울 때에도 당신이 밉게 느껴지지는 않았습니다. 이는 아마도 당신이 온몸으로 주장하던 것들이 전달되기 때문이겠지요. 전략적인 '거짓말'로서의 프로파간다는 결코 아니었던 것입니다. 당신의 문학과 운동이 아주 똑같다고는 할 수 없지만, 이상적으로는 꽤 겹치는 구석이 있을 것입니다. 그런 문학은 문학이 아니라며 부정하고, 읽는 힘마저 잃어버린 시대이기에 다시 다가

서서 당신의 숨결을 붙들고 싶은 것입니다.

몇 년 전, 오타루에서 열린 다키지 축제에서 강연 의뢰를 받은 적이 있습니다. 오쿠자와 묘지 언덕에서 진행된 묘전제 전에 하쓰코 씨에게 전화가 왔습니다. "오늘 하루, 최선을 다해 주세요." 라면서요. 지금 쓰려는 책은 저의 '다키지 찾기'의 일부를 기록하기 위한 것입니다. 당신의 생애와 작품을 되짚어 보는 날들에 최선을 다할 것입니다.

노마 필드

제1부

세상과 맞서는 작가로

도움닫기가 이어지는 나날

수산학교 교장 선생님 댁 아이들의 옷을 빌려 사진관에서 촬영.
왼쪽부터 다키지(6세 정도)와 누나 '지마', 여동생 '쓰'
(37쪽 참조)

근대 홋카이도 — 그곳의 '심장'이던 오타루

사회화를 겪은 모습

항구를 채운 물은 질푸른 색으로 수심이 깊고, 바닥은 바위로 이루어져 있었다. 또한 끝없이 포개진 화산질의 산이 바로 뒤를 가로막고 있었다. …… 오타루의 거리는 들쭉날쭉한 산맥을 따라 바다 옆으로 길쭉하게 이어져 있었다. 마을은 항구를 감싼 산 허리의 툭 튀어나온 곳까지 이어진 후, 산을 타고 골짜기를 기어오른 형태로 형성되어 있었다. 건물들은 계단처럼 한 층 한 층 위로 쭉 이어졌다. 거리 곳곳, 뜻밖의 장소에서 붉은 단층이 무자비하게 잘려 나간 자신의 모습을 그대로 보여 주고 있었다. 그러나 한 달도 채 지나기 전에, 그곳은 평평하게 정리되어 아직까지도 나무의 내음이 솔솔 풍기는 집이 세워졌다. 그곳은 전망 좋고, 공기가 상쾌한 고지대가 되었다. 수풀이 우거진 곳에는 기와지붕으로 된 주택들이 들어서기 시작했다.

1931년 작품 『전형기의 사람들』의 유명한 도입부다. 이 작품을 쓴 고바야시 다키지는 이미 오타루를 떠나 도쿄에서 프롤레타리아 작가로서 지도자적 위치에 있었다. 지질학적인 시간까지도 되돌아보는 이러한 서술은 오타루의 웅장한 조감도와도 같다. 수만 년의 세월을 지나온 덕인지, 해저와 육상에서 이루어진 분화는 오타루를 산들로 둘러싸인 훌륭한 항구로 만들어 주었다. 두 번째 줄부터 인간의 행위가 자연을 변하게 하는 모습을 보여 주고 있지만, 이것의 주체는 사람이라기보다 마을 그 자체인 것처럼 보인다. 애니메이션 속 요괴가 이리저리 돌아다니듯, 마을은 곶과 곶 사이로 넓게 자리한 후 언덕을 올라 산까지 정복한다. 자연을 방불케 하는 그 기세를 누가 거스를 수 있겠는가. 그러고 보면 개발이란 어딘가 저 멀리에서부터 찾아든 것처럼 겪게 되는 것이다.

그러나 인위의 산물인 개발은 자연을 균등히 파괴하지도 않거니와, 사람들을 똑같이 포함시키지도 않는다. 마치 카메라 렌즈가 화자인 것처럼도 느껴지는 이 도입부는 '공기가 상쾌한' 산에서 항구로 내려와, 운하 근처에서 노동자 마을로 이동한다.

「서편」까지만 작성된 이 소설은 1920년대 중반을 배경으로 삼고 있다. 이는 러일전쟁(1904년~1905년)에서 비롯된 군수경기와 전후의 공황, 또 제1차 세계대전(1914년~1918년)의 군수경기와 전후공황을 거쳐 세계대공황의 파도가 몰려오기 전의 시기다. 러일전쟁의 영향으로 철로와 수로가 만나는 주요 교역항인 오타루항은 군항의 역할을 맡게 되었음은 물론, 사할린 교역의 거점이 되기도 했다. 제1차 세계대전은 오타루에 해운열풍과 함께 잡곡열풍까지 불러일으켰다. 전쟁터로 변해 버린 유럽의 산지들 대신 홋카이도 내륙에서 잡곡과 그린피스 등을 재배하여 오타루에 집하시킨 후, 한 알 한 알 여공들의 선별 작업을 거쳐 봉지에 담아 유럽으로 수출했다. 이러한 작업을 두고 매춘 직전의 상황이라 보는 이들도 많았다.

즉 『전형기의 사람들』 속 시대 배경은 오타루의 '황금기'와 겹치지만, 이 작품은 이것이 누구를 위한, 어떠한 황금이었느냐고 묻고 있는 것이다.

'내국 식민지'

문학자 겸 운동가 고바야시 다키지를 키운 환경을, 일본의 근대를 구현한 홋카이도와 홋카이도의 축소판이라 볼 수 있는 오타루로 생각해 보자. 메이지 국가 형성과 자유민권운동을 전공한 역사학자 나가이 히데오의 표현에 따르면 '홋카이도라는 창문을 통해 근대 일본을 엿보면 무엇이 보일까.'라는 관점에서 보자는 것이다.[1)] 흔히 홋카이도를 '변방' 혹은 '내국 식민지'로 이해하곤 하는데, 변방이기에 또 내국 식민지이기에 더더욱 근대를 더 잘 보여 주고 있다고 할 수 있을 것이다.

내국 식민지 홋카이도의 특징을 몇 가지 살펴 보자.

첫째, 선주민의 존재. 홋카이도의 역사는 본래 아이누족의 땅과 자원을 약탈한 데에서 시작되었다. 일본인들은 처음에는 아이누족을 안내자로서 중요히 여겼지만, 금세 배제와 관리의 대상으로 삼았다.

둘째, 대외관계에서 주요한 위치를 차지하고 있다. 흑선(黑船, 구로후네)이 에도에 접근했을 즈음, 홋카이도에는 영국과 러시아가 다가오고 있었다. 메이지 정부는 홋카이도를 '북문의 자물쇠와 열쇠' 혹은 '북문의 보고(寶庫)'라고 생각했다. 전자는 홋카이도를 내지·본토 입장에서 방파제적 역할로 바라본 것이고, 후자는 이어 설명할 것과 마찬가지로 내지·본토를 위한 자원에 주목한 착안법이다.

셋째, '미개척지'의 풍부한 자원을 채집·채굴하기 위해 어업·농업·광업을 첨단적으로 발전시킨 것이 특징이다. '개척'은 국가사업의 양상을 나타낸다.

넷째, 이러한 조건들에 맞춰 다양한 사람들을 모았고, 또 모여들었다. 주요 구성원은 ①예전에는 아이누족과의 교역 일을 보았던 마쓰마에번과 도급상인들 ②홋카이도의 경비·개척을 담당한 농병 '둔전병(屯田兵)'. 처음에는 사족(士族), 나중에는 일반에서 모집 ③필요할 때 쓰고 버릴 수 있는 노동력을 위한 죄수들(사상범을 포함)과 후일 중개소로 유도되는 '감옥방(공사 현장 등에서 인부들의 숙식을 해결하기 위해 임시로 세운 건물, '함바'라고도 불리며 심각한 학대가 이뤄지기도 했다.)'인 '다코(다코베야, 홋카이도와 사할린 등지에 있던 인부들이 지내던 아주 열악한 환경의 합숙소)' 노동자들 ④도호쿠·호쿠리쿠의 어민과 농민, 그리고 도시의 빈곤층들 ⑤고용직 외국인들 (그중에서도 특히 미국인)의 기술적·문화적 지도자.

근대국가로 편입된 홋카이도는 이주자들에 의해 단기간에 변모를 겪은 땅이다. 마찬가지로 내국 식민지로 이해되는 오키나와는 사람들을 바깥으로 내보내는 쪽이었다. 홋카이도의 경우, 1890년에서 1920년까지 들어온 이주민 수가 일본의 다른 식민지나 북미·남미, 하와이로 떠난 이주민들의 수보다 훨씬 많다. '미개척지'로 간주한다는 것은 발전을 방해하는 것들의 존재가 인정되지 않았다는 이야기이기도 하다.

다쿠보쿠의 오타루, 다키지의 오타루

당시 홋카이도를 어떻게 바라보았는지 정확히 표현한 문장이 있다.

> 우리의 홋카이도는 그야말로 우리들 일본인을 위해 개방된 자유의 국토이다. 이 세상이 탄생한 이래로 그 누구도 발을 들여놓지 않은 백운낙일(白雲落日)의 산, 오랜 세월 도끼 한번 들어선 적 없는 울창한 대삼림(大森林), 넓고 아득한 러시아의 전원을 그리워하는 너른 들판, 물고기들이 서로 무리를 이루어 거품을 일게 하는 무한한 바다, 아아 이 대륙처럼 넓고 개척되지 않은 하늘과 땅은, 씩씩하기도 하여 천하의 자유로운 이들을 움직이게 만들었다. 그들은 모두 익숙하던 선조의 고향을 떠나, 용감하게도 쓰가루 바다의 빠른 파도를 이겨낸 것이다.

이 글을 적은 사람은 이시카와 다쿠보쿠, 때는 1907년이었다. 고바야시 일가가 오타루로 넘어온 해이기도 했다. 이 수필의 제목은 「처음 만난 오타루」로, 『오타루 일보』 창간호(10월 15일)에 발표되었다.

오타루에 와서 처음으로 진정한 신개척지, 진정한 식민지 정신이 흘러넘치는 사내다운 활동을 보았다. 사내다운 활동들이 바람을 일으킨다. 그 바람은 즉 자유의 공기다.

내지 대도시의 사람들은 잃어버린 물건을 찾는 양, 두리번두리번 눈을 깜빡이며 안달 난 모습으로 걸어 다닌다. 불타 없어진 하코다테 사람들도 이 꼴사나운 습관을 흉내 냈다. 삿포로 사람들은 주변의 멋진 대륙적 풍경에 압도되어서인지, 조용하고 느긋하게 걸어 다녔는데 오타루 사람들은 달랐다. 길 위에 떨어뜨린 것을 줍기보다는 더 큰 물건을 주우려 한다. 주변 풍경에 압도되다가도 반발심 강한 활동력을 보인다. 즉 오타루 사람들의 걸음은 보통 걸음이 아니었다. 돌격이었다. 일본의 보병들은 돌격을 통해 이긴다. 그러나 군대의 돌격은 최후의 일격을 가할 때에만 실시한다. 아침부터 밤까지 돌격하는 오타루 사람들만큼 두려운 존재는 없는 것이다.

다쿠보쿠가 처음으로 오타루를 본 이후로 약 20년 정도 흘렀을 때, 도쿄로 거처를 옮긴 다키지는 오타루를 '태어난' 고향 아키타에 비교해 '키워 준' 고향으로 규정하고 「고향의 얼굴」이라는 제목의 에세이를 『여인예술』(1932년 1월호)에 발표했다.

인구는 15~16만 정도로, 집들이 산허리를 계단처럼 타고 오르듯 세워진 항구마을이며 홋카이도의 광활한 내륙에서 모여든 산물들이 그곳을 통해 내지로 나가게 되는, 이른바 홋카이도의 '심장' 같은 도시다. 어수선하며 노동자들이 많은 곳이기도 하다. 쓰가루 해협을 사이에 두고 있기에 '극지'라고 느끼는 사람들이 아직 있을지는 모르나, 시대적으로 보았을 때 마을 전체는 마치 하나의 거대한 리트머스 시험지와도 같아, 그 어떤 파도도 아무런 반응 없이 그냥 지나치는 일이 없었다.

흥분이 넘쳐나는 다쿠보쿠의 글과는 또 다른 느낌의 다키지의 문학적 사회분석을 통해서도, 오타루의 파동을 확실하게 느낄 수 있다. 참고로 15~16만이라는 인구는 현재 오타루의 인구를 살짝 웃도는 수준이다. 도쿄로 거처를 옮긴 후에도 다키지의 작품에는 거의 오타루가 배경으로 등장한다. 일본의 근대를 압축한 홋카이도, 그리고 그 '심장'으로 여겨지는 오타루를 통해 세계의 근대화와 자본주의의 줄기를 헤아릴 수 있기 때문이었을까.

이는 도쿄에서는 불가능한 일이었을 것이다. 도쿄는 너무 거대한 탓에 전체가 시야에 들어오지 않는다. 오타루항 하나만으로 파악할 수 있던 세계와의 관계 또한, 도쿄에서는 지나치게 세분화되어 있다.

모순의 표상

다키지는 스스로가 '근대 홋카이도·오타루'가 낳은 모순의 표상과도 같은 존재였다. 다코베야에서 도망친 노동자들을 직접 볼 수 있을 만큼 가난한 환경 속에서 자랐지만, 가장 좋은 교육을 받았다. 이를 가능케 한 것은 큰아버지인 고바야시 게이기의 재력이다. 이러한 재력이 어디에서 비롯된 것인지 되짚다 보면, 규모는 작은 편이지만 당시 홋카이도 이주민들 사이에서 어떤 전형적인 성공담이 있었는지 그 윤곽이 보이는 듯하다.

게이기는 아키타 지주의 장남으로 이런저런 사업에 손을 대다 실패했다. 그는 고바야시 가문의 농지 대부분을 잃은 후 오타루로 이주했다. 잠시 이리저리 떠돌아다니다 1898년에 아들과 함께 과자 가게 일을 시작했다. 가게의 이름은 '미쓰보시(三星)'로 '신앙·희망·사랑'이라는 의미를 담고 있었다. 미국인 선교사에게 배운 게이기는 홋카이도에서는 처음으로 '판매하기 위한 빵'의 제조에 나선다.[2] 아직 빵이 서민의 식탁에 오르기 전의 이야기로, 러일전쟁이 장사에 큰 도움을 주었다. '미쓰보시' 마크와 '제국군함 납품'이라는 글씨가 간판에 함께 놓인 까닭이었다.

제1차 세계대전 이후 전국에 퍼진 '쌀 소동'의 영향인지, 게이기는 홋카이도의 풍부한 콩을 사용한 대용 빵을 팔기 시작했다. 다키지가 신문지로 싸서 매일 상업학교에 도시락으로 들고 다녀 화제가 된 것 또한 이 빵이었다.[3] 홋카이도의 제1호라 불리는 포드 트럭으로 빵을 배달할 만큼 성장한 게이기이기에, 다키지의 여동생 지마를 청립(廳立) 오타루 여자고등학교에 보내고, 오타루 상업학교를 졸업한 다키지를 오타루 고등상업학교(현재의 오타루 상과대학)에 진학시킬 수 있었던 것이다. 오타루 고등상업학교 졸업 이후, 다키지는 은행원이 되었는데 이는 오타루에 처음 이주했을 당시에는 상상도 할 수 없던 미래였다.

전체를 알고, 전체를 사랑하다

더더욱 상상할 수 없던 것은 그가 정의와 평등을 위해 혁명과 반전에 생애를 바치는 작가이자 활동가가 되었다는 것이다. 근대 사회의 모순 덕에 성장한 후, 이에 걸맞은 저항의 길을 걷게 되었다는 점에서 '모순의 표상'이었다.

청년 시절부터 예술과 '과학적 사회학', 예술과 인류 구제 중 어느 쪽도 버리지 못하고 갈등하던 다키지였다. 이러한 긴장관계는 최종적으로는 지양해야 하는 것이었지만, 통일을 갈구하던 다키지는 고향을 향해 품은 마음에서 한 가지 결론을 얻어낼 수 있었다. 이는 도쿄 나카노의 도요타마 형무소에 수감되어 있던 때, 동지이자 독창적 작품을 남긴 아동문학가 무라야마 가즈코에게 보낸 편지에 나타나 있다. 날짜는 1930년 11월 11일, 도쿄에서 처음으로 맞이한 만추(晩秋)였다.

> 겨울이 다가오며, 그리운 고향에 대해 생각해 보다가 깊은 감동에 사로잡혔어. 그곳에는 운하와 창고, 세관, 부두가 있지. 그곳의 사람들은 모두 답답한 하늘 아래 등을 구부린 채 걸어 다녀. 내가 어딜 걷든, 누구든 다 알지. 중간 중간 붉은 단층을 보여 주는 계단 같은 산이 솟아오른 그 마을을, 내가 얼마나 사랑하고 있는지 알 수가 없어.

'누구든 다 알지.'란 무슨 뜻이었을까. 이미 계급투쟁에 몸을 던진 다키지였다. '등을 구부린 채 걸어 다녀.'란 부분을 통해 추측해 보자면 노동자나 가난한 사람들을 일컫는 말이라 보는 것이 자연스러울 듯하다. 그런데 '어딜 걷든, 어떤 사람이든'이라 강한 어투로 표현하고 있지 않은가. 겨울마다 항상 찾아오는 혹한 추위의 괴로움을 모두가 똑같이 느끼는 것은 아니다. 하지만 겨울 하늘이 상징하는 무거운 느낌과 무기력한 느낌들은 주민 모두가 공유하고 있다. 어떤 사람이든 다 알고 있으며 마을 전체에 대해 말로 표현하기 어려운 애착을 품고 있다는 다키지의 주장은, 아는 것과 사랑하는 것은 서로 관계없는 일이 아니란 것을 시사하고 있다.

오타루가 만들어 낸 모순을 모두 받아들이고, 나아가서는 전체를 사랑하고 있다는 것을 자각한다. 이러한 자각이 있기에 '등을 구부린 채 걸어 다닐' 수밖에 없는 사람들을 위한 운동, 즉 계급투쟁이 있는 것이다. 그러나 오타루라는 자그마한 세상을 다 알고, 사랑하는 일을 통해 계급투쟁의 궁극적인 목표는 사람을 잘라내는 일이 아니라는 것을 직감하지 않았을까. 추한 것도 아름다운 것도 부정하지 않고, 또한 아름다운 것으로 추한 것을 정당화하려 하지도 않고 그저 전체를 현실로 받아들이려 한다. 전체를 알려 하는 일들과 전체를 사랑하는 일이 서로 겹쳐질 때에 개별적인, 쉽게 잘라낼 수 있는 적은 시야에서 사라진다. 작품에서 반복적으로 나타나는 부분이다.

오타루의 문학비에도 새겨져 있는 이 아름다운 한 문장을 통해, 운동가로서 또한 작가로서 살아온 다키지의 투쟁의 원점과 그 앞길을 읽어낼 수 있다.

소년 시절의 목표와 언어

빌려온 옷을 입고

사진 한 장을 보자(26쪽 참조). 왼쪽에 서 있는 아이가 소년 시절의 다키지이다. 1909년 즈음의 사진이므로 나이는 대략 여섯 살 정도. 가운데 서 있는 누나 지마는 아홉 살, 그 옆의 여동생 쓰는 세 살이었다. 이 사진은 어머니 세키가 집안일을 돕고 있던 수산학교 교장 선생님 댁 아이들의 옷을 빌려 사진관에서 찍은 것이다.

하오리(상의)와 하카마(하의)를 갖춰 입은 다키지는 동그란 얼굴에 까까머리의 모습으로, 걱정 근심 하나 없는 환한 미소를 보이고 있다. 앞니 하나를 뺀 직후의 소년의 미소다. 사진관처럼 신기한 장소에 와서 신이 났다. 그에 비해 하오리를 입고 머리를 위로 묶어 올린 지마의 표정은 꽤나 엄숙하다. 여성으로서, 아니 더 나아가 아름다운 여성으로서 자라야 한다는 책임감을 벌써부터 직감한 것처럼 보인다. 꽃바구니를 들고 있는 쓰 또한 진지한 표정 그 자체다. 어린아이 특유의 진지한 모습이라 볼 수도 있겠지만, 언니 지마에게 풍기던 분위기가 쓰에게서도 느껴져 엄숙한 소녀를 만들어 냈다.

이날, 고바야시 남매가 입은 고운 옷들은 은근히 익숙해 보이면서도, 실제로는 이 가족의 현실과 동떨어진 옷들이었다. 애초에 이러한 옷들은 정해진 날에만 입을 수 있었다. 그렇기에 다이쇼 시대부터 사진으로 남겨 두는 풍습이 생겼고, 의복을 빌려주는 사업 또한 생기게 된 것이다. 그러나 정해진 금액을 지불하고, 잘 알지 못하는 타인이 입었던 '대여용 의상'을 입는 것과 부모의, 이른바 고용주의 자녀 옷을 빌려 입는 것은 의미가 다르다.

같은 아동기라 해도 빈곤층 자녀와 부유층 자녀가 겪는 아동기는 질적으로 다를 뿐 아니라, 기간 또한 전자가 짧다. 그리고 동일한 빈곤층 자녀라 하더라도 남자아이와 여자아이의 아동기 역시 다르다. 이러한 인식은 다키지의 작품에서 생생하게 그려지는데, 이에 대한 풍부한 공감이라든지 날카로운 분석은 어머니가 정성을 다해 기모노를 빌려 사진을 찍게 하였던 기억을 의미화하는 작업을 통해 키워진 것임이 분명하다. 다키지네 남매는 검소한 환경에서 자랐지만 큰아버지의 경제력 덕에 고등교육을 받을 수 있었다. 의복은 사회적 위치—더 나아가 계급이라 해 보자—의 표현이다. 실제 계급과 목표로 삼고 있는 계급 또한 의복을 통해 표현되나, 개인의 선택 범위에 있는 부분과 그렇지 않은 부분이 존재한다. 다키지네 남매는 이를테면 큰아버지에게 일종의 옷을 빌린 셈이다. 남매는 이를 각기 다른 형태로 자신만의 것으로 만들어 나갔다.

이쯤에서 초기작 중 한 편을 통해 빌린 옷에 몸을 맡기는 일의 의미를 되짚어 보자. 「겐」이라는 제목의 이 단편은 다키지가 열아

홉 살 때 『신흥문학』의 공모에 응모하여 당선된 후, 1922년에 게재된 작품이다. 주인공 소년의 모델은 옷을 빌려 입고 찍은 사진 속에 원래는 함께 있었어야 했던 존재, 열한 살 때 급사한 고바야시 가문의 장남 다키로였다. 형이 죽던 당시 네 살이었던 다키지는 소설이라는 도구를 통해, 아는 것이 거의 없는 형에게 다가가려 했다. 아니, 형과 비슷한 소년들의 운명에 대해 고찰해보려 했다. 다키로는 아키타에 살던 부모의 곁을 떠나 오타루에서 죽었는데, 소설 속 인물 겐 또한 아키타에서 지내다가 오타루의 큰아버지 댁에서 지내게 되면서 이야기가 시작된다.

「겐」의 '바보'와 '신기한 것'

주인공 겐의 큰아버지가 오타루에서 사업을 성공시킨 후, 큰어머니 요시는 종종 고향인 아키타를 방문하게 된다. 자랑을 늘어놓는 것이 즐거웠기 때문이었다. 그러던 어느 날, 큰어머니는 조카 겐에게 장래성이 있다고 보고 그저 평범한 시골 일꾼으로 내버려 두는 것은 아깝다며, 오타루에 겐을 데리고 가겠다고 부모를 설득한다. 여행길은 놀라움의 연속으로 겐은 처음부터 압도된다. 기차는 교과서의 그림과는 비교할 수도 없었고 '멋있다' 고 느낄 여유조차 없었다. 숨을 돌릴 틈도 없이 증기선과 바다, 그리고 하코다테의 대도시 풍경과 마주한다.

오타루에서 겐을 기다리고 있던 것은 도로 양옆으로 쭉 늘어선 '4층짜리 석조 건물 은행회사' 였다. 물건도 사람도 낯설고, 무서운 속도로 움직여 댔다. 겐은 큰어머니와 함께 마차를 타고 집으로 가며 '다들 치일 것 같아서 조마조마' 하다고 느낀다. 겐에게 익숙한 '비자나무로 지어지고 금방 쓰러질 듯하며 어두컴컴한 시골집' 과는 그 어떤 공통점도 찾아낼 수 없는, 시골의 향취나 진흙이 없는 생활은 '보고 듣는 모든 것들' 이 모두 그의 마음을 위협하는 꼴이 되고 만다. 고향에서는 학교를 좋아하던 겐이었으나 오타루에 온 후로는 아키타 사투리 때문에 놀림을 받고, 선생님과 다른 아이들은 겐에게서 흠집을 잡아내기에 바빴다. '훌륭' 해지려면 힘든 일도 견뎌야 한다고 꾹 참아보지만 결국 학교에 나가지 않게 된다.

일 년 후, 꿈에 부모님이 등장한다. 다음 날은 울고 있는 어머니의 꿈을 꾼다. 겐은 큰어머니에게 고향에 돌아가게 해 달라고 부탁한다. 큰어머니는 이해하지 못하지만, 울고만 있어서야 처치곤란이다 보니 결국 그 뜻을 들어주기로 한다. 단편은 큰어머니의 이야기로 끝을 맺는다.

"저것도 바보지. 가만히 학교만 다니면 훌륭한 사람이 될 수 있을 텐데……. 뭐 지 고향에서 말 엉덩이라도 때려 대며 살겠지, 후후후." 하며 웃었다. 그리고 혼잣말처럼 덧붙였다.

"애들은 바보니까, 내가 돌아갈 때쯤엔 활기차게 신나하고 있겠지."

젊은 작가라면 비극에 끌릴 테지만, 다키지는 겐을 형처럼 죽이지 않았다. 다키지의 이런 선택에서 무엇을 읽어낼 수 있을까. 우선은 세상의 통념에 따라 아들을 위한 일이라며 너무나도 쉽게 아들을 먼 곳으로 보낸 부모의 자책이다. 꿈을 통해 표현되어 마치 동화처럼도 들리지만 동화에는 동화만의 정의가 있으며, 이는 '신기한 일'이라는 형태를 취한다. 이 신기한 느낌은 겐이 기차를 보고 느꼈던 '신기함'과는 다르며 또한 큰어머니가 생각하는 '신기함'과도 다른 것이다.

"전기라는 게 있는데, 그 덕에 가만히 있기만 해도 빵이 나온다고."라는 말에 신기해 하는 아키타 사람들의 모습을 즐기던 겐의 큰어머니는 사람 마음의 신비에 대해선 무심하다. 그러나 "저것도 바보지."라든지 "애들은 바보니까."라며 '혼잣말처럼' 반복하는 모습에는 어떠한 의미가 숨겨져 있을 듯하다. 그녀 입장에서는 겐이 '말의 엉덩이라도 때려대'는 생활로 돌아가 금세 기운을 차릴 일이 '바보'처럼 느껴지겠지만, 두 번째로 "애들은 바보니까."라고 할 때에는 겐만이 아니라 일반적인 아이들의 생각을, 어른의 상식으로서는 도저히 이해할 수 없다는 걸 직감한 것처럼 보인다. '말의 엉덩이라도 때려대'는 인생에 만족하는 것을 '바보'라고 규정해 버리는 것은 그녀의 어휘의 빈곤함, 더 나아가 인생관의 빈곤함 그 자체인 것이다. 그러나 본인도 완전하게 수긍하기 어렵기 때문에 두 번째 '바보'가 존재한다. 이 '바보'는 '신기함'으로 바꿔 생각할 수 있지 않을까. 다키지의 작품들 속에는 멸시당하고 버림받은 개인은 거의 없다. 겐의 큰어머니를 다룬 모습에서도 이러한 경향을 찾아볼 수 있다.

그러면 이제 중요한 겐의 이야기로 다시 돌아가자. 앞서 다키로와는 다르게 겐을 죽이지 않은 것이 중요하다는 이야기를 했다. 여기서 한 단계 더 나아가 보자.

다키로가 앓은 '급성복막염'을 겐의 정신적인 병으로 치환해 보면, 반대로 다키로가 복막염을 앓은 이면에는 견딜 수 없는 고독함과 소외감 등이 있었을 것이란 이야기가 된다. 작품 속에 큰아버지는 등장하지 않고―분명 장사 때문에 바쁘고, 거의 집에 없었을 것이다.―큰어머니의 모습으로만 부부의 세계관을 보여주는데, 이러한 부분에서 다키지가 왕성한 생산·상업에 대한 욕구가 지닌 정신작용에 대해 관심을 가지고 있었음을 알 수 있다. 그러니까 고바야시 다키로의 죽음과 겐의 회복을 통해 경제성장을 위해 소중한 것들을 하나둘 놓아버리길 강요하는 것, 더 나아가 그게 당연하다 말하는 경박한 세계관을 이야기하고자 한 것은 아닐까. 겐처럼 빈곤한 가정의 아이뿐만 아니라 '바보' 같은 아이들 모두에게, 이러한 사고는 폭력이나 다름없다.

그러나 아키타로 돌아가는 일이 모든 걸 해결해 주지는 않는다는 것을 겐 본인, 화자 그리고 독자들도 내심 느끼고 있다. 실제로 고바야시 일가는 다키로가 죽고 얼마 지나지 않아 오타루로 이주했다. 장남을 먼 곳으로 보냈다가 맥없이 잃은 후, 자신들마저 오랫동안 생활해 온 고향을 떠나 쓰가루 해협을 넘게 된 것이다.

아키타에서 홋카이도로

1903년, 다키지가 '태어난 고향'은 아오모리현 경계와 가까운 기타아키타군 시모카와조이무라 가와구치(현재 오오다테시)였다. 어머니 세키가 서른, 아버지 스에마쓰는 서른여덟이었다. 소작인의 큰딸로 태어난 기타무라 세키는 열세 살 때 이웃마을의 스물한 살 고바야시 스에마쓰에게 시집을 왔다. 학교에 다닐 여유 따위 없는 환경에서 자란 세키가 예순 가까운 나이가 되어 도쿄 도요타마 형무소에 수감된 아들에게 편지를 쓰고자 남몰래 글씨를 배웠다는 이야기는 잘 알려진 일화다. 아버지 스에마쓰의 집은 지주 집안이었는데, 메이지 시대까지는 역참에서 여인숙을 운영했다. 다키지의 조부는 국학을 즐기던 사람이었고 차남 스에마쓰는 독서와 연극을 좋아했다. 장남 게이기가 사업에 실패하여 홋카이도로 이주한 후, 스에마쓰와 세키 부부는 소규모 농작과 동시에, 다른 마을 사람들과 마찬가지로 오우본선(奥羽本線) 개통 공사를 통해 임시적인 수입을 얻었다. 또한 경지 내의 별장을 마을 학교의 교장, 아베 야키치 교장 부부에게 빌려주었다. 야키치는 좋은 교장으로 평판이 좋았고 고바야시 일가와도 사이가 좋았던 듯하지만, 별장 임대료가 주요 수입이었음은 쉽게 상상할 수 있다. 그러나 야키치는 재직 중에 사망했고 스에마쓰와 세키는 세 자녀를 데리고 쓰가루 해협을 건넌다.

오타루로 이주한 고바야시 가족은 스에마쓰의 형인 게이기 덕분에 거처를 마련하고 생업을 찾아 새로이 시작할 수 있었다. 게이기는 '제국군함 납품 오타루 미쓰보시도(三星堂)'라는 간판을 내걸고, 마을에서 손꼽히는 빵을 만드는 가게의 주인이었다. 스에마쓰네 가족들은 오타루 동쪽에 위치한 와케타케초의 이층집으로 들어가는데 그곳은 이 가족이 생활하는 집이자 미쓰보시 빵집의 지점이기도 했다. '지점'이라고 해도 굉장히 아담한 곳으로 스에마쓰가 출근하는 노동자들이나 학생들에게 팔 수 있도록 이른 아침 나무상자를 등에 이고 게이기의 공장에서 빵을 받아 돌아오면 그 빵들과 직접 만든 떡을 두고 장사를 하는 정도였다. 앞서도 이야기했던 수산학교 학생들이 자주 들르게 되자 소년들에게 인기 있던 다치카와 문고 등을 놓기도 했다. 다키지 독서의 역사는 이때부터 시작된 것일까?[4)]

일가가 이주해 온 지 반년 정도 지났을 때에 오타루항의 제2기 축항공사가 착수되었다. 이는 고바야시 일가가 절벽을 깎아내는 폭파음과 '다코'(감옥방 노동자)들과 가까이에서 지내게 되었다는 것을 의미한다.

축항공사는 변두리 어촌이었던 와케타케초에 급격한 변화를 불러일으켰다. 온몸으로 변화의 템포를 느끼면서도, 희생자가 나오는 노동현장과 도주할 수밖에 없을 만큼 내몰리는 '다코'들의 모습과 비명은 소년 다키지의 뇌리에 평생 남는 장면이 되었다.

상업학교에서 작문·시가·수채화

다키지는 1910년부터 와케다케초의 집에서 시오미다이 소학교를 다니기 시작한다. 6년 동안 결석 한 번 하지 않았다. 소학교 졸업 후에는 큰아버지의 도움으로 청립(廳立) 오타루 상업학교(현재의 오타루 상업고등학교)에 입학한다. 다키지가 입학한 해는 1916년으로 제1차 세계대전 중이었으며 오타루 경제의 번성기에 해당하는 시기다. 시대를 반영한 듯, 상업학교의 정원은 100명이었으나 지원자는 대략 450명이었다.[5)] 합격자의 이름은 신문에도 실렸다. 10년 일찍 창립되었고, 무엇보다도 진학을 위한 학교였던 오타루 중학교(현재의 초료 고등학교)보다도 청립 오타루 상업학교의 지원율이 더 높았다.

후에 오타루 고등상업학교(현재의 오타루 상과대학)에서 한 학년 후배로 들어오는 이토 세이는 "오타루는 다른 동네와는 반대로 머리 나쁜 애들이 중학교에 들어가고, 머리 좋은 애들은 상업학교에 다니지…… '너보다 내가 더 잘난 거야.' 라고 으스대며 걸어오는 상업학교 학생이 있었다. 그게 바로 고바야시 다키지였다."라는 특별한 회상을 들려준다.[6]

큰아버지가 집 바로 옆의 오타루 중학교가 아닌 청립 오타루 상업학교로 진학을 시킨 것은 그리 특이한 일은 아니다. 그렇다면 다키지에게 오타루 상업학교에서의 생활은 어땠을까? 당시 청립 오타루 상업학교는 초대 교장인 구로누마 기스케의 신념에 따라 자본주의 중에서도 가장 자유롭고 양질의 요소들을 도입했던 것 같다. 다키지는 좋은 친구들을 사귀며 시와 작문, 단가(5-7-5-7-7 형식의 시), 수채화 연습 등 다양한 활동을 활발하게 이어나간다. 그는 연구 모임을 만들어 전람회까지 개최한다. 그의 작문 실력은 예과 시절부터 인정을 받았다. 다키지의 글을 자주 접해 왔던 교사 와타나베 타쿠는 교우회지인 『존상(尊商)』의 창간호(1916년)에 게재한 「발간을 맞이하여」라는 글을 통해 문예 활동에 무관심한 교풍에 대해 한탄하고 있다. "오로지 취업에 전념하는 자와 마주 앉으면 어찌나 살풍경인지, 그저 이욕에 치우치면 그러한 마음이 얼굴에까지 드러나 흉하게 보인다."라고까지 서술하고 있다. 또한 '취미를 가진 사람은 느낌이 좋고 정신이

고상' 하므로, 청립 오타루 상업학교를 졸업하여 사회에 진출하였을 때에는 그런 사람이 되어 있기를 바란다고도 적혀 있다.[7)]

본과에 들어간 다키지는 바로 그 『존상』의 편집위원으로 발탁되는데, 다키지 또한 「편집 후기」(1921년)를 통해 '상인 근성'에 대해 개탄하고 있다. 얼마 전 회화 모임의 책을 팔려 하니 "그런 걸 어디다 써먹느냐"라는 말을 들었으며, 청립 오타루 상업학교에서는 십수 장 정도 팔린 것이 오타루 중학교에선 150~160장이나 팔렸다는 사례까지 이야기했다. 매우 자연스러운 일이지만 이 시절의 다키지는, 문학을 '상인 근성'을 완화시키는 '취미'로 바라보는 와타나베 선생님과 같은 예술관을 공유하고 있었다. 자유주의의 정신구조 속에서, 또한 자본주의 사회의 실태라는 측면에서 예술을 즐기는 행위와 경제활동은 절묘하면서도 은밀한 상호의존관계를 이루고 있다. 이 관계가 어떻게 변화되어 가는지를 지켜보는 것 또한 고바야시 다키지의 인간으로서의 성장과 작가로서의 성장을 살펴보는 데에 중요한 포인트 중 하나이다.

중앙지 투고, 회람문집 제작도

당시는 문학청년에게 좋은 시절이었다. 출판사 신초샤가 플로베르와 도스토예프스키, 괴테 등 세계의 문학 거장들의 작품을 번역하여 차례차례 소형판 사이즈로 출판하였다. 일본의 작가 중에는 구라타 햐쿠조의 『승려와 그 제자』, 크리스천이자 사회운동가였던 가가와 도요히코의 자전적 작품 『사선을 넘어서』와 마찬

가지로 자전적 작품으로 베스트셀러였던 시마다 세이지로의 『지상』 등이 청년들의 마음을 크게 울렸다.[8)]

다키지는 통학로에 있는 오타루 도서관을 애용했다. 또한 자주 읽었던 중앙지 공모전에 문장과 삽화 등을 활발히 투고하였다. "오타루에 허구한 날 투고하고 허구한 날 입선되는 사람이 있다. 그게 바로 고바야시 다키지였는데 '매일 아침마다 마주치는 그 상업학교 학생인 것 같다.'라는 이야기가 문학소년들 사이에서 서서히 퍼지기 시작했다."라고 이토 세이는 회상한다.[9)] 지방의 문학청년에게 투고 가능 잡지가 얼마나 중요한 존재였는지는, 다키지의 초기 단편 「늙은 체조교사」를 발굴해 낸 소네 히로요시가 설명하고 있다.[10)]

그러나 다키지는 중앙지만 바라보고 있지 않았다. 본과 3년 시절에는 교우회지와는 별개로 『소묘』라는 이름의 동인 회람문집 활동을 시작한다. 그해(1920년) 먼저 졸업하여 무로란의 미쓰비시 공업에 취직한 시마다 쇼사쿠가 시와 소설, 단가, 수필 등을 모아 깔끔하게 정리한 후, 삽화를 넣고 캔버스에 그린 유화를 표지로 넣었다. 마지막에는 독자들이 비평 혹은 감상을 쓸 수 있도록 백지도 몇 페이지 넣었다. 그렇게 『소묘』는 7호까지 나오는데, 폐간 후에 다키지는 자신의 습작을 재봉틀로 엮어 회람시켰다. 이름하여 『다시 태어나는 아이들』이다. 분명히 아리시마 다케오의 1918년 작품 『다시 태어나는 고통』을 의식한 제목일 터이다. 『소묘』와 마찬가지로 비평을 위한 백지를 남겨 두었다. 막연히 감상을 적어 달라는 것은 아니며 「후기」 페이지에 다음과 같은 항목들을 나열하고 있다.

1. 전체를 읽고 느낀 점

2. 소재에 대한 고찰

3. 기타 감상[11)]

『다시 태어나는 아이들』 1호는 1921년 2월에 발행되었다. 이때는 고등상업학교 입시를 코앞에 둔 시기였다. 다키지가 얼마나 창작에 열을 쏟고 있었는지 엿보이는 대목이다. 큰아버지가 그림 그리는 걸 말려, 문학에 집중하게 되었다는 것도 잘 알려진 이야기다. 큰아버지가 다키지의 공부를 걱정하며 그림을 못 그리게 했다는 이야기도 했지만, 다키지의 성적은 좋은 편이었다. 게다가 청립 오타루 상업학교는 성적뿐 아니라, 지각이나 결석 또한 결점 요인으로 삼기에 진급이 어려운 학교였다. 빵공장의 일을 돕고 활발한 문화 활동을 하면서도, 다키지는 5등으로 청립 오타루 상업학교를 졸업했다.

'고고'한 이미지와 소탈함

청립 오타루 상업학교는 앞서 나온 『전형기의 사람들』 도입부에 등장하는 항구와 마을이 내려다보이는 푸릇푸릇한 고지대에 위치하고 있었다. 즉 큰아버지 집에서 학교까지 이어진 길은, 지형적으로도 또한 사회적으로도 오르막길이었던 것이다. 이토 세이의 회상 속에서 다키지는 매일 아침 오타루 중학교 학생들이 물밀듯이 언덕을 내려오는 사이, 홀로 반대방향으로 언덕을 올라

학교로 향했다. 또한 다키지는 오타루 중학교 학생들이 점심시간에 빵을 사러 들르는 가게에서 '일을 하면서 그 집에 얹혀살며 상업학교까지 다니는' 존재였다. 다키지 자신은 이에 대해 어떻게 느끼고 있었을까.

청립 오타루 상업학교에는 심상소학교(현재의 초등학교) 6년을 다니고 온 졸업생도 있었고, 고등과 2년 졸업생, 또 이미 다른 곳에서 견습점원으로 일하며 돈을 모아 입학한 학생도 있었기에 다키지가 유난히 비참하게 보일 리는 없었다. 그가 약간 이질적인 존재로 비쳐졌다면 그것은 뛰어난 문학 소년이었기 때문이었다. 친구였던 가타오카 료이치에 의하면 다키지는 문예 동료들 외에는 친구가 별로 없었고, 다른 학생들 사이에서는 '고고'한 이미지였다고 한다. 그리고 지금이었다면 분명 '집단 따돌림'으로 보일 에피소드도 함께 얘기한다.

추위가 매서웠던 어느 날, 가타오카는 바지가 반쯤 벗겨진 채 학교 2층 창문에서 엉덩이부터 밀쳐져 놀림을 받다가 결국 눈밭 위로 넘어졌다는 이야기를 작품집 『눈밭』(1968년)에 덧붙인 「회상」에서 전하고 있다. 가타오카는 "추운 지방의 린치는 이토록 특이했다."고 했지만 시대와 지역의 소년 문화를 모르는 상태에서 이 '린치'를 어떻게 해석할지, 바로 판단을 내리기는 어렵다.[12] 큰아버지 집에서 생활하며 성적도 좋고 문학적 재능까지 인정받았던 다키지가 주변 사람들에게는 '고고'한 존재로 비쳐졌을 것이란 점은 매우 쉽게 상상할 수 있는 일이다. 그리고 그 또한 이에 대해 잘 알고 있었을 것이다.

여름방학이 되자 다키지는 청립 오타루 상업학교에서는 조금면 본인의 집으로 돌아가 축항공사의 잠수부에게 펌프로 공기를 보내는, 사람의 생명을 다루는 일이면서도 꽤나 단조로운 아르바이트를 시작했다. 이렇게 다키지는 항상 조금 다른 장소에서 세상을 바라보는 경험을 쌓아 왔다. 그의 생애를 보면 고지대, 빵공장, 축항공사 현장 등에서 각각 얻은 것들을 의식에 쌓아 두고 성장했다는 것을 알 수 있다.

그러나 소년 다키지를 너무나도 얌전하게만 묘사하는 것에 대해선 다시 한번 생각해봐야 한다. 친구나 형제들의 이야기를 들으면 소탈하고 민감하면서도 의외로 무심한 다키지의 모습이 엿보인다. 다키지의 평생 친구였고 동지였던 시마다 쇼사쿠가 청립 오타루 상업학교 2학년이던 시절, 시오미다이 소학교 출신의 세 명의 아이들이 시험을 보러 학교에 온 것을 본 일이 있었다. "그들은 눈길 위에서 넘어질 것처럼 장난을 치고 있었다. 그것이 고바야시 다키지였다."[13] 이 세 명 중 합격한 것은 다키지뿐이었다.

청립 오타루 상업학교에 다니던 시절, 다키지는 대담하게도 오타루 중학교의 문예지인 『군상』에 「옛 과자집」이라는 제목의 단편을 보냈던 적이 있었다. '진부하다'는 평과 함께, 타교의 학생이라는 이유로 원고는 채택되지 않았다. 몇 년 후 취직을 한 다키지는 그때 '진부하다'고 평했던 다케다 스스무를, 친구와 시작한 『클라르테』의 동인으로 받아들인다. 다키지에 대한 회상 중에는 생생한 이야기들이 제법 많지만 이 다케다(필명 나카쓰가와 슌로쿠)가 풀어놓는 추억담들은 본인 또한 글을 쓰는 사람이기 때문일까, 다른 사람들의 이야기와는 또 다른 느낌의 특별한 이야기들이 가득하다. 그는 다키지의 '선천적으로 타고난 인간적이고 괴상한 매력'의 한 사례로 목욕 습관에 대해 이야기한다.

> 고바야시는 목욕 같은 데에 시간을 쓰는 건 아깝다고 했으며, 3개월 정도는 목욕을 하지 않고도 괜찮았다. …… 그러나 가끔 공중목욕탕에 가면 카운터에다가 목욕 비용을 두 배로 내고는 "두 사람 분 느긋하게 들어갔다 오겠다."고 미리 양해를 구했다. 그러고 정말 엄청나게 긴 시간을 들여 느긋하게 씻어 댔기에, 같이 간 나는 시간이 남아돌아 지루했다. 고바야시는 정말 뭐든 끝까지 파고든다. 머리와 몸으로 이해할 수 있을 때까지 멈추지 않는다.(혹시나 해서 덧붙이자면 '다키지의 피부는 남들보다 기름기가 적은 편이라 쉽게 더러워지지는 않았다.' 고 다케다는 설명했다.)

참고로 어떤 일이든 철저한 다키지의 태도를 이야기할 때에는 보통 그의 독서 습관, 즉 한 작가를 '졸업' 할 때까지 그 작가의 작품만을 계속 읽는 습관에 대해 이야기하곤 하지만 다케다는 다키지의 식습관에 대해 소개하고 있다. '어디어디의 돈가스가 맛있다.' 고 느끼면 그 가게를 '졸업' 할 때까지 계속해서 들락거리고, 또 친구들까지도 다니게 한다는 것이다. 아니, 난처해 하면서도 따라갔을 터이다.

식습관과 관련해서는 또 한 가지 일화가 있다. 이는 도쿄에서 '문화인' (1927년, 출판사 가이조샤의 문학전집을 선전하기 위해 아쿠타가와 류노스케와 사토미 돈이 홋카이도를 방문했을 당시)이 나타나, 요리 이야기가 화제가 되었을 때 '한 사람 한 사람씩 자신이 좋아하는 멋있는 외국 음식' 을 이야기할 때였다.

고바야시가 갑자기 '나는 막 지은 새하얀 밥 위에 잘게 자른 소금에 절인 연어를 뿌려 먹는 게 제일 맛있다.'라고 말해 모두 낄낄 웃었다. 옆에 있던 내 얼굴은 빨개졌다. 고바야시는 어째서 다들 쓴웃음을 짓고 있는지 이해하지 못하는 사람이었다.[14)]

다케다는 고바야시의 친구의 아내가 '고바야시 씨는 그야말로 다 큰 어린애 같다.'라고 말했던 것을 인용하며 정확한 지적이라고 했다. 입시 시험을 치르기 위해 학교에 오던 중 눈길 위를 구르던 소년은 후지와라 요시에(테너 가수)처럼 노래를 부르고, 채플린 흉내도 잘 내었으며 휘파람도 잘 불었다. 좌담회에서는 가장 먼저 악평을 퍼부었고, 자신의 작품에 대한 비판도 맹렬하게 원했다. 청립 오타루 상업학교에서 오타루 고등상업학교로 올라가며, 다키지는 더욱더 열심히 친구들과 함께 연극, 영화, 음악, 그림 그리고 물론 문학을 탐구했다. 파격적인 진지함은 해학적으로도 보이며, 그런 모습에서 성실함 또한 느껴진다. 그야말로 '다 큰 어린애'이었다. 다케다는 이것이 '우리를 놓아주지 않았던 고바야시의 인간적인 매력'의 근간에 있는 것이라고 이해한다. 그리고 그 의의에 대해서 다음과 같이 설명한다. "고바야시의 업적은 대단하다. 하지만 이 업적이라는 것은 어른이 어른인 체하며 할 수 있는 일들은 아니었다."

1921년 3월 17일 청립 오타루 상업학교를 졸업한 다키지는 같은 달 28일에 오타루 고등상업학교 입시 시험을 치른다. 당시 오타루 고등상업학교에는 장학생 제도가 있어서, 전국의 상업학교에서 시험 없이 이른바 추천입학으로 들어오는 학생들이 있었다.

청립 오타루 상업학교에도 장학생이 두 명 정해져 있었으나 다키지는 경쟁 입시를 거쳐야 했다. 응시생은 722명, 합격자 189명. 예년과 다르게 청립 오타루 상업학교 출신의 응시생은 셋이었고, 합격자는 다키지 한 명뿐이었다. 추천으로든 입시를 통해서든, 합격자 수가 너무나도 적었는데 이는 청립 오타루 상업학교에서 일어났던 교장배척운동이 원인이었을지도 모른다는 설이 있다.[15)]

인생관, 세계관 형성

「늙은 체조교사」

다키지가 청립 오타루 상업학교를 졸업하던 때에 일어난 '교장 배척운동'의 실제 희생자는 교장이 아니라 한 체조교사였다. 그 교사를 모델로 삼은 『전집』에는 수록되지 않은 단편이 2007년에 발견되어 화제가 되었다. 「늙은 체조교사」라는 제목으로 다키지가 『소설구락부』에 투고했는데, 선외가작이 되어 1921년 10월호에 게재되었다. 다키지는 발표된 그달에 만 18세가 되었으므로, 이 작품이 중앙지에 발표된 최초의 작품인 셈이다.[16)]

이 작품은 러일전쟁에서 부상을 입은 퇴역군인 'T 선생'이 자신이 장애가 있음에도 불구하고 체조교사로 활동할 수 있도록 보호해 주던 교장이 전근을 간 후, 새로 부임한 '엄격한' 교장 밑에서 자신의 자리를 지키기 위해 180도 태도를 바꾸어 배척운동을 일으키게 된다는 내용이다. T 선생에 대한 호의적 묘사는 '17세 청년이 쓴 것이라 생각하기 어렵다.'라는 평을 자주 받았다. 정말 연배가 있는 남성, 게다가 교원의 위치에 있는 인물의 가정생활이나 내면을 묘사한 부분에서 드러나는 상상력에 대해서는 감탄하게 된다. 아내나 자녀에게 화를 내며 직장에서 쌓인 울분을 삭히는 부분 등을 보다 보면 어떻게 이런 걸 알 수 있었을까 싶기도 하지만, 어느 시대든 학생은 교사의 가장 날카로운 관찰자이지 않은가.

이 소설에서 가장 경탄할 만한 부분은 막연한 따스함이나 이해보다는 사람이 얼마나 미움을 받는—스스로 '비열'하다고 칭하기까지 하는—존재로 변하게 되는지, 그 과정을 그렸다는 점에 있다. T 선생이 차남을 끌어안으며 직업을 지켜내기 위해 냉정한 교사가 되겠다고 결의를 다지는 장면이 절정이다.

흥미로운 것은 T 선생이 태도를 바꾸기 전 그리고 후의 성격묘사 모두 군인체험·전쟁체험을 중심에 두고 있다는 것이다. T 선생은 사관학교에 들어가기 전에 노기 대장의 집에서 아들들과 함께 지내며 나중에는 러일 전쟁에서 만주체험을 하게 된다. 그곳에서 허리에 탄환을 맞고 퇴역한 후, 체조교사가 된 것이다.

제7사단의 러일전쟁 그리고 시베리아 출병출동 이후로, 홋카이도 특히 오타루 지역에는 실제로 퇴역군인이 체조교사가 되는 사례가 자주 있었던 듯하다.[17] T 선생의 모델로 추정되는 도미오카 단지라는 인물 또한 비슷한 경력을 가진 사람이었다.[18] 장애를 가지고 있고 아침부터 술 냄새를 풍기는 걸로 유명했던 T 선생은 주변의 차가운 시선에도 불구하고 교장이나 학생들로부터는 '악의가 없는 성격'이라든지 '군인다운 단순한 면모'로 사랑받았다. T 선생은 수업은 뒤로 제쳐두고 잡담만 늘어놓았는데 언제나 마천령과 노기 대장에 대한 이야기만 해 댔다. '젊은 학생들에게 호령을 할 때'에만 '화려한 군인 시절로 돌아간 것 같은 쾌감'을 느낄 수 있던 T 선생에게 전쟁이란, 평생 안고 가야 하는 부상을 입힌 존재인 동시에 그에 대한 대가까지도 제공한 존재인 것이다. 그 대가가 얼마나 미덥지 않은 것이었는지는 '엄격한' 교장이 새로 부임한 뒤에 판명된다. 새로운 교장의 체제에 맞추기 위해 체조 내용을 행진과 소총으로 바꾸고 교칙 위반 행위에는 눈을 반짝이던 T 선생은 배척운동의 패자가 된다.

열일곱 살 때 쓴 이 작품은 단순하고 사랑받는 성격이든, 그저 엄격하고 남들이 싫어하는 성격이든 상호교환이 가능하게 만드는 전쟁체험을 표현함으로써 상황(권력구조)에 의해 강압적으로 어느 쪽이든 선택하게 된다는 심리적인 줄다리기를 그리고 있다.

이 작품의 초고로 추정되는 '단고(断稿)' 두 편(「3편」과 「4편」)이 『전집』에 수록되었는데 3편에서는 '시베리아 출정' 체험을 저주스러운 일이라 상기하고 있으나 어째서인지 T 선생에게서는 전쟁을 원망하는 모습을 찾아볼 수 없다. 조각조각을 이어 작품으로 만드는 과정에서 유일하게 찬란하던 추억을 부정하는 것은 T 선생에게 너무나도 괴로운 일일 것이라는 의식이 발동해서인 듯하다.

개인의 심리와 사회적 구도

'교장배척사건'은 실제로 있었던 사건이고, 다키지의 졸업식에도 경관이 파견되고 졸업생 대표가 사건의 해결을 호소하는 등의 일이 있었지만 다키지는 교장배척에 대해서는 다루지 않았다.

단편 작품은 오로지 T 선생의 운명에 대해서만 관심을 집중하고 있다. 어째서일까. 이 시기에 이미 권력자보다 권력에 의해 휘둘리는 인간에게 더 매력을 느꼈다라고 추측하는 것이 편리할 듯은 하나, 그것만으로는 작품의 이해를 심화시킬 수 없다. 먼저 『오타루 신문』(1921년 3월 13일, 소네)에서는 도미오카 교사에 대해 '구내의 신망이 그리 두텁지 않고, 어떤 야심을 가진' 인물이라 소개하고 있는데, 이를 통해 그가 반드시 T 선생처럼 사랑받는 존재는 아니었을 가능성을 찾아볼 수 있다. 물론 신문에 적힌 평가를 그대로 받아들이자는 것은 아니며, 어쩌면 일반적으로는 '신망이 그리 두텁지 않은' 도미오카 선생의 인간성을 다키지가 놓쳤을지도 모른다. 그러나 이는 우리가 알아낼 수 있는 범위 밖의 이야기다.

독자의 동정을 전혀 이끌어 내지 못하는 인물로는 소설을 쓸 수 없다. 다키지는 독자들이 T 선생에게 공감하게 만들면서도, 영웅적 피해자로만 그리지도 않았다. 오히려 어떤 때에는 가족들에게 마구 화풀이를 하는 모습을 보여 주는데 그러면서도 미워할 수 없는 인물로 표현했다. 이런 보통 사람인 T 선생이 자존심을 희생하면서까지 자리를 지키려 애쓰지만, 결과적으로는 스스로 본인의 목을 조르고 마는 과정을 보여 주고 있는 것이다. 이는 약자가 가해자가 되는 구도이기도 하다. 조금 더 엄밀히 말하자면 보통 사람이 피해자와 가해자 사이를 오가는 모습을 보여 주는 것이다.

다키지는 이른 시기부터 개인의 심리와 사회적 구도의 접점에 대해 직감하고 있었던 것 같다. 그렇기에 개인을 탓하지 않는다.

냉소를 보내지도 않는다. 이러한 감성, 아니 인간관이라든지 세계관은 자각적인 프롤레타리아 작가가 되어 쓴 글들에서도 찾을 수 있다. 즉 이러한 감성은 성인이 된 다키지의 사상의 뿌리에 계속 존재했던 것이다. 흔히들 다키지의 '약자'에 대한 '따스함'을 이야기하는데, 이는 그가 이러한 감성과 지성을 함께 갖추고 있었기 때문이다.

조금 다른 이야기지만 「4편」이라는 제목의 '단고(断稿)' 1부는 시립 오타루 문학관의 기획전 「투고소년 고바야시 다키지 86년째의 새로운 발견」(2008년 1월 26일부터 3월 20일)에 전시되었다. 이 전시에서는 오타루 고등상업학교 재학 중 혹은 입학 직후에 다키지가 사용하던 '다키지용 원고'라는 글씨가 붉은색으로 인쇄된 원고지 또한 볼 수 있었다. 작가가 될 결의를 스스로, 그리고 남들에게도 선언하고 있었던 것이다.

형제

제2장에서 죽은 형을 소재로 쓴 작품 「겐」을 예로 들었으나, 그에 앞서 친척의 힘을 빌어 진학하는 일이라든지 그로부터 비롯된 형제관계나 사촌형제와의 관계에 대한 작품이 두 편 더 있다. 하나는 1920년에 쓴 작품으로 생전에는 발표되지 않았던 「돌과 모래」이고, 또 한 편은 1922년에 신초샤에서 발행하는 『문장구락부』에 당선된 「형」이다. 이 두 작품 속에서 다키지는 자신과 비슷한 인물 외에도 동생과 사촌형제, 친구, 큰아버지의 요소들을 집

어 넣고 재편성하여 만들어 낸 인물들을 등장시키며, 자신에게 그림을 그만두게 했던 일의 의미에 대해 고민한다. 실제로 큰아버지 집에서 지내며 장사를 돕고 통학을 하는 숨 막히는 일상 역시, 머리까지 이불을 뒤집어 쓸 때를 제외하고는 프라이버시라고는 없는 주인공을 통해 묘사하고 있다. 「겐」과 마찬가지로 이들 작품은 출세를 위해 도움을 받거나, 남의 집에 얹혀사는 일들의 불행한 측면을 그리고 있으나 그림을 그리지 못하게 한 큰아버지를 악인으로 다루고 있지는 않다. 다키지와 동일인물 격인 화자 역시 생계 활동을 경시할 수는 없었던 모양이다.

「겐」이 발표되고 반년 후에는 「야부이리」라는 단편이 『신흥문학』에 당선되어 1923년 7월호에 게재되었다. 이 이야기는 눈보라가 치는 어느 날 밤, 집에 돌아가기 위해 열차를 기다리던 류스케는, 같은 정차장에서 안절부절못하고 있는 어린 사내아이를 바라보다 급격히 우울해지는 자신의 모습을 발견하며 시작된다. 어째서 이런 기분이 드는 걸까 고민을 해 보니, 동생 요시가 떠올라 그랬다는 것을 깨닫는다. '야부이리'의 시기였다. 야부이리란 고용주와 함께 지내며 일을 하는 노동자들이 명절 즈음에 새로운 기모노와 얼마 되지 않는 용돈을 들고 고향 집에 잠시 돌아가는 것을 말한다. 즉 류스케 역시 열차를 타고 집에 돌아가면 동생 요시와 재회하게 되는 것이었다. 류스케는 아버지가 닭을 잡아 맞이하겠다 말했던 것도 기억해 낸다.

류스케도 이전에 운송점에 기거하며 일을 했었다. 주인의 호의로 중학교에도 다닐 수 있었고, 대학 예과에까지 들어갔다. 그러나 수업이 시작되고 일과 학업을 병행하는 것이 어렵다는 것을 깨달은 후, 주인의 권유로 고향집으로 돌아가게 된다. 그 대신 소학교를 졸업한 동생이 일을 시작했다. 대학 예과와 동생을 저울에 올려 두고 재고 있던 건 아니었을까, 류스케는 자신을 책망한다. 요시가 '형한테는 말하지 마.'라며 어머니에게 이야기했다는, 졸업 전 교실에서 있던 일에 대해서도 들었다. 이는 후에 작품에도 나오지만 선생님이 진학할 예정인 아이들에게 손을 들게 하는 장면이었다. 총 60명의 학생들 중 고등 소학교에도 올라가지 않는 사람은 요시를 포함해 겨우 세 명뿐이었다.

이 소설은 다키지가 고등상업학교에 다니던 시절에 쓴 것이다. 그는 청립 오타루 상업학교를 졸업한 후 오타루 고등상업학교에 진학하였으나, 동생 '산고'는 시오미다이 소학교를 졸업한 후 더 이상 진학하지 않았던 것으로 알려져 있다. 실제로 그랬을 수도 있으나 확신은 어렵다. 이 문제에 대해서는 산고 본인의 회상 또한 정확한 증거가 되지 못한다. 나중에 음악학교에 들어가려 하지만 중졸이 아니라 벽에 부딪히자 '괜찮다.'라고 말하면서도, 밤에는 '성가신 거 같아.'라든지 '안 되겠지.'라고 잠꼬대를 한다는 것을 알게 된 다키지는 가슴 아파하며 그 모습을 일기에다 적었다(1926년 7월 27일). 결국 다키지의 학비를 내준 큰아버지 게이기가 자금을 조달해 와 산고는 양품점에서 지내며 일을 하게 되었다[19]. 그 노동력이 미쓰보시 빵에서 다키지가 했던 역할과 마찬가지로 인정을 받은 모양인지, 다키지는 집으로 돌아갈 수 있었다.

어느 날 동네에서 바이올린을 연주하는 작은 사내아이를 본 아버지는, 가게에서 생활하며 일하는 중인 산고를 위해 바이올린을 사 주고 싶어 한다. 중고 물품점에서 찾아보았지만 비싸서 사지 못했다고 다키지에게 고백한다. 아버지 스에마쓰는 다키지가 취직을 한 후 얼마 지나지 않아 사망하는데, 다키지는 첫 월급으로 산고를 위해 바이올린을 구입한다. 또한 바이올린을 가르쳐 줄 선생님도 찾아 주고, 자신 또한 음악을 꽤 좋아하는 편이었기에 연습에 대해서도 이래저래 잔소리를 했던 듯하다. 산고에게는 어머니가 만들어 파는 떡을 치지도 못하게 하고, 자신이 출근하기 전에 다 쳐 놓고 나갔다. 동생의 손을 보호해 주고 싶었기 때문일 것이다. 전쟁이 끝난 후, 산고는 도쿄 교향악단과 도쿄 필하모닉 단원을 거친 후 프리랜서가 되었다. 형이 바라던 대로 취미로만 그치지 않고 바이올린을 생계수단으로 쓸 수 있을 만큼 실력을 갖추게 된 것이었다. 산고는 내내 경애심을 담아 형의 이야기를 이어가고 있다.

「야부이리」「돌과 모래」 그리고 「형」은 모두 실존인물인 다키지와 산고의 관계를 허구를 통해 재검토하고 있다. 그런데 「야부이리」에서는 처음으로 사회적으로 형제 관계를 다루고 있다. 류스케는 자신이 요시에 대해 갖고 있는 찜찜한 마음과 이를 덮기 위한 보상 행위에 대해 인정하고 동시에 가족들 또한 공범 관계에 있다는 것을 인식한다. 자식에게 고용살이를 시키며 부모는 자신들의 생활을 지키려 하고 있지 않은가. '한 마리의 닭과 떡 조금으로 아이를 달래듯이 자기 마음대로 다루고 있다!' 고 류스케는 마음속으로 소리를 지른다. 야부이리라는 풍습 그 자체가 '엄청난 허위(제도적 허위)' 인 것은 아니냐며 고찰을 심화시킨다. 이러한 진전은 다키지가 고등상업학교에서 사회과학 공부를 시작한 것과도 관계가 있겠지만, 동시에 자신의 체험을 기반에

둔 하나의 소재를 가지고 각도를 바꾸어 가며 여러 작품에서 다루는 연습을 해 온 성과이기도 하다.

「야부이리」와 시가 나오야의 「꼬마점원의 신」

소설의 세계에서 작가의 체험은 결정적이라고 할 수는 없지만 그렇다고 경시할 수 있는 것도 아니다. 여기서—보는 김에 함께 살펴보자 말하기엔 미안한 일이지만—다키지가 일본 작가 중 가장 열심히 읽었던 시가 나오야의 「꼬마점원의 신」과 「야부이리」를 비교해 보자.

다키지의 철저한 독서 습관에 대해서는 이미 언급했으나 시가 나오야의 작품은 그야말로 '탐독'하며 읽었다. 자신의 작품을 나오야에게 보내 평을 해 달라고 하고, 또한 문학 대선배의 작품에 대해 비평을 포함한 감상까지 보냈다. 나오야 앞으로 보낸 서간 중 현재 확인이 가능한 가장 오래된 것은 1924년 1월의 것으로 「야부이리」 집필 이후지만 '정말 오랜만에 인사드립니다.'라는 말로 시작되는 것을 보아 이전에도 왕래가 있었음을 상상할 수 있다. 즉 「야부이리」를 쓰던 당시, 이미 나오야의 엄청난 독자였던 것이다.

「꼬마점원의 신」은 나오야가 36세였던 1919년, 그러니까 「야부이리」보다 4년 앞서 발표된 작품이다(인용은 『꼬마점원의 신-기노사키에서』에서). 이 작품은 저울 가게에서 일하는 꼬마점원 센키치와 젊은 귀족원(근대 일본 제국의 의회, 상원에 해당) 의원

A를 둘러싼 몇 개의 짤막한 에피소드로 이루어져 있다. 화자는 센키치와 A 두 사람의 시선을 통해 이야기를 진행시키고 있으며, 양자의 내면 또한 독자에게 보여 주고 있다. 한편 「야부이리」는 류스케의 시점만 취하고 있어 구조적으로는 「꼬마점원의 신」이 복잡하다는 것을 알 수 있다.

어느 날 센키치는 지배인들의 이야기 중에 나왔던 초밥 가게에 가보고 싶어져, 심부름을 마치고 돌아오는 길에 아껴두었던 전차비 4전을 쥐고는, 이야기 속에 나왔던 가게와 같은 이름을 내걸고 있는 포장마차에 무작정 들어간다. 그날 김초밥은 없었다. 거기서 센키치는 값을 물어보기 전에 세 개짜리 참치 초밥 중 하나를 기세 좋게 집어 올리지만, 입에 넣기 전 개당 6전이라는 것을 알고는 도로 내려놓는다. 그때 우연히 서 있던 사람이 젊은 귀족원 의원인데 그는 그 소년(아니, A의 의식 속에서 센키치는 어디까지나 꼬마였지만 점원 차림의 모습 탓에 순간적으로 소년이라 느낀 것일 터이다.)이 괜히 신경 쓰인다. 다른 귀족원 의원 친구에게 사 주면 되는 거 아니냐는 말을 듣지만, 거기에는 '용기'가 필요하다고 답한다. 여기에 어째서 '용기'가 등장한 것인지는 확실히 밝히지 않는다.

물론 꼬마와의 재회 없이 이야기는 성립되지 않는다. 「야부이리」에는 자신과 동생의 가치, 즉 장래성을 저울에 올려 둔 것 같은 기분에 괴로워하는 류스케가 나오지만, 「꼬마점원의 신」에서는 A가 유치원에 다니는 자신의 자녀의 성장을 '숫자로' 알고 싶다며 저울을 구입한다. 여기서 소년 센키치가 귀족원 의원의 아들(아들이라고 정확히 나오지는 않지만 '소설의 신'(시가 나오야의 별칭, 「꼬마점원의 신」에 빗대어 그렇게 불리게 되었다.)의 작품이라면 독자가 그렇게 읽어내야 할 것이다.)의 신체 성장을 측정할 수 있는 '작은 체중계'를 손수레에 싣고 걷게 된다.

돌아오는 길에 A는 센키치가 전에 들른 포장마차가 아니라 가게에 앉아 마음껏 초밥을 먹을 수 있도록 준비해 둔다. 하지만 A는 더욱더 깊이 고민을 한다. 좋은 일을 한 것인데 이름도 댈 수 없는 상황에 대한 섭섭함과 떳떳하지 못한 마음에 시달리는 나날이 이어진다. 어쩌면 자신이 한 일을 '좋은 일'이라 의식하는 자기 자신의 모습을 비웃는 또 다른 자신이 있는 것은 아닐까 고민을 하다, 결국 '소심해서' 그런 것이라고 마무리를 짓는다. 그리고 이 이상한 고민도 곧 사라진다.

그런데 센키치 입장에서 '그 손님'은 더더욱 잊기 어려운 존재가 된다. 애초에 자신이 초밥을 먹고 싶어 했다는 것, 그리고 비참한 기분을 느꼈다는 것을 어떻게 알고 있었을까. 게다가 지배인들이 이야기했던 바로 그 가게에서 초밥을 사 주었다. '그 손님'은 보통 사람이 아닌 절대적 존재 혹은 신이라고 생각할 수밖에 없었다.

결말 부분에서 '작자'라는 인물이 등장하여 '그 손님'이 쓰고 간 엉터리 주소(당시에는 저울을 살 때에 주소 및 이름을 저울 번호와 함께 등록하는 것이 의무였던 듯하다.)에 꼬마점원을 직접 보내 그곳이 신사라는 걸 보여줄까도 하지만 '그렇게까지 하면 꼬마점원에게 너무 잔인한 것 같아' 그만두었다고 말한다. 센키치는 이미 '그 손님'은 신일지도 모른다 생각하고 있는데, '작자'는 어째서 이러한 양심의 가책을 고백하고 있는 것일까.

A가 자신의 고민을 해명하지 못하는 일, 그리고 센키치가 손님을 신격화하는 일은 두 사람을 대등한 입장으로 다루고 있기 때문은 아닐까. 그렇다고는 해도 A는 어째서 고민의 성격을 밝혀내지 못했던 것일까. 저울을 사며 이름을 알려주어야 했을 때 '식은 땀'을 흘린 것은, 본명을 알려준 후 그것이 계기가 되어 한 번 혹은 두 번, 초밥을 사 주어도 끊어낼 수 없는 인연이 되어 버리면 어쩌지 하고 불안해졌기 때문은 아닐까. 일시적으로 '불쌍'하게 생각했던 꼬마점원과 우연히 다시 만나 초밥을 사 주기로 결심하였지만, 계속 따라붙는 건 아닐까 하며 주춤하게 된 것은 아니었을까. 게다가 그렇게 느끼는 스스로가 떳떳지 못했을 것이다. 참치 초밥 하나도 살 수 없는 꼬마점원에게 딱 한 번 선심을 쓴다 해도, 결국 아무런 도움도 될 수 없다는 것을 잘 알았기에 집요하게 '용기'를 이야기했던 것은 아닐까. 섭섭함과 떳떳하지 못한 마음들을 '소심한' 일로 얼버무린 것은 자신과 꼬마점원 사이의 격차, 그리고 그것을 만들어 낸 사회구조를 바라보고 싶지 않았기 때문이다. 귀족원 의원이기에 더욱 그랬을 것이다.

불쾌한 기분이 사라진 후에도 A는 저울집이나 그 초밥 가게는 피하게 되었다. 센키치는 센키치대로 초밥 가게에 가지 않았다. A가 큰돈을 미리 지불한 듯, 초밥 가게에서는 센키치에게 또 오라고 몇 번이나 말했지만 말이다. A는 꼬마점원의 포만감을 너무나도 큰 금액으로 환산하고 말았다. 일시적인 위안을 위해 필요한 지출은 그가 상상할 수 있는, 꼬마점원이 초밥을 먹고 싶어 하는 마음만큼의 금액이었다. 반대로 초밥 가게에서 또 오라고 했음에도 불구하고 가지 못하는 센키치는 초밥으로는 환산할 수 없는, A

가 맡겨둔 나머지 돈을 사용하지 않음으로써 자신의 존엄을 가까스로 지켜낸 것일지도 모른다.

A와 센키치의 결정적 차이는 초밥을 자유롭게 먹을 수 있느냐 없느냐에만 있는 것이 아니라, 정보와 지식의 양과 질에 있다. 이는 어른과 소년의 차이에서 비롯된 것은 아니다(유치원에 다니는 A의 자녀가 센키치만 한 나이가 되었을 때, 센키치로서는 상상도 할 수 없던 문화적 자본을 지니게 될 것이 틀림없기 때문이다). 센키치는 A가 포장마차에 우연히 있었다는 그 단순한 사실을 모르기 때문에, 그를 신격화한다. 시가 나오야는 '작자'가 꼬마점원의 신앙심을 더욱더 조작하지 못하게 막은 것에 지나지 않는다.

그렇다고는 해도 당연히 충분한 지식을 가지고 있는 귀족원 의원이 용기를 내어 자신의 행위와 그 배경에 대해 해명하지 않으려 한 일과, 지식도 정보도 한정되어 있는 꼬마점원을 대등한 관계처럼 다루어도 괜찮은 것일까. '작자'의 양심은 어떻게 이해해야 좋을지, 이 부분도 석연치는 않다. 그러나 이런 아이러니에 시가 나오야의 의도가 있으며, 작가로서의 묘미가 있다 말할 수 있을 것이다. 절묘한 문장들은 서정적인 애매함에 빠져들기 좋아하는 독자들을 매료시켰을 것이다. 다키지가 「야부이리」의 주인공을 통해 자신과 부모, 나아가서는 사회의 기만을 추궁했던 것과는 대조적인 효과가 아닐까.

그렇다고는 해도 기만을 폭로하는 부분은 아직 추상적으로, 소설로서의 살을 붙이는 작업이 이루어지지 않았다. 「꼬마점원의 신」의 스토리가 훨씬 재미있으나 꼬마점원을 다루는 방식은 조금 마음에 걸린다. 앞서 A와 센키치의 시점이 함께 등장한다고 이야기했지만, 대등하지는 않다.「야부이리」에서는 류스케의 시점으로 이야기를 끌고 가지만, 이 작품을 쓴 다키지는 요시의 세계까지도 가슴 아플 만큼 잘 알고 있다. 자신과 비슷한 가족들 사이에서 자랐기 때문이다.

다키지의 테마와 문체, 리듬 그리고 제목을 짓는 방식까지 나오야와의 유사성이 지적되는데, 경험의 결정적 차이와 그 의미를 의식하며 다키지는 '나는…… 반드시, 알겠냐? 반드시! 시가의 카테고리에서 나와야 한다.' 고 일기(1926년 10월 9일)에 맹세하고, 나아가서는 나오야의 '초사회성' 을 비판하기에 이른다(1927년 7월 8일). 그러나 짧은 생애 동안 나오야와의 관계를 중요시했던 것 또한 분명하다.

'주인을 가진 문학'

나오야가 편지에 다키지의 작품에 대해 '소설이 주인을 가진 부분이 마음에 들지 않습니다.' (1931년 8월 6일)라고 쓴 일은 잘 알려져 있다. 이는 다키지가 출감 이후에 나오야가 옥중의 다키지에게 음식을 보내려 했었다는 것을 알게 되어 헌책방을 뒤지고 뒤진 끝에 겨우 발견한 검열당하지 않은 『1928년 3월 15일』과 『게잡이 공선』 그리고 최신작 『조직책』을 나오야에게 보내자, 이에 대한 감상으로 나오야가 한 말이다. 나오야의 생각으로는 '운동의식' 이란 작품을 '불순' 하게 만드는 것이었다.

대중을 가르치는 일을 조금이라도 목적으로 두고 있다는 부분이 예술의 측면에서는 약점이 될 것이라 생각됩니다. 이러한 부분은 역시나 일종의 소아병처럼도 보입니다(1931년 8월 7일).[20)]

'당신의 위치에서 거리낌 없는 비판을 해 달라'고 부탁했던 다키지에게, 나오야가 성실히 답해 주려 했던 것은 분명하다. 그리고 호의적이기도 했다. 다키지의 소설에서는 열정이 느껴지며 '천박하게 끈적끈적한' 부분도 없고 '노골적으로 적은 부분도 희한하게 불쾌한 느낌'이 없다고 평하고 있다. 마지막으로 사건을 전달하고 싶은 거라면 소설의 형식을 취하지 말고 기사로 쓰는 것이 좋겠다고 추천하고 있다. 이것은 문학론의 입장에서 중요한 논의 주제이므로 여기에서는 깊이 들어가지는 않겠다. 그러나 프롤레타리아 문학만이 아니라, 개인과 내면을 그리는 일 외에 무게를 둔 문학에 대한 심각한 도전이었다는 것을 기록해 두겠다.

이러한 말들을 주고받은 지 몇 개월이 지나, 다키지는 나라에 있는 나오야의 저택을 방문하여 하룻밤 묵는다. '눈에 띄지 않도록 포목점 지배인 같은 차림을 하고' 찾아왔다고, 나오야는 『정본 고바야시 다키지 전집』 추천문에서 말하고 있다. 처음이자 마지막 대면이었다. 그로부터 1년 3개월 후, 나오야는 신문을 통해 다키지가 쓰키지 경찰서에 체포되어 급사한 것을 알게 된다. 나오야는 다키지의 어머니 세키에게 정중한 편지와 함께 5엔을 부쳤다. 다키지가 살해당한 날이 자신의 생일과 같은 날이었기에, 더 마음이 쓰였던 모양이었다. 2년 후, 프롤레타리아 작가 기시 야마지와의 대담에서 '주인을 가진 문학'에 대한 의견을 조금 수정한다. '주인을 가진 문학이라 해도 사람을 울리는 것이 있을지도 모른다.' 고 인정한 후에 다음과 같이 말하고 있다.

> 그러니까 사람을 울리는 힘이 있는 것, 사람을 한층 더 높은 곳으로 올려둘 수 있는 힘이 있는 작품이라면 좋다는 것이다. 이러한 작품이 나와 준다면, 오히려 확실하게 주인을 가진 문학으로 등장했다고 하더라도 전혀 상관이 없다.[21)]

다키지와의 대화를 통해, 또한 잔혹한 죽음의 사실 등을 감안해 보았을 때에 나오야의 문학관 또한 느슨하게 바뀌었던 것은 아닐까. 패전 이후 나오야는 다키지에 대해 호의적인 언급을 자주했다. 사상의 차이에 대해 계속 고민하며, 후배로부터 배울 줄 아는 나오야의 모습을 엿볼 수 있다.

부자를 향한 꿈, 그리고…

1931년, 다키지는 가이조샤판 현대일본문학전집 중『프롤레타리아 문학집』의 고바야시 다키지 편을 위하여「연보」를 작성하였다. 아키타에서 태어난 일부터 집필 직전까지의 생애를 훑어보았다.「연보」는 둘로 나누어져 있는데 전반부는 가난했던 청년기까지의 삶을 서술하였고, 후반부는 홋카이도 척식은행에 취직하여 세상의 실태에 눈을 뜨게 된 이후부터의 작품을 열거하고 있다.

다키지는 소년기의 심경에 대해 다음과 같이 묘사하고 있다.

내가 네 살 때, 생활이 팍팍해진 우리 가족은 홋카이도 오타루로 이주했다. 변두리 마을에서 가게를 열고 옛 과자 장사를 시작했다. …… 하지만 생활은 여전히 팍팍했다. 나는 학교로 이어지는 기나긴 길 내내, 광산을 발견하여 어머니를 인력거에 태워드리고 싶다는 생각만 하고 다녔다.

오타루 고등상업학교에 다니면서도 '부자가 되고 싶다고 진심으로 생각했다.' 고 회상하고 있다. 그다음 해에 발표한 『전형기의 사람들』에서는 아키타에서 오타루로 이주한 것을 '야반도주'라고 표현하였는데, 이는 어머니의 반론—사실은 많은 사람들에게 배웅을 받고 그곳을 떠났다—을 불러일으키기도 했다.

어째서 가난한 생애와 성장기를 집요하게 강조하고 있는 것일까. '부자가 되고 싶다.' 고 생각한 부분에 주목해 보자. 실제로 소년 다키지가 부자가 되고 싶었는지 아닌지는 모르는 일이다. '광산을 발견' 하는 것은 너무나도 홋카이도적이고, 뻔한 느낌도 있지만 어머니를 편히 살게 해드리고 싶다는 것은 자연스럽게 받아들일 수 있다. 사람들은 대부분 부자가 되기를 꿈꾼다. 더군다나 가난한 사람이라면 더더욱. 26세의 작가 고바야시 다키지는 자신 또한 그런 평범한 의식을 가지고 있다고, 일단 말해두는 것이 중요하다 느꼈던 것은 아닐까.

그러나 「겐」에서 보았듯, 19세의 작가 고바야시 다키지는 가난한 사람이 부자가 되는 것이 반드시 해결책은 아니라는 것을 시사했다. 「연보」 후반은 24세 때에 발표한 『1928년 3월 15일』 이후의 주요작들을 나열하고 있는데, 이는 부자가 되는 일과는 확실하게 다른 길을 모색한 흔적이다.

'빈곤의 반대는 부가 아니라 정의다.' 이는 해방 신학자 레오나르도 보프가 한 말이다. 브라질인인 보프는 사제였으나 요제프 라칭거 추기경(제 265대 교황 베네딕트 16세)에게 거듭 비판을 받고 사제직을 떠났다. 그러나 그 후에도 카톨릭 신도로서의 활동은 이어가고 있다. 시공을 뛰어넘어, 해방 신학의 사상과 다키지 그리고 그 운동의 정신은 서로 통하고 있다.

「연보」의 마지막에 다키지는 '지금까지 쓴 작품들 모두에게 그야말로 정이 떨어지고 있으므로 앞으로는 더욱더 뛰어난 것을 쓰고 싶다.' 고 덧붙이고 있다. 그에게 남은 삶은 2년이었다.

기억된 청년 · 다키지

어학·과학·상업 실천

오타루 고등상업학교는 초대 교장 와타나베 류세이의 교육방침에 따라 어학, 과학 그리고 상업 실천을 교과의 축으로 내세우고 있었다. 창립 초기부터 우수한 교원들을 모았던 와타나베는 외국인도 적극적으로 데리고 왔다. 그들은 물론 어학수업 담당이었으나, 그 외에도 상업학이나 상품실험 등을 맡기도 했다. 그들의 '수업 방식이나 개성이 풍부한 인간성'이 교풍에 얼마나 큰 도움이 되었는지는 종종 동창지 특집에 실렸던 것을 통해 알 수 있다.[22] 고등상업학교는 '북쪽의 외국어 학교'라 불릴 정도로 어학을 중시했다. 국제교역을 위한 것이라고는 해도, 문학적 분위기를 자아내는 효과가 있었다. 상업과 문화적·과학적 감성과 지성이 필요하다는 의식이 지배적이었다는 것을 알 수 있다. 다키지보다 한 계급 아래였던 이토 세이는 사반세기 후에, 창립 후 10여 년이 흘렀을 때의 고등상업학교에 대해 다음과 같이 회상하고 있다.

무언가 들뜬 것 같은 분위기가 교원들과 학생들 사이에 있었다. …… 우리들 학생들에게 영향을 준 것은 상품실험이라든가 부기 실무교원이 아니라, 경제학이나 어학 등 문계 계열의 교원들이었다. 실습을 경멸하던 다키지나 가타오카 료이치, 사사키 다에지, 야마우치 겐, 이케 류지 그리고 나와 같은 문학청년들에게 학교란 어학으로서의 문학과 새로운 사회사상의 기초로서의 경제학을 배우는 장소였고, 어떤 신선하고 젊은 의식을 만족시켜줄 만한 것들을 가지고 있는 곳이었다.[23)]

훌륭한 증언집을 편찬

오타루 고등상업학교 시절의 다키지가 어떤 사람이었는지를 파악하는 데에는 친구들이나 교원들의 회상을 빼놓을 수 없다. 왜냐하면 일기(『그때그때 일기』)는 1926년, 졸업하고 2년 뒤부터 작성된 것이고, 서간들 또한 1992년 신장판 『전집』의 「보충」에 수록된 여섯 통을 합친 아홉 통 이외에는 전부 졸업 후의 것들이기 때문이다. 다만 2003년에 서간 두 통과 2007년에 「늙은 체조교사」가 발견되었던 것처럼, 앞으로도 새로운 자료가 나올 가능성이 아예 없는 것은 아니다.

다키지가 성실하게 편지를 쓰는 타입이었다는 것은 잘 알려져 있다. 청립 오타루 상업학교때부터 절친한 벗이며, 나중에는 오타루 고등상업학교의 영어교사가 된 마키타 에이치가 다키지에게 백 통 가까운 편지와 엽서를 받아 하나도 빠짐없이 소중히 보관했으나, 패전 직전에 헌병의 감시 탓에 전부 목욕탕 화덕에다가 태워버려야 했던 안타까운 일들이 동창회 회지 특집호에 실려 있다. 다키지에 관련된 것들 중 이렇게 처분된 것이 얼마나 될까.

마키타의 술회가 실린 것은 먼저 다케다 스스무의 회상에서 인용하였던 『료쿠큐』 42호로, 바로 그 「고바야시 다키지 특집호」였다. 이 특집호는 다키지 문학비 건설운동의 일환으로 1965년, 문학비가 완성된 해에 편찬되었다. 다키지와 관련이 있는 교사나 졸업생들을 비롯하여, 오타루 시절의 문학 동료들과 상경한 이후 교류한 문화운동 동료 등이 각자 생생한 문장들을 보내왔다. 문학비와 마찬가지로 다키지의 사상을 반드시 공유한다고는 볼 수 없는 사람들—상업학교 졸업생들의 대부분은 실업계에서 활약하고 있으므로 당연하다—이 그의 짧았던 삶에 대해 친근한 마음을 담아 경의를 표하기 위해 모인 것이다. 이러한 의미에서 이 『특집』은 귀중한 자료로 읽는 보람이 있다.

『료쿠큐』 42호를 읽다 보면, 다른 곳에서는 드러나지 않았던 학생 시절의 다키지의 모습에 대해 이야기한 교사들이 많다. 여기에서는 그 부분에 주목하고자 한다.

오타루 고등상업학교 교사의 시선으로 본 다키지

다키지는 본인의 관심도가 낮은 외환 관련 원서 구독 수업의 교사에게는 '온화하고 성실하며 공부를 좋아하는 학생'이라는 인상을 남겼으나[24] 관심을 가지면 교사에 대한 태도도 일변한 듯하다. 2학년 때 다키지는 다카하마 도시오(다카하마 교시의 장남)와 함께 교우회 잡지의 편집위원으로 발탁되었다. 교우회 잡지의 고문은 고등상업학교 졸업생이자 은행론 담당이었던 이토이가와 유자부로 교수였다. 때때로 합평회도 열렸는데 다키지와 주고받은 몇 번의 대화가 이토이가와의 기억에 인상 깊게 남아 있다. 어느 날 이토이가와가 쓴 글을 읽고 다키지가 이렇게 말했다고 한다.

> "선생님께서 이런 견해를 가지고 계신다면 비에른손(투르게네프였을지도 모른다)의 작품을 읽어 보시는 것도 좋을 겁니다." 라고 했다. 이 녀석, 시건방진 소리를 한다고 생각했던 것을 기억하고 있다.
>
> 그 이후 내가 좀바르트의 『유대인과 근세 자본주의』의 영문판을 도서관에서 빌려온 것을 보고는 다키지가 "선생님, 저도 읽고 싶으니 도서관에 반납해 주세요."라고 한 적이 있었다. '이 학생, 그냥 문학청년이 아니라 사회과학 공부를 하고 있구나.' 하고 생각했었다.

다키지의 동급생 중 후에 홋카이도 신문사 이사가 된 사쿠라이 나가노리는 다른 지면에서 다키지와 이토이가와에 대한 재미난 에피소드를 이야기한 적이 있다. 사쿠라이는 중학교를 나왔지만 머리가 나빠 부기를 정말 못했다고 한다. 그는 2학년 때에 은행부기 학년시험에서 백지를 내 0점이 나올 뻔 했었다. 그런데 다키지가 이토이가와를 찾아가 "사쿠라이는 정말 부기를 못하기 때문에 답안을 쓸 수 없었을 뿐, 다른 뜻은 털끝만큼도 없습니다."라고 사과를 해 준 덕에, 사쿠라이는 급제할 수 있었다고 한다.[25)]

인구론으로 이름을 알린 미나미 료자부로 또한 다키지와의 에피소드가 있다. 미나미 역시 졸업생이었는데, 졸업논문으로 사회주의 연구를 예정하고 있다가 지도교관 중 『구속된 경제학』으로 유명한 오오니시 이노스케(1888년~1922년)에게 "밥 못 먹게 될 것을 각오"하라는 말을 들은 인물이다.[26)]

1953년 다키지의 25주기를 맞이하여 제법 긴 문장을 정리하였으나 발표되지 못했던 글이 있었다. 이 글은 이후 「고바야시 다키지와 인구론」이라는 제목으로 『료쿠큐』 42호에 실리게 된다. 미나미는 희한하게도 학생 시절의 다키지에 대해서는 단 한 가지 기억만을 가지고 있는데 그것은 바로 앞서 나온 교우회와 관련된 일이다. 다키지는 편집부의 학생 이사였고, 미나미는 부장이었다. 졸업생을 위해 동창회 관련 기사를 쓸 공간을 확보하여 '빨간 압지라도 한 장 넣어' 그것을 확실하게 보여 주라는 지시가 있었다. 이에 대해 다키지는 이렇게 말했다고 한다.

> "그건 별 문제도 아니다."라고 말했던 것 같다. 듣고 보니 정말로 별 문제도 아닌 것을 제안했던 것 같지만 고바야시 군의 대답 또한 꽤나 가시 돋친 말투였다. 이 사람 좀 이상하다, 나는 그 순간 그렇게 생각했다. 후에 나온 교우회 잡지에는 빨간 압지 같은 건 들어 있지 않았다.

다키지에 대한 가장 선명한 기억은, 졸업 후 미나미의 지인이 인구론 번역서를 내게 되어 출판 축하 모임을 가졌을 때의 일이다. 당시 인구문제에 대한 논의가 활발하게 진행되어 회장에서 발표를 맡았던 미나미는 사회주의 사회에서도 인구문제가 일어난다고 열성적으로 주장했다. 그러자 한 청년이 일어나 반박을 시작했다. '상기된 듯 얼굴을 붉힌' 양복 차림의 다키지였다. 그는 인구문제를 어디까지나 자본주의의 문제로서 바라보려 했으며 '많은 말을 하지는 않았으나 빈틈을 절대 용납하지 않는 날카롭고 대담한 태도를 보였다.' 그러나 미나미에게는 다키지의 주장을 반격할 만한 근거가 수없이 많았다. 다키지는 아무 말도 하지 않고 곧 행사장을 빠져나왔다.

미나미는 다키지의 이야기를 들은 후 자신이 마르크스주의를 이해하고 있음에도 불구하고 어느 순간부터 고립된 상태였다는 걸 깨달았다고 말했다. 그러나 그의 깨달음이 자신의 인구론은 옳지만 좌익사상과 실천 쪽으로 치우친 젊은이들로부터 고립되었다는 의미인지, 자신의 인구론을 수정할 필요성을 느꼈다는 의미인지는 모호하다. 재미난 일은 오타루에서 다키지와 운동에 관계된 야마노 치에(본명은 사누키 노리요시) 또한 그 자리에 있었는데 이 일에 대해 '누가 보아도 M 교수의 패배가 분명했다.'고 말했다는 것이다.[27] 야마노의 이야기도 꽤나 상세한 편이라 그 나름대로 설득력이 있다. 어떻게 이렇게 서로 다른 인상을 받을 수 있는지 신기하다.

다키지가 '미스터리한 괴로운 죽음'(미나미의 표현)을 겪고 꽤 오랜 세월이 흐른 후, 미나미는 그날 밤에 그 자리에 있던 오타루 중학교 졸업생에게 자리를 떠난 다키지가 꽤나 화를 내고 있었다는 이야기를 듣게 된다. 미나미는 그날 밤의 일을 계속 마음에 두고 있었던 모양이다. 조금 길지만 회상의 마지막을 옮겨보자.

> 고바야시 다키지 군도('이토 세이 군'과 함께라는 뜻) 대단한 노력을 거듭한 끝에 문학사에서 다시없을 지위를 구축하였다. 교사를 교사로 생각하지 않고, 대등한 논객으로 여기며 옛 스승에게 덤벼들고 그로부터 여러 생각을 가다듬기 위해 충돌을 일으키는 삶의 방식, 고바야시 군은 그렇게 큰 사람이 되어 갔다. 이는 어쩌면 그 당시에 오타루 고등상업학교에 가득 차 있던 자유로운 분위기와 젊은 학도들의 학문을 향한 필사적인 마음과도 연관이 있는 것일지도 모른다.

미나미에게 다키지의 모습을 전했던 것은 다케다 스스무였을 것이다. 돈가스를 집중적으로 먹고 다닐 때, 그리고 목욕탕에서 오래 버틸 적에 함께 있었던 바로 그 다케다 말이다. 다케다의 회상에 의하면 다키지의 고양된 감정은 도저히 '화가 났다'는 말만으로는 표현되지 않는 것이었다고 한다. 그는 그날 밤, 다키지와 함께 행사장을 나왔다.

> '비어 홀의' 현관을 나온 순간, 둑이 터지듯 고바야시가 왁 하며 큰 소리로 하늘을 바라보며 울기 시작했던 것이다. …… 우리 둘은 시끌벅적한 마을과는 반대 방향에 있는 공원 쪽을 향해 눈이 녹은 길을 걷고 있었다. 어느샌가 격렬한 울음소리는 흐느끼는 소리로 바뀌었으나, 지잉 하고 가슴속 깊이 느껴지는 것을 억누르지 못하고 나까지 울고 싶어져 망토로 고바야시의 머리를 덮

었다. 그리고 '더 울어라, 실컷 우는 거다' 라고 말했다. 고바야시는 내게 몸을 맡기며 '젠장, 질 것 같냐. 기다려라.' 라며 망토 안에서 외쳤다. …… 둘은, …… 한 덩어리가 되어 오타루 시립 도서관의 돌계단을 밟았다.

나는 지금도 생각한다. 고바야시는 그때 어째서 그렇게 울었던 걸까. 그냥 해석해 보면 그 눈물은 미나미 교수와의 논쟁에서 진, 억울함의 눈물이라 할 수 있을 것이다. 축하 모임을 엉망으로 만든 부끄러움에서 비롯된 눈물이었을지도 모른다. 하지만 고바야시는 그런 작은 일들로 그렇게까지 우는 사람이 아니었다. 근거는 없으나 나는 고바야시가 그때 '조금 더 강해지자, 내가 믿는 길을 똑바로 나아가는 거다' 하며 스스로에게 맹세하는 의미로 눈물을 흘린 거라 생각한다. 나는 그때 하나의 불덩어리가 되어 타오르려 하는 고바야시를 피부로 느꼈기 때문이다.[28]

인구문제와 자본주의의 관계는 지금껏 논의되고 있는 이야기다. 다키지와 미나미의 대결은 학술적 내용과 관계가 없지는 않으나, 이와는 별개로 다키지에게 이 문제는 학설을 나열하며 해결할 수 있는 것이 아니었다. 게다가 사회주의적 해결의 전망 또한 학설로 논파해서 해결되는 것이 아니었다. 그렇기 때문에 더 더욱 치열하게 논쟁하려 했던 것은 아닐까.

미나미에게 학생·졸업생 고바야시 다키지가 얼마나 대면하기 어려운 존재였는지는 추측할 수 있다. '좀 이상한 사람' 이라든지 '교사를 교사로 생각하지 않는' 사람이라고 얼버무리기만 할 수는 없었다. 다키지의 한 학년 후배이며 히로시마 대학의 교수가 된 나카노 세이이치는 여러 친구들이 다키지의 '훌륭한 집념'을 이야기하고 있다고 소개했다.[29] 미나미 역시 이 '훌륭한 집념'과 마주하고, 사실은 흔들렸던 것은 아닐까.

경제학자 오오쿠마 노부유키와의 교류

다키지가 교사들의 눈에 어떻게 비쳤는지에 대해 이야기할 때에 빼놓을 수 없는 것이 이색적인 경제학자 오오쿠마 노부유키의 이야기다. 이색적인 만큼 다키지를 바라보는 시선 역시 독특했다. 두 사람의 관계는 이토 세이의 소설이나 회상문 등을 통해 알려져 있으며, 오오쿠마도 이에 대하여 쓴 것이 있으나 여기에서는 언급하지 않겠다. 오오쿠마는 독자적인 가치론으로 경제학에 이바지하였으나, 청춘 시절에는 문학을 할까 사회과학을 할까 심하게 갈등을 했다.

오오쿠마가 28살 때 오타루 고등상업학교에 부임하였을 당시 그는 젊고 우수한 교원들 중에서도 눈에 띄는 풍모를 지니고 있어 학생들의 동경의 대상이 되었다. 또한 그가 시를 쓴다는 사실이 알려지자 문학 청년들의 마음을 끌기도 했는데, 다키지는 오오쿠마의 문학 취미보다는 그가 보여 주는 문학과 사회과학의 긴장감에 이끌렸을 것이다.

다키지는 본인이 쓴, 그리고 발표되었던 작품들을 항상 오오쿠마에게 보내 비평해 달라 했다. 오오쿠마는 자신의 독특한 다키지관이 과거 문학적으로 좌절한 경험 때문이라는 것을 스스로도 인정하고 있다. 오타루 고등상업학교에 부임했을 당시, 오오쿠마는 문학과 결별하고 과학에 전념하려 했다. 그렇지만 다키지에게서는 문학청년 특유의 '불쾌함'을 느끼지 않았기에 호감을 가졌다. 다키지 사망 이후, 회상문 「고바야시 다키지」를 통해 '쾌활하고 항상 그다지 성실한 표정도, 심각한 표정도 짓지 않고 하얀 이를 드러내고 끊임없이 웃었으며, 본심을 알아낼 수 없을 만큼 편안해 보였다.'라고 했다.[30] '본심을 알아낼 수 없을 만큼'이라는 부분이 재미있지 않은가.

다키지는 졸업 직후 발표한 「폭풍우도 좋아」라는 단편에서 열등감에 시달리는 상업통신 교사의 시점에서 '기분 나쁘게 건방지고 문학 하는 사람들에게서 자주 보이는 거만함'을 느끼게 하는 K라는 청년을 그리고 있다. 'K'라는 이름을 썼으니 반드시 고바야시 다키지 본인의 이야기일 것이라고 단정할 수는 없으나, 본인을 객관적으로 바라보며 묘사한 것만은 확실하다. 다키지는 이미 문학적 야심으로 불타오르고 있었다. 끊임없는 웃음과 달리, 좌절감 역시 느끼고 있었을 것을 쉽게 상상할 수 있다. 그리고 오오쿠마가 이를 전혀 눈치채지 못했으리라고는 생각되지 않는다.

이런 에피소드도 있다. 오오쿠마가 꽤 여러 번 이야기한 것이다. 2학년 경제원론 강의는 여러 반을 합친 교실에서 150명 규모로 진행했는데, 어느 날 다키지가 급히 자리에서 일어나 노트를 내려놓고는 강단 앞을 가로질러 교실을 빠져나갔다. 어떻게 보아도 기이한 행동이었다. 1934년의 회상문에서 오오쿠마는 이렇게 묘사하고 있다.

인사도 하지 않고 나갔다. 다들 낄낄거리며 웃었다. 나는 강의를 이어가며 다키지를 쳐다보았는데, 그의 표정은 평소와 같이 미소로 가득했다. 혼내지는 못했다. 악의나 유치한 느낌, 허세는 느껴지지 않았으며 시원시원한 느낌이 들었다. 그리고 그 일은 그때 한 번뿐이었다.

40년이 흐른 후, 1974년에 영화 『고바야시 다키지』 팸플릿에 투고한 「학창시절의 고바야시 다키지」에서는 '고개를 돌려 통합 교실의 아이들을 둘러보며' 퇴장한 다키지의 행위에 대해 이렇게 이야기하고 있다. "그것은 마치 '나는 이런 행동도 마음만 먹으면 할 수 있다. 어떠냐.' 라고 말하는 듯 한 느낌으로, 꼭 허세를 부리는 것 같았다."[31] 그 자리에서는 혼내지 못했지만 다키지가 사망한 후 수많은 세월이 흐른 후, 역시 그때 조금 얄밉다고 느꼈다는 걸 인정한 것 아닐까. 어째서 그런 짓을 했던 걸까, 계속 의문으로 남았을 것이다. 그러나 영화 상영회에 참석했던 오오쿠마는 중간부터 눈물이 나와, 결국 보지 못했다고 한다.[32]

『게잡이 공선』에 "혀를 내둘렀다."

오오쿠마는 문학이란 '천재가 할 일'로 '자신 안에 광기를 내재한 사람'이 아니면 할 수 없으며, 다키지에게는 그러한 '천재적인 빛'은 없었다고 단정하고 있다. 그러나 끈질긴 면모는 인정하고 있어 추켜세워 주기도 하고 깎아내리기도 한다는 느낌도 든다. 다키지를 어떻게 해석하느냐는 제쳐두더라도 문학=천재가 할 일, 천재=광기를 내재한 사람으로 바라보는 예술론=이데올로기는 오오쿠마가 말한 것처럼 뿌리 깊은 것이기는 하나 여전히 하나의 이데올로기임에는 틀림이 없다.

다키지 작품의 특징에 대해 당시 주류였던 사소설들과 비교했을 때 "마을 변두리 옛 과자집의 노파라든지 순사 등 우선 보았을 때에 작가 자신과는 거리가 먼 소재를 가져와 화가가 그림을 그리듯 소설을 썼으나 선천적으로 타고난 '사상'이 없었다."[33] 고까지 한 것을 보면, 미소가 끊이지 않고 빈곤이 느껴지지 않는 '말쑥한' 모습에 감춰진 청년의 모습을 어디까지 보려 했던 건지 묻지 않을 수가 없다. 이 회상은 1934년, 즉 다키지가 살해당하고 1년이 채 지나지 않았을 때의 것이므로 더욱더 그런 느낌이다.

그러나 다키지는 본인을 포함하여 아주 가까운 주변 사람들을 여러 각도에서 관찰하고 묘사하는 힘을 일찍부터 지니고 있었기에, 어떻게 생각하느냐에 따라서는 오오쿠마의 말은 칭찬으로 들리기도 한다.

어쨌든 오오쿠마는 『1928년 3월 15일』을 극찬했다.

> 읽었더니 눈물이 나왔다. 새 와사비를 먹었을 때처럼, 찌잉 하고 코가 매워지는 느낌이었다. 이것은 문학이다. 몇 번이나 떠올리며 흥분하여 웃어 대며 다키지에게 엽서를 썼다.

다키지가 차기작—즉 『게잡이 공선』—작업을 시작했다는 이야기를 하자 오오쿠마는 '다음 작품을 너무 서두르다 실수하지는 않도록.'이라는 '뻔한 걱정'을 해 주는데, 후에 아이즈 지역으로 여행을 떠났다가 책방에서 이 작품이 게재된 『센키(戰旗)』를 사고는 '일단 읽으며 혀를 내둘렀다.'라는 기억을 들려주었다.

이 전후로도 졸업한 다키지와 오오쿠마 사이에 교류가 있었던 것은, 2003년에 발견된 두 통의 편지를 통해서 알 수 있다. 둘의 관계는 다른 교사들과 맺은 관계와는 확연히 다른 느낌이다. 교실에서 나가 버린 사건은 미나미나 이토이가와가 경험했던 건방지고 뻔뻔할 정도로 대담했던 모습들을 훨씬 뛰어넘는다. 만약 이토이가와, 미나미 그리고 오오쿠마가 느낀 다키지의 모습들에 공통점이 있다면 그것은 어떠한 성격의 것일까.

라이벌이기에 이해할 수 있었던 이토 세이

이토 세이는 지금까지도 몇 번 등장했으나, 한 학년 아래인 그가 그리는 다키지의 모습은 교사들이 그의 태도를 보고 느꼈던 점들과 공통된 무언가가 있을 것 같다. 애초에 미나미는 「다키지와 인구론」에서 세이의 자전적 소설 『젊은 시인의 초상』(1953년. 인용은 모두 고단샤 문예문고, 1998년으로부터)의 일부를 인용하며, 자신이 느꼈던 '고바야시군의 풍모나 성격'을 잘 표현하고 있다고 말했었다.

> 나는 그처럼 큰아버지의 비호를 받아야 겨우 학교를 다닐 수 있는 굴욕을 느끼지 않고 소년기를 보냈다. 그리고 잠수부의 공

기 펌프를 누르며 돈을 버는 나태함으로 인간다움을 소모시키는 노동을 해 본 적도 없었다. 고바야시는 사회적 원한이라는 감정을 마음속 깊은 곳에 갖고 자라난 영혼이었을 것이다.

이 화자는 다키지의 위치를 사회적으로—계급적으로— 명확하게 정리하고 있다. 오타루 고등상업학교의 다니던 이토 세이가 어디까지 의식을 했는지는 모르는 일이나, 에세이나 강연 등에서 매일 아침 청립 오타루 상업학교에 다니기 위해 언덕을 오르는 다키지를 반복적으로 묘사한 것을 보면 꽤나 신경이 쓰인 모양이다. 그야말로 자신의 오래된 상처를 확인하는 것처럼 보인다.

『젊은 시인의 초상』의 '나'는 오타루 고등상업학교의 도서관에서 거듭해서 불쾌한 경험을 한다. 시집은 용돈을 모아 구입했지만, 무로 사이세이나 시가 나오야, 아쿠타가와 류노스케 등의 소설집은 도서관에서 빌려보는데 그때마다

어떤 책이든 내가 빌리기 전에 그 얼굴이 창백한 고바야시 다키지가 먼저 읽었다는 것을 자연스레 의식하게 되었다. 다른 교사들, 학생들이 읽는 거라면 많은 사람들이 읽어 책이 더러워졌다 해도 상관없었다. 어차피 그들은 아무것도 알지 못한다. 그저 유행이니까, 남들이 읽으니까 따라 읽는 것뿐이다. 그러나 그 녀석이 먼저 읽은 책들은, 진짜 내용들이 이미 빠져나간 것처럼 느껴졌다.

도서관 책장에서 이 책 저 책 다 꺼내보아도, 누군가가 먼저 읽

은 책이었다는 것은 근대 일본문학—나쓰메 소세키의 『산시로』(1908년)이 떠오른다—에 나타나는 트라우마의 한 형태이다. 이 부분은 「바다가 보이는 마을」에 등장하는데, 바로 『젊은 시인의 초상』의 앞부분에 놓인 장이다. 이 작품이 발표된 것은 1954년, 다키지와 세이가 고등상업학교에서 거듭해서 만난 이후로 30년 정도가 지났을 때였다. 세이는 고등상업학교의 다른 관계자들보다도 장기간에 걸쳐, 또 다른 친구들과는 구분되는 라이벌 의식을 가지고 예리한 관찰력과 소설가의 자유로움 그리고 재치를 통해 독자적인 다키지상(像)을 남겼다.

책과 관련된 이야기를 조금 더 살펴보자. 산시로는 도쿄 제국대학 도서관에서, 수많은 타인들에게 위압감을 느끼지만 『젊은 시인의 초상』 속 '나'는 다르다. 어째서 그 '창백한' '고바야시 다키지'를 그리도 신경 썼던 것일까.

> 나는 고바야시의 관심이 오로지 소설에 있다는 것, 그가 소설을 쓰고 있다는 것을 알고 있었다. 시라면 모르는 일이지만 소설을 읽고 있을 때에는, 고바야시는 내가 알아채지 못한 중요한 부분을 이해하고 모두 흡수해 버릴 것이 틀림없었다. 내가 소설을 싫어하게 된 것도 이러한 기분 탓이었을지도 모른다. 그저 나는 경멸이라는 안전장치를 갖고 있었다…….

'굴욕을 느끼지 않고' 자라난 '나'는 '그 녀석'에게 깊은 앙심을 품고 있는 것이다. 이것은 분명 '나'가 가진 우월감과 연관이 있을 것이다.

그 아침의 장면을 다시 한번 확인해 보자. 1953년 에세이 「고바야시 다키지의 추억」에 특히나 인상적인 부분이 있다.

창백한 것처럼 보이는 조금 지친 듯한 마른 얼굴, 그리고 이윽고 자연스레 회사원이 되어 주판을 놓거나 장부를 기록하는 인간이 될 것만 같은 평범한 얼굴이었지만 조금 천박하게 굵은 입술과 으쓱거리듯 힘을 준 상반신에서 느껴지는 뜻있는 행동들은 어쩐지 항상 저항하는 것에 삶의 보람을 느끼고 있는 한 명의 소년을 떠올리게 했다.

실제로 다키지처럼 가난한 환경에서 엘리트 코스를 밟은 사람이라면 주어지는 것들에 안주하는 게 보통이었다. 세이는 한 학년 위의 다키지에게 문학청년으로서 질투를 느끼고 있었고, 성인이 된 후 운동가가 된 다키지에게서도 콤플렉스를 갖고 있었다. 이 두 가지가 합쳐져 다키지에 대한 모멸적인 용모 묘사로 교묘히 바뀌었다. 그러나 이 구절의 비틀어진 흡입력은 세이의 심경을 표현하는 것만이 아니라, 다키지의 심리에도 다가서고 있다.

편한 상대에게는 활기가 넘치는 '다 큰 어린애와 같은' 다키지였으나, 다른 이의 눈에는 오만하게 보였음을 쉽게 상상할 수 있다. 이는 실력이 있음에도 불구하고 누군가의 힘을 빌리고 인내하며 아래에서 위로, 계급의 경계를 뛰어넘어선 자의 좌절감을 드러내고 있는 것은 아닐까. 다키지는 오타루 고등상업학교에 입학한 후, 청립 오타루 상업학교 시절의 친구 이시모토 다케아키에게 보낸 편지에서 '나의 타고난 활기'에 어두운 면이 있다는 것을 아무도 모른다고 털어놓고 있다(1921년 7월 20일). 고등상업학교 교사들의 기억에 남았던 과장스러운 '저항하는 것에 삶의 보람을 느끼고 있는' 것만 같던 언동들은 평소 끊이지 않던 웃음의 이면이었을 것이다. 그러한 인상이 오래도록 선명하게 남은 것은, 교사들이 다키지의 삶을 돌아볼 때마다 정의를 추구하는 자가 자기 마음대로 살아가는 자에게 깨달음을 주려 할 때의 성가신 심정들이 깨어났기 때문은 아니었을까.

다키지 문학비 설치로 분주

오타루 중학교를 다니던 세이는 큰아버지의 빵공장에서 나오는 다키지의 굴욕적인 모습을 아침마다 보았다. 세이에게도 찜찜한 감정들이 있었을 것이다. 그러니까 중앙 잡지에 투고하여 입선한 '그 녀석'에게 소설의 혼을 빼앗겨서 마음이 편해졌던 것은 아닐까. 경멸이라 하는 안전장치에 기대면서 말이다.

어른이 된 '나'는 '고바야시' 문학을 뛰어나게 이해하는 사람이 된다.

고바야시를 고바야시로 만들어 주었던 것들은 나서서 무언가를 해내는 기질과, 그때까지의 45년간을 뭉쳐놓은 듯 몸에 배어 있던 분명한 사실주의의 활용이었다. 이러한 분명한 활용들이 지도이론의 무리한 요청에 응하여 난폭한 소재를 도입하거나 난폭한 서술을 한다든지, 혹은 차분할 틈이 없는 잠입 운동의 어수선한 와중에도 그의 작품 기조가 무너지지 않도록 데생과 같은 힘으로 지속시켰던 것이라고, 나는 그렇게 생각한다. 때로는 그는 더욱더 절묘하게 쓸 수 있는 자신의 기술을, 일부러 잘 쓰지 못하는 것처럼 보여 주며 정치의식을 강조하는 작품을 쓰도 했다. 그의 작품 중 허술한 부분들은 작위적인 난폭함의 효과를 노린 문학이었다.

세이가 오타루의 다키지 문학비 설치를 위해 분주했던 것 또한 쓰러진 라이벌에 대한 경의, 자신의 콤플렉스에 대한 부끄러운 감정과 후회, 그리고 다키지 문학에 대한 깊은 이해가 있었기 때문이다. 세이는 다키지의 문학비와 운동을 함께 하였던 혼조 무쓰오의 기념비를 설치할 때에는 프롤레타리아 문학가와 자신의 차이를 예를 들어가며 거절한 후에, 서양의 고전작품인 스위프트의 『걸리버 여행기』나 단테의 『신곡』을 인용하며 자신은 프롤레타리아 문학의 '본래의 의미'는 부정하지 않으나 정치적 주장을 위해 쓰인 작품들도 나중에는 '순수한 문학적 가치'에 의해 평가된다고 말했다. 그러나 이어서 자신은 '이론만 따지는 사람'으로 알려져 있지만, 기념비에 들어가는 두 사람의 문학을 지지하는 이론도 있다고 덧붙였다.

문학의 본질이나 정의를 추구하는 성격, 그리고 당시의 특수한 일본 사회의 조건 등은 일반 독자들이 이해하기에 어려운 일이기도 하고 오해를 살 수 있으므로 여기에서는 생략하겠다.[34)]

이 얼마나 유감스러운 생략인가. 이토 세이 같은 작가가 오해 살 일을 두려워하지 않고 '정의를 추구하는 성격'이 문학의 본질이라는 이론을 전개했더라면, 단순화되기 쉬운 '정치와 문학' 논쟁 또한 조금 더 풍부한 결실을 얻을 수 있었을지도 모른다.

과학도, 예술도, 인류구제도

오타루 고등상업학교 시절의 다키지가 과학과 예술의 관계에 대해 얼마나 고민을 했었는지는 「역사적 혁명과 예술」이라는 평론에 드러나 있다. 이는 문학 동료의 동인지 『신수(新樹)』에 고등상업학교 2학년 때에 투고한 것으로 '인간은 살아 있다.'라는 선언과 함께 시작된다. 이 자명한 사실에서 무엇을 끄집어냈는가를 살펴보면, 우선 의식주가 확보되지 않으면 예술을 향한 마음 역시 충족되지 않는다는 것이다(그렇다고 해서 예술이 불필요하다는 것은 아니라는 이야기도 밝히고 있다). 다키지는 이 '법칙'을 무시하고 '예술을 통해 역사적 혁명을 수행하는 방법'을 고민하는 프롤레타리아 예술은 잘못되었다고 인정한다. 유물사관의 입장에서 보자면 예술은 역사적 혁명의 기반이 될 수 없기 때문이다.

그렇다면 아이러니하게도 예술가는 상아탑에 존재해야 한다는 기존의 인식이 유물사관으로 설명될 수 있다는 소리가 된다. 그렇다고 해서 다키지는 '상아탑과 대지, 예술과 생활을 다른 것으로 생각'하려 하지는 않는다. 공명하는 것은 대지와 대지 위에서 꿈틀거리는 인간을 알고, 본인 또한 그 일원이라는 것을 인정한 예술가이다. 그들은 예술을 통해 민중에게 더 좋은 삶을 안겨 주려 노래를 시작한다. …… '유물사관의 법칙에 배행(背行)한다 ……. 그렇다는 것을 잘 알고 있으면서.'

구체적인 사례로 톨스토이와 체호프를 비교했다. '예술이란 무엇인가'로 계속 괴로워하던 톨스토이의 '회전기' 이후의 작품들은 비예술적이므로, 독자 입장에서야 체호프의 작품들에서 더 만족을 느끼지만 작가로서는 톨스토이 쪽에 경의를 표한다.

그러나 아무리 머리가 수그러든다 해도 비예술적인 부분은 신경이 쓰인다. 아니, 비예술적인 부분에 불만을 느낀 것이 신경 쓰인다. 어째서 예술의 의의 중 인간구제에 가장 중점을 두었던 톨스토이의 자세가 예술과 모순되어야 하는 것일까. 어떻게 하면 이러한 모순을 극복할 수 있을까. 여기서 다키지는 지금의 자신은 어떠한 '신앙적인 신념'을 가지고 있을 뿐이라고, 솔직하게 인정한다. '일원적인 혼연의 경계'가 있다는 신념으로, 두 개의 모순을 해결하려 한다. 즉 예술로 사회변혁을 추구하려는 프롤레타리아 예술가와 유물사관(과학)과의 모순 그리고 톨스토이처럼 구제를 가장 큰 뜻으로 삼았기에 비예술적인 예술을 만들어 내는 모순이다. 전자는 과학적 법칙이라는 진리에 위반되며 후자는 예술의 본질(예술은 예술 외의 목적을 가져서는 안 된다는 진리)에 위반된다. 다키지의 신념은 '그 엄연한 객관적 법칙을 포용하는 커다란 인간적 사실'에 걸려 있다. 다키지는 그 '커다란 인간적 사실'을 충실히 지킴으로써, 예술도 과학도 충실히 추구하고 싶은 것이다.

위대한 꿈이다. 그러니까 스물 안팎의, 마르크스도 제대로 공부하지 않았던 다키지는 프롤레타리아 문학운동의 가장 큰 과제에 당면한 것이다.

고뇌 끝에 졸업논문

다키지는 졸업논문을 위해 우선 가치론을 연구하려 '맹목적으로 끈질기게' 많은 것들을 읽었으나 이해되지 않는 부분이 있는데다 독일어라는 장벽에 부딪히고 만다. 각각의 이론가에게 요구하는 것들('진짜 균등법칙'이라거나 '생존권설'이라든지)은 있었으나, 결국 '객관자설이든 주관자설이든 학자의 보람은 그야말로 다른 세계의 것이다.'라고 느낀다.[35] 이토이가와 유자부로에게 이에 대해 이야기하고 영국의 극작가 알프레드 수트로의 『길모퉁이의 남자(일본판 : 버려진 사람)』라는 희극의 해석과 러시아의 지리·생물학자이자 아나키스트(무정부주의자)였던 표트르 크로폿킨의 『빵의 정복』 제5장 「식량」의 전체 해석과 서문을 써서 제출하기로 한다.

『빵의 정복』은 본래 프랑스어로 쓰였으나 『게잡이 공선』에 대한 조사를 할 때 신세를 지게 되는, 근대극을 연구하던 친구 노리토미 미치오를 통해 영문 번역본을 입수한다. 그러나 『빵의 정복』은 이미 1909년에 고토쿠 슈스이가 『빵의 약취』라는 제목으로 영어를 일본어로 번역하였으나 발매 금지 도서가 되었기에 다키지는 보지 못했던 듯하다.

다키지가 번역한 수트로의 짧은 희극은 회사가 망한 후 취직을 하지 못하는 '조'와 몸이 약한 부인 '메리'가 등장하는 2인극이다. 만족스러운 밥을 먹지 못하는 어린 아이는 무대의 한 구석에 잠들어 있다. 밑바닥 생활에 절망한 메리는 그날 우연히 부자처럼 보이는 노파의 지갑을 훔친다. 지갑 속에 든 금품으로 아이에게 밥을 먹이고, 약을 사고, 당신이 제대로 된 옷을 갖춰 입는다면 취직할 수 있을 것이라며 메리는 남편을 설득한다. 그러나 조는 잠든 자식의 얼굴을 보며 '도둑의 딸'로 만드는 일만은 견딜 수 없다고 생각해 지갑을 순사에게 전달한다. 원제는 『The Man on the Kerb』로 직역하자면 '길모퉁이에 선 남자'인데, 구걸을 하고 다니는 조를 가리키는 말이다. 이를 '버려진 사람'으로 번역한 것이 옳은 선택이었는지는 제쳐 두고서라도, 번역자의 고민이 느껴지는 대목이다.

졸업논문의 정식 제목은 「버려진 사람과 빵의 정복 및 이에 대한 부언」인데 '나의 태도와 각서' 부분에서 그는 제1부의 수트로의 극과 뒷부분의 크로폿킨을 가지고 왔다는 데에 자신의 '태도'와 '식견'이 표현되어 있다고 주장한다. 그렇다면 『빵의 정복』 제5장 「식량」은 어떤 내용일까? 크로폿킨은 과거 100년 동안 프랑스에서 일어난 민중봉기의 세 가지 예시를 대략적으로 검토하며, 필요한 혁명이 진짜 사회적 혁명이 되기 위해서는 식량공급 대책을 혁명의 중심에 두고 사전에 준비해야 한다고 논한다. 중산계급은 커다란 이념을 내걸고 논의하는 것은 잘하지만, 중요한 것을 잊기 쉽다. 혁명에 수반되는 질서 붕괴라든지 식량난은 피로와 실의를 야기하고 그 끝에는 패배와 반동이 기다리고 있음을 역사가 증명하고 있지 않은가.

다키지는 이러한 크로폿킨의 분석뿐만 아니라 그의 자세에 크게 공감한다. 왜냐하면 다키지 자신이 '학문이란 무엇인가'라는 고민을 시작하였기 때문이다. 이해하고 있는 것은 학문은 '머리로만 하는 고민'이 아니며 '하나의 현상의 단순한 해석'도 아니다. 그리고 '이념을 위한 이념은 절대로 생각할 수 없다.'고 강한 어조로 말한다(다만 '이념을 위한 이념'이 수단으로 쓰여 학문에 도움이 되는 가능성에 대해서는 인정하고 있다). 다키지는 크로폿킨의 『빵의 정복』을 '단순한 이론이 아니라 정책이다.'라고 느꼈기에 수긍할 수 있었던 것이다.

이렇게 다키지가 학문의 본질에 대해 사색한 것, 그리고 앞서 예술의 본질에 대해 고민했던 것도 같은 맥락의 것임이 분명하다. 여기에서 톨스토이를 등장시킨다. 비예술적이 되어 버린 톨스토이와 무정부주의자가 되었기에 식물학자의 자격이 없다고 여겨지던 크로폿킨 사이에 유사성이 있기 때문이다. 다키지는 톨스토이와 마찬가지로 크로폿킨은 더 위대한 인간으로서의 '자신들의 사이'에 있는 존재라고 받아들인다. 과학도 예술과 마찬가지로 자기완결이 되어서는 안 되는 것이라고 느끼기 시작한 듯하다. 독자들은 수트로의 희극과 크로폿킨의 정책론은 상호의존하고 있다는 것을 파악해야 할 것이다.

다키지가 크로폿킨에게 어느 정도로 관심을 가지고 있었는지는 1961년에 발견된 메모를 통해서도 알 수 있다. 참고로 다키지는 도서관의 책이나 장서에도 자주 메모를 남겼다. 크로폿킨 이야기로 돌아가 『오스기 사카에 전집』의 「정의를 추구하는 마음」에서 오스기는 크로폿킨의 「청년에게 호소하다」를 번역하여 부록으로 실었으나, 그 탓에 금고 3개월 형을 받았으며 그 장은 삭제되었다. 다키지는 영어 번역본을 입수하여 오타루 고등상업학교 도서관에 있는 책에다가 가느다란 글씨로 해석을 적어 두었다. '서투른 번역'라고 미리 양해를 구하며, 분명히 읽고 싶은 사람이 많을 테니 써 둔다고 설명했다. 날짜는 1924년 1월 29일, 졸업논문 집필을 마치기 5일 전이다.

마지막으로 오타루 고등상업학교의 졸업논문에 대해 한마디 하고 싶다. 다키지의 재학 시절, 학생들이 제출한 졸업논문 중에는 사회문제나 사상을 소재로 한 것들이 눈에 띈다. 다키지가 졸업한 1924년의 목록을 보면 「햇필드의 '복식부기의 원리 및 대차대조표'에 대하여」와 같은 것도 있지만 그 외에 「'살아있다'는 사실과 그 권리」「기업의 본질 및 노동자」「우리나라 농촌 문제」「자본주의 발달의 역사」「부녀자 노동문제」 등이 돋보인다. 이토 세이가 말하던 '시골 학교'가 얼마나 시대에 정통했는지, 또한 이러한 졸업논문들을 제출한 학생들 중 한 사람인 다키지가 얼마나 세계에 정통했는지, 새삼스럽지만 인상적인 부분이지 아니한가.

제2부

은행원에서 프롤레타리아 작가로

'인간을 향한 신뢰'를 바탕으로

다구치 다키코(다키)

다구치 다키코(다키)와의 운명적 만남

척식은행에 취직

매년 오타루 고등상업학교에서는 외국어 연극을 진행하였다. 1923년 가을, 이토 세이는 제2외국어로 프랑스어를 선택하였던 다키지와 함께 마테를링크의 『파랑새』의 무대에 등장했다. 2학년이던 세이는 대사 없이 등장했는데, 원래대로라면 그다음 해에 중심 인물로 출연해야 했다. 그러나 군사교련이 강화되며 '남학생이 하얀 분칠을 하고 여자로 분장하여 나오는 연극은 금지되었다.' 라고 「문학적 청춘전」(1951년)에 기술되어 있다.

학생운동, 소작인운동, 노동운동이 계속해서 불타오르던 시기였다. 그러나 홋카이도 척식은행에 취직한 다키지가 이러한 운동들에 자극을 받고 적극적으로 관여하게 되기까지는 얼마의 시간이 더 걸렸다.

1900년, 척식은행 그중에서도 오타루 지점은 그다음 해에 반관반민(半官半民) 사업으로 설립되었다. 명칭에서부터 드러나듯 홋카이도와 사할린의 식민지적 개발이 목적이었다. 당초 자본금은 300만 엔이었는데, 다키지가 취직한 1924년에는 2000만 엔으로까지 늘어나 있었다. 개간 비용이나 상공업 비용 등의 자본을 공급하고, 미개척 국유지 처분법에 의거하여 대자본가나 대지주에게 융자를 해 주는 것이 사업의 중심이었다. 그러나 1920년대 후반 유저당의 결과로 척식은행은 그 자체로 부재지주와 같은 측면을 지니게 되었다.

이러한 은행의 성격과 오타루 지점이 항구와 운하 바로 옆에 위치하여 항만노동자가 오가는 모습을 가까이에서 볼 수 있었다는 것을 함께 생각해 보면, 다키지에게 이 직장은 중요한 공부의 장이었다는 것을 알 수 있다. 실제로 그는 6년 후인 1930년, 운동체 기관지 『센키』 4월호의 강좌란에 「은행 이야기」라는 제목과 함께 노동자나 농민을 위한 은행의 역할—자본주의 그 자체의 시스템—을 알기 쉽게, 그리고 재미나게 파헤치고 있다. 지금도 읽으면 재미난 글인데 이러한 묘사가 등장한다. '창백한 얼굴로 거세된 은행원들(나도 그중 한 사람이지만)은 그 누구도 일의 내용이나 그 〈계급적 의의〉도 알지 못하고 주판을 타닥타닥 놓고 있는 것입니다.'

물론 취직 직후의 다키지는 일의 '계급적 의의'까지는 자각하고 있지 않았을 것이다. 타고난 깔끔한 글씨로 정확하게 척척 일을 해내는 그는, 상사나 동료들에게 사랑받는 존재였다. 원래부터 유능했고 그의 성실한 성격을 생각하면 수긍하게 되는 대목이다. 그는 월급이라는 형태로 일정 금액이 일정 시기에 들어오는 일이, 고된 노동을 이어 온 부모를 기쁘게 해 드릴 수 있는 일이라는 것을 실감하고 있었다. 그러나 유감스럽게도 아버지 스에마쓰가 안정적인 생활을 맛본 것은 불과 몇 개월에 지나지 않았다. 스에마쓰는 다키지가 취업한 그해 여름, 맹장 수술 경과가 좋지 못해 8월 2일 오타루 병원에서 갑작스레 사망하고 만다. 향년 59세. 일가의 경제적 부담은 전부 다키지의 어깨에 걸리게 되었다.

동인지 『클라르테』

직무(외환 담당, 나중에는 조사 담당) 내용 자체는 단조로웠던 듯하다. 다키지는 조금이라도 틈이 날 때마다 소설을 썼는데 이 사실은 은행에도 널리 알려졌다. 또한 취직과 거의 동시에 그가 주최한 동인지 『클라르테』 제1호가 나왔다. 청립 오타루 상업학교나 오타루 고등상업학교 시절의 친구들(마키타 에이치, 시마다 쇼사쿠, 가타오카 료이치, 사이토 지로 외 몇 명)이 오타루에 모이자마자 곧바로 동인으로 끌고 온 것도 다키지답다. 2호부터는 다케다 스스무도 참가하였는데 이때 다키지가 예전에 오타루 중학교의 『군상』에 투고하자, 다케다가 묵살했던 「옛 과자집」이 게재된 것 또한 재미있다. 매번 편집을 할 때마다 동인들은 각각 소설과 시, 번역 원고를 가지고 와서 낭독하고 토론했다.

다키지가 이 잡지의 이름을 『클라르테』라고 한 데에는 그 나름의 이유가 있다. 그 뿌리를 되짚어 보면 1923년 이후로는 프랑스 공산당원이었고 인민전선의 제창자이기도 한 프랑스의 작가이자 반전주의자, 앙리 바르뷔스(1873년~1935년)가 1919년에 시작한 정의와 반전을 위한 국제운동 잡지의 이름이었다. '클라르테(Clarté)'는 '빛', '밝음', '선명함' 등을 뜻한다.

프랑스에 잠복하고 있던 시절 바르뷔스의 운동에 참여했던 고마키 오우미가 1921년에 그 '씨앗'을 일본에 '뿌린다'는 의미로 고향인 아키타현 쓰치자키미나토(현재 아키타시)에서 가네코 요분이나 이마노 겐조와 함께 『씨 뿌리는 사람』을 시작하였다. 슬로건은 '행동과 비판'이었다. 『씨 뿌리는 사람』은 반군국주의, 국제주의 그리고 러시아 혁명 옹호 성향의 문예지로 프롤레타리아 문학·문화운동의 선구적 역할을 하였다. 1923년 관동대지진에 의해 폐간 위기에 몰리는데, 마지막 호였던 『씨 뿌리기 잡기(雜記)』에 가메이도 사건에서 조선인들과 사회주의자가 학살당한 일을 르포로 실었다. 아직 오타루 고등상업학교 학생이던 다키지는 희생자 히라사와 게이시치의 추도회에 조문을 보냈다. 다키지가 자신들의 잡지를 창간하며 이러한 잡지명을 고른 데에는, 이와 같은 계보를 함께 이어 갈 의사가 있었음을 알 수 있다.

다키지는 적극적으로 고마키 오우미와 마에다코 히로이치로, 아라이 기이치에게 원고를 부탁하여 마에다코와 아라이에게 편지를 받았다. 그 편지들은 『클라르테』 제2호에 게재되었다. 이 『클라르테』는 1926년 3월 제3호를 끝으로 폐간되었다.

'애매옥(曖昧屋)'의 작부, 다키

사회인 1년차의 다키지에게, 그 무엇보다도 획기적이었던 것은 다구치 다키코(이하 '다키')와의 만남이었다. 취직 후 약 반년 정도 흘렀을 때 다키지는 친구에게 '야마키야'라는 작은 요릿집에 매우 드문 미인이 있다는 이야기를 듣고 그리로 간다. 그것이 다키와의 운명적인 만남이었다. 다키의 나이 16살, 다키지 21살 때의 일이었다. '운명적'이라는 것이 어떤 뜻인지에 대해서는 후에 고찰해 보겠다.

'작은 요릿집'이라고는 해도 본업은 매춘이었다. 대외관계를 신경 쓰던 메이지 정부는 유신 이후 꽤 빠른 시기부터 매춘 단속에 나섰다. 창기해방령(1872년)에 의해 '자유의사'에 의한 창기만이 허가를 받았고, 그다음 해에는 유곽지가 지정되어 근대국가의 공창제도가 확립되었다. 허가를 얻지 못한 매춘은 금지되었으나 전국 각지에 사창가는 존재했고 묵인되었다. 항구마을이던 오타루에는 유곽이나 사창가가 매우 많았으나, 다키가 있던 야마키야는 그런 곳들과는 별개로 요릿집의 탈을 쓰고 매춘을 실시하던 '애매옥'이었다. 겉으로는 술집이나 메밀국수를 파는 것처럼 위장하고는 겨우 서너 명 정도 되는 작부들로 장사를 하는 곳이었다.

8남매의 장녀였던 다키는 15살 때에 아버지가 장사에 실패한 탓에 오타루를 멀리 떠나 무로란의 '수상한 카페'로 팔려 갔다. 그 카페도 그런 종류의 가게였다. '수상한 카페'라는 것은 다키의 친동생이자 소설가인 미야노 슌의 표현[36]이었는데, 미야노의 회상에 의하면 이것이 다키의 첫 경험은 아니었다는 것을 알 수 있다. 아무래도 아버지가 실패했다는 장사가 작부를 둔 메밀국숫집이었던 듯하다. '아버지는 새로운 작부가 들어오면 반드시 손을 한 번씩 댔다. 그때마다 어머니는 히스테리를 일으키며 며칠 동안 언짢아했다.' 미야노는 이 이야기를 열여섯 살 위인 누나에게 들었다. 다키는 아버지를 아버지가 아니라 남성으로 느끼고 있었던 듯하다.[37] 데미야 소학교에서 1, 2등 하며 졸업하였던 다키는, 여성들 사이에서 벌어지는 어마어마한 갈등을 보며 자랐던 것이다.

아버지가 철도 사고로 사망하자, 다키는 오타루의 야마키야로 팔려 왔다. 동생들 중 네 명은 각각 다른 집에서 얹혀살게 되었으나, 아직 세 명의 자녀를 데리고 있던 어머니는 얼마 지나지 않아 일용직 노동자와 재혼하였다.

다키지는 이러한 다키를 열렬하게 사랑하게 되었다. 두 사람이 만난 것은 1924년 10월로, 『전집』에 게재된 마지막 편지는 다키에게 쓴 것('그럼 잘 지내! 행복하게!')이었다. 1933년 1월의 편지로 추정되므로 살해당하기 한 달 전이었다. 두 사람이 같이 지낸 시간은 긴 듯 짧았다. 다키지는 상경 후 체포·수감을 겪었으며, 다키는 오타루에서 두 번이나 종적을 감추었고 은퇴하였다.

'어둠이 있으니 빛이 있는 것이다.'

두 사람이 만나던 당시의 모습을 일기에서 찾아보자. 『전집』에 수록된 다키에게 보낸 편지 중 가장 이른 시기의 것은 1925년 3월 2일의 것으로, 처음 만난 이후로 4개월 남짓 지났을 때였다. 앞부분을 옮겨보겠다.

> '어둠이 있으니 빛이 있는 것이다.'
>
> 그리고 어둠 속에서 나온 사람이야말로 빛의 고마움을 가장 잘 알고 있다. 세상은 행복만으로 가득 차 있지 않다. 불행이 한

구석에 있기에 행복이 존재한다. 그걸 잊지 말아줘. 그러니까 우리가 정말 행복하게 살기 위해서는, 아주 괴로운 일들도 맛봐야만 하는 거야.

'어둠과 빛'은 그다음 해부터 쓰기 시작한 『그때그때 일기』(일기)에서도, 다키에게 보낸 서간에서도 종종 등장하는 모티브다. 어둠도, 빛도 인생의 비유로 보편적으로 쓰이는 것이지만 다키지의 경우에는 클라르테(빛) 운동의 바르뷔스나 스트린드베리의 독서와도 서로 통하는 것이다.

그는 다키가 직면하고 있는 어둠의 내용들을 생각하며 '다키짱(친근하게 부르는 호칭)은 좋지 않은 생활을 하고 있다.'라고 말한다. 그리고 '언젠가 이 사랑으로 완전하게 다키짱을 구해 내겠다.'라고 한다. 그러면서도 중요한 것을 잊지 않는다. '다키짱의 빛이 얼마나 될까.'라고 말이다. 다키지는 9개월만에 다키의 빚을 갚고 기적에서 다키를 빼낸다.

그렇게 되기까지 '오늘은 토요일이니 사이토라는 놈이 오는 밤이겠군.'이라고 한 부분 등을 보면 다키지가 힘들어 했음이 손에 잡힐 듯 와닿는다. 그런 밤에는 당연히 다키에게 가지 않았다. 대신 '다키짱의 힘든 기분을 생각하며' 한 권의 책을 보냈다. '공부라 생각하고 읽어 달라.'고 했으므로, 다키지가 이른 시기부터 다키의 교육에 힘을 쏟았음을 알 수 있다(1925년 3월 12일).

연인의 교육자로서

실제로 다키지는 꽤 나중까지도 연인의 교육자 역할을 맡게 된다. 주로 독서와 관련된 것이었는데 예를 들면, 자신이 고른 다쿠보쿠의 단가를 암기해 오라고 숙제를 내주는 것이었다.

> 잠들기 전에 두세 개 정도 외워서, 다음 날 일하는 중에 열심히 암기해 보는 거야. 그렇게 외운 다음에 가끔씩 흥얼거리다보면 노래의 맛이, 꼭 말린 오징어 씹듯 나오게 될 거야. (1927년 2월 15일)

다키지가 다키에게 추천한 다쿠보쿠의 노래는 64수에 달한다. 그 내용이 알려지게 된 것은 10년이 흐른 뒤인 1937년에 다쿠보쿠 연구자 가와나미 히데오가 다키를 만났을 때에 그녀가 다쿠보쿠의 노래를 정확히 외우고 있었기 때문이다. 이 64수는 마쓰자와 신스케의 「다키지와 이시카와 다쿠보쿠」[38]에서도 읽을 수 있다.

같은 편지에 다키에게 시를 지어 보라고도 권하고 있다.

> 그리고 57577(31자)로 시를 지어 봐도 좋아. 소설이나 희극보다 시간이 덜 걸리니까 일을 하는 중에도 머릿속으로 지을 수 있어. …… 일주일에 두 편 정도 만들면 좋을 거야. 시가 나오야 때도 얘기했듯이, 절대로 아름답고 점잔 떠는 말은 쓰지 말고 우리들이 '말할 때 쓰는' 말로 지을 것. 표시해 둔 '다쿠보쿠의' 시를

읊조려보면 알겠지만 어려운 말들로 쓴 작품 중엔 제대로 된 게 없어.

꼭 강요하는 것 같다는 느낌을 지울 수는 없지만 장르를 바라보는 시선(바쁜 사람들은 짧은 정형시를)이라든지, 자신의 미의식(편히 쓰는 말이 중요하다)을 대등하게 공유하려 했던 부분은 역시 다키지답다.

'진정한 가치'와 교양

그렇다면 영어 단어나 표현까지 외우게 한 것은 어떨까? 다음 편지에는 알파벳이 잔뜩 등장한다.

Excuse me, 익스큐즈 미('양해해 주세요. 나를' 이라는 뜻이야. 일본에서도 사용하니까 외워 둬.)

다키지의 악의 없는 허영심이라 보아도 좋을까. 아니, 그녀의 능력을 높게 평가했기 때문이라 하자. 그러나 다시 생각해도 얄궂은 부분은 이 편지의 주제가 다키의 어두운 그림자와 열등감을 불식시키는 데에 있다는 점이다.

그리고 또 한 가지 따라 주었으면 하는 일이 있어. 그것은 앞으로 절대 스스로를 하찮은 사람이라거나 못 배웠다고 생각하고 비하하지 않겠다는 것. 나는 다키짱만큼 영리한 사람을 만나보지 못했어. 여학교에 다녔다는 사람 중에도 바보에다가 아무것도 모르는 여자들이 얼마나 많은데…….

다키짱, 이런 일들을 Promise(약속)해줄 수 있는지, 바로(정말 바로) 답장을 해 줘. (1927년 2월)

연인을 이상적인 여성으로 성장시키려 고심하는 스토리는 『마이 페어 레이디』의 히긴스 교수와 일라이자, 더 예전으로 돌아가자면 히카루 겐지와 젊은 무라사키노우에를 떠올리게 한다. 교양은 여성이 일정 계층의 구성원이라는 증표이기도 하다. 몸에 지니는 자격인 동시에 성적 매력의 일부가 되기도 한다(반대로 교육을 필요로 하는 상태—어리거나 가난한, 즉 약한 위치에 있는 것—자체가 성적 어필을 하기도 하므로 복잡하다).

『그때그때 일기』에는 다키지가 언제나 다키의 '얼굴'에 매달렸다든지, 그럼에도 '여성의 진정한 가치를 동경했다.'라며 신기해 하는 모습이 나온다(1926년 6월 1일). 다키에게서 발견한(그랬다고 믿는) '진정한 가치'는 교양 그리고 미모에서 떼어 놓을 수 없었다.

영어 강습, 자기비하를 하지 말라는 내용의 편지들 중 다키가 '요즘 몸도 마음도 깨끗해진 것 같다.'라고 쓴 것을 인용하며 다키지는 크게 기뻐한다. 그녀를 열심히 사랑하며 동시에 교육을 실시한 것은 그녀를 '깨끗하게 만드'는 일이라고 생각하고 싶었던 것은 아닐까.

편지는 이렇게 연결된다.

그렇다면 정말로 인형의 집의 히바리 씨나 리스 씨처럼 꺅꺅 하며 마구 뛰어다니고, 어두운 과거 따윈 날려버려!!

-SAYŌNARA-

(중간중간 들어간 영어는 사전에도 두세 번 정도 나올 테니까 조금씩 외워 두면 좋을 거야. 안녕.)

다키짱이 밝고 즐거웠으면 한다. 그렇지만 공부를 잊지는 않아야 한다. 아무리 가게에서 몸을 빼 준 은인이라 해도(자립을 지지해 준 은인이라 해도)다키 입장에서는 꽤 많은 일을 요구받은 것처럼 느껴졌을 것이다.

그러나 여기서 추가적으로 이야기해 두어야 하는 부분이 있다. 다키지가 노동운동에 마음을 쏟게 되고, 두 번의 은회 끝에 다키와 재회하였을 때 그는 그녀에게 자신이 동료들과 하려는 일에 대해 어떻게 생각하는지 물어 보았으나, 그 어떤 것도 강요하지 않았다는 점이다(다키지는 남성 동료나 지인들에게도 똑같이 대했다).

참고로 다키는 후에 결혼을 했고, 전업주부로 생활하며 다도와 꽃꽂이 그리고 서예를 배웠다.[39]

어째서 맺어지지 않았던 것일까

다키지와 다키의 관계에 대해 조금이라도 알았던 사람이라면 누구든 가지는 의문(어째서 두 사람은 이어지지 않았던 것일까)에 대해 말하기 위해 다키의 동생 미야노는 사반세기(1967~1992년) 동안의 일을 회상하였다. 가장 처음으로는 「A군에게 보내는 편지 "다키지~다키 세계"의 맹점을 접하며」[40]에서는 "다키는 동생들 앞에서 '나는 천황을 부정하는 듯한 사상을 긍정할 수 없다'라는 말을 꼭 한 번씩은 했습니다."라고 하고 있다. 그러나 이 에세이를 읽은 다키가 반론의 편지를 보내왔던 일을, 미야노는 10년 이상 지나서 「다구치 다키」를 통해 밝히고 있다. 누나의 편지에서 이렇게 인용을 하였다.

> 나는 공산주의자가 좋은지 나쁜지에 대해 연구할 시간도 없고, 또 그렇게 할 필요도 느끼지 못했습니다. 고바야시를 절대적으로 신용하고 있었기에, 고바야시와 같은 사람이 나쁜 일을 할 리가 없다고 믿었으니까요. (1974년 2월 3일)

그리고 '최신 편지'(1981년 8월 13일)에서는

> 몸과 마음을 다 바쳐 고바야시를 사랑했으나, 결혼 결심이 서지 않았던 것은 나를 위해 고바야시의 이름을 더럽히고 싶지 않았기 때문입니다.

라고 한 것을 보고, 미야노는 누나가 사랑하는 사람을 위해 물러나는 '역설적 사랑'을 해 냈다고 해석하고 있다.

미야노는 자신이 누나가 천황에 대해 이야기한 것을 '사상의 문제'로 잘못 생각했었다고 후에 이야기한다. 그러나 그것과 별개로 어쨌든 이 문제는 흑백을 가릴 수 있는 사안은 아닐 것이다. 전쟁 전과 패전 직후, 다키가 공산주의자인 다키지와 함께 있는 것이 위험하다 느꼈다 해도 그건 너무나도 당연한 일이었다. 또한 자신이 다키지와 어울릴 처지가 아니라는 생각과 수많은 부양가족에 대한 책임이나 결혼 후 다키지에게 주어질 크나큰 부담 등을 떠올리면, 이 역시 결혼을 단념케 하는 원인이 되었을 것이다. 후에 자신이나 동생들에게 이러한 결단에 대해 설명할 때에도 어떤 때에는 앞의 이유를 강조하고, 또 어떤 때에는 뒤의 이유를 강조하는 등 마음속에 갈등이 있었다 해도 이상한 일은 아니다. 그러나 동생이 공표했던 '천황=다키지의 구혼을 거부한 이유' 설에 대해서는 적극적으로 나서서 부정하고 있다는 것도 무시할 수는 없는 부분이다.

몇 번의 구혼

미야노는 1992년 「슬픈 근원 찾기」에서 다키가 다키지의 가족과 함께 지내던 때 그녀의 이야기를 이렇게 전하고 있다.

> 고바야시의 집에는 방은커녕 좁은 복도에까지 책이 산처럼 쌓여 있었으며, 놀러 오는 친구들의 기탄없는 이야기들은 어렵기도 하고 무슨 말인지 정확히 모르겠고, 근처 병원집 딸이 놀러 오면 다키지의 동생 산고가 바이올린을 연주하고 성악이라 해야 하나, 모두가 악보를 보며 목소리를 맞추어 노래했다. 나는 아무래도

다키지, 그리고 이러한 집과는 어울리지 않는 인간이라는 걸 깨닫게 되었다.

그런가 하면 다키지는 일기 등에서 다키와의 결혼에 대해 몇 번 언급하는데, 나중에 '정식'으로('마지막으로'라고 하는 것이 정확할지도 모르겠다.) 구혼한 것은 1931년 도요타마 형무소 보석 후라고 되어 있다. 그러나 미야노는 그 이전에도 다키지의 누나 지마가 다키의 어머니와 만난 적이 있는데 그때에도 거절당했다는 이야기를 한다. 다키가 와케다케초에 있는 다키지 집으로 들어갔을 때, 어머니 세키는 팥찰밥을 지어 다키를 환영하였는데, 사람들이 물을 때마다 이 아름다운 아가씨는 '며느리'는 아니라고 확실하게 말했다고 한다. 첫 구혼은 세간의 체면을 신경 쓴 누나 부부에 의한 것이었다고 해석해야 할까. 기적에서 몸을 빼내 준 것 치고는 기묘한 관계였음은 확실하나, 그 수수께끼를 구체적으로 밝혀내기보다는 그것이 시사하는 다키지의 여성관이나 세계관의 변천을 검토하는 편이 더 의미 있을 것이다.

'매춘부'의 경험을 읽게 하다

여기서 다시 이야기를 당시의 다키지와 다키 쪽으로 돌려 보자. 당연하지만 다키지의 일기에는 편지글에 드러난 것과는 다른 연애의 모습들이 엿보인다. 비좁은 집에서 어머니와 형제들과 한곳에서 자야 했지만, 그럼에도 함께 지내는 것에서 안도감이 느껴졌고 동시에 새로운 고민이나 초조함도 생겨났다. 다키를 가게에서 빼내 온 해에 도쿄상과대학(현재의 히토쓰바시 대학) 수험에 실패한 다키지는 상경을 포기하지는 않는다. 다키와 함께 가야 하는지, 작가로서의 방향 그리고 사상의 내용도 명확하지 않았다. 너무나도 단조로운 은행원 생활에 초조함을 느끼고 있었다. 집에서 다키가 아무 말도 하지 않으면 화가 났다. 옛 편지를 읽고 있는 것을 보면 '또다시 쓸쓸해'졌다.

나는 그런 곳에 있던 그녀에게, 여러 일들이 있었음을 다 이해한다. 그럼에도 내심 그녀가 보통 여자이기를 슬그머니 바라는 부분도 있었다(이것은 위험하다). 그러므로 그녀의 생활이나 남자와의 관계, ……etc.를 생각하면 심장이 이상하게도 간지러운 느낌이 들었다.

(어째서 여자는 이렇게 순결해야만 하는 것일까. 어째서 남자에게는 순결이 중대하게 요구되지 않는 것일까.) (1926년 6월 10일)

5일 후, 다키지는 감기로 아팠으나 어릴 때부터 '지기 싫어하던 성격'이었기에 출근을 한다. 그날 밤,

자면서 그녀에게 체호프의 「노래하는 여자」(『등불』 중에)를 읽게 하였다. 그녀는 의외로 태연한 얼굴로 읽고 있었던 것 같은데 '노래하는 여자', 즉 '매춘부'들이 결국 매춘부가 된 끝에 당연하게 짊어져야만 하는 비참한 경험에 대한 이야기였다. 이 이야기는 그녀의 일을 떠올리게 했다.

다키지의 집에서는 다키지를 비롯해 모든 가족들이 서로에게 책을 읽어 주는 습관이 있었다. 그러므로 이때에도 다키가 소리 내어 책을 읽고 있었다고 상상하는 편이 자연스러울 것이다. 다키에게 외국문학 속에서 자신과 비슷한 여성이 나오는 장면을 읽게 하며 아래에서(다키지는 이불 속에 들어가 있었다.) 말똥말똥한 눈으로 관찰하는 다키지는, 아무리 생각해도 나쁘다. '의외로 태연한' 얼굴이라고 했지만, 그녀 입장에서는 평정심을 유지하려 애쓰고 있지 않았을까. 소설가 다키지가 그 정도 일을 파악하지 못했을 리가 없다. 무엇을 확인하고 싶었을까. 자신의 '간지러운 심장'을 긁고 싶어서 다키에게 상처를 주고, 문학을 매개로 사도마조히즘을 행했던 것은 아니었을까……. 이런 생각까지는 지나치게 나간 듯 하지만.

그러나 다키지가 평균적 성도덕에 의문을 느끼면서도 자신 역시 그것에 사로잡혀 있다는 것을 자각했다는 점, 결혼을 거절당한 후에도 다키와 그 가족들에게 신경을 썼다는 점, 평생 다키를 계속해서 사랑했던 것 같다는 점(이것은 동지이자 지하생활을 지지하던 이토 후지코를 사랑하지 않았다는 뜻은 아니다.) 등을 빼놓고 이 괴로운 장면을 읽을 필요는 없다. 중요한 것은 여기에 이어진 감정들이 작품 세계에서 어떻게 시도되었고 변화되어 갔는지를 보는 것이다. 왜냐하면 다키지의 소설들은 『게잡이 공선』 외에는 여성을 빼놓고는 이야기할 수 없기 때문이다.

유곽에 다니던 시절

어찌 되었든 다키의 첫 은회를 전후로 다키지는 유곽에 다니기 시작한다. 1926년 10월 21일부터 22일의 글에 'The first Experiment of over the hill(한물 간 첫 경험)'이라고 영어로 색인을 달아 두었다. 이후 유곽에 가는 일은 'over the hill'로 표기되었으며, 다른 영어 표현들도 이처럼 사용되었다. 사이토나 다케다가 데려가 주어 처음으로 간 가게에 대해서는 이렇게 말한다.

> maid(유녀)에게 sexual pleasure(성적 기쁨)를 느꼈으며, 이것은 도무지 control(통제)하는 것이 불가능했다. 나도 보통 인간이었다. 보통 인간이 아닌 듯한 표정을 지었으니, 나는 더더욱 보통 이하의 인간이었다.

다키지의 First Experiment(첫경험) 두 달 전, 사이토가 여자를 모멸하며 '맘대로 유린해 주겠다.'라고 말한 것에 대해 다키지는 유린할 수 있는 여자는 매춘부고, 평범한 여자는 유린하고 싶어도 할 수 없다, 그러니까 매춘부를 유린하고 싶어 하는 거라고 반발하며 사이토가 그런 생각을 하는 것이 '서운하다.'라고 했다(1926년 8월 28일).

마침 이 시기에 하야마 요시키(1894~1945년)라는 대표적인 프롤레타리아 작가의 『매춘부』를 읽었으며, 그 속에서 프롤레타리아 계급의 의식을 발견하고 어쨌든 '쾅!'하고 와 닿았다고 흥분하고 있다(1926년 9월 14일). 은행원 생활과 하야마의 생활 체험—하급선원, 노동운동, 투옥—에서 오는 차이를 강렬하게 의식할 수밖에 없었다.

다키지에게 있어 하야마 작품과의 만남은 여성과 계급의 접점을 만나는 일이자 자신의 체험(다키와의 연애, 유곽 출입, 그리고 체호프나 도스토예프스키, 샤를, 필립 등의 작품을 읽은 경험)의 의의를 새로이 발견하는 행위이기도 했다. 또한 고리키와 만남을 준비하는 것이기도 했다.

그리고 1927년 3월 2일 밤, 2월에 했던 일들을 열거하며 『자본론』에 착수하게 되었다는 것을 특필한 후 Only this and nothing more!(오직 이것뿐, 다른 것은 필요 없이!)이라고 끝맺고 있다.

여성 중심의 작품

은행에 취직하여 다키와 만난 이후로 겪은 다키지의 감정 기복에 대해서는 이미 언급하였으나, 1925년부터 1927년, 1928년까지 그는 사회의 저변으로 살아가려는 여성들을 주제로 한 단편에 연달아 도전했다. 동시에 이 시기—특히 다키가 없던 1927년 중반부터 2년 동안—는 사회과학 공부를 재개하고, 고조되는 사회운동에 몸을 던진 시기이기도 하다. 이러한 행동과 괴로운 여성들을 그리는 작품군은 서로 어긋난 것처럼 보이기도 한다. 그러나 어디까지나 살짝 어긋난 정도이지, 단절은 아니라고 생각하고 싶다. 즉 '작부물(物)' 혹은 '다키코물'이라고 불리며 개제와 개작을 거듭해 온 작품에 등장한 불행한 여성들이 제기하고 있는 문제는, 프롤레타리아 작가로서의 다키지가 극복해야 하는 것들이 아니며 우리는 프롤레타리아 작가 다키지가 이를 얼마나 잘 살려 냈는지를 살펴보아야 하는 것이다.

이런 작품들을 주제에 따라 세 가지로 나누어 보자. ①아름답고 불행한 '누나', ②여성이 어쩔 수 없이 매춘을 하게 되는 과정과 작부가 된 여성들의 생활, ③매춘 직전에 놓인 소녀.

가난한 누나의 고뇌를

①은 가난하면서도 여학교에 다니는 누나의 고뇌를, 성인이 된 남동생이 이야기하는 형식으로 다키 이전의 세계를 계승하고 있다. 즉 '빌린 의상'을 입고 찍은 사진 속 누나의 미래를 상상한 것이라 할 수 있다. 다키지의 누나 지마 역시 빼어난 용모를 지녔으며, 큰아버지의 도움으로 청립 오타루 여자고등학교에 다니면서 화산재 회사에서 머리가 새하얘질 정도로 일을 했다. 그녀가 외로움을 느꼈을지는 모를 일이지만 어쨌든 은행원과 결혼했으며 앞서 나온 대로 다키와 다키지의 결혼을 맺어 주려 했다.

자신의 출신에 대해 다키지는 가난하다고 표현한다. 그러나 다키와 만나 훨씬 더 가난한 가족들을 가까이에서 보게 된다. 어느 날 밤, 잠든 여동생을 보고는 '다키짱네 고통에 대해서는 절반도, 십 분의 일도, 천 분의 일도, 세상의 괴로운 일들을 모르고 자라온 얼굴이야.'라고 다키에게 편지를 쓴다(1926년 1월 13일).

'불행한 누나의 일생'을 쓰며 다키지는 호되게 고생을 했다.

1926년 8월 24일 일기에서는 "시가 나오야 같은 생활에서 꽤 멀어진 것도 아니고…… 게다가 사상적으로도 추상적으로도 멀어진 게 아닌데 거기에 '맛'을 내려고 한다."고 썼다. 고심의 성과는 1927년 『북방문예』 4호에 「다구치의 '누나와의 기억'」으로 발표되었으며, 또한 프롤레타리아 문학의 1인자가 된 1930년에는 「동지 다구치의 감상(感傷)」이 『주간 아사히』 춘추특별호에 발표되었다. 다키지는 화자에게 '다구치'라는 이름을 붙인 것이다.

'누나'는 누군가의 원조를 받아 여학교에 다니며, 다키지의 누나나 여동생이 그랬던 것처럼 화산재 회사에서 일을 하였고 석탄찌꺼기 폐기장에서 코크스를 주웠다. 또한 계절노동으로는 '매춘부 한 단계 앞'이라 불리던 콩 선별 공장에도 한 마디 불평 없이 다녔다. 그러나 어째서인지 가장 돈벌이가 좋았던, 청어 잡이가 한창일 때에 삼태기를 메고 물고기를 뭍으로 올리는 아르바이트는 좀처럼 승낙하지 않는다(다키지 작품 속에서는 매우 예외적인 청어잡이 장면이다). 다구치가 현재의 의식을 소년이었던 '자신'의 감정에 이입해 소년의 눈과 귀로 접한 것들을 친구 혹은 동지인 '나'에게 이야기하는 구성이다.

여기 묘사된 청어잡이는 관광명물이 되었다. 그러니까 누군가의 노동이 또 다른 누군가의 눈으로는 풍경으로서 소비되고 있다는 것이다. 이렇게 남에게 보이는 일에 반감을 품고 있던 다구치의 '누나'는 구체적으로는 몸치장을 한 도시 사람들 틈에 여학교 친구들이 섞여 있다가 자신을 발견하고 알아볼까 봐 두려워한다. 다행히 그 고난은 피할 수 있었지만, 그녀를 향한 시선에는 끝이 없었다. 그것만이 아니라 말도 걸어 댄다. 샐러리맨부터 어장의 남성들까지. 그녀의 귀에 닿지 않는 말은, 의미가 불명확하지만 '자신'이 확실하게 듣고 있다.

동경으로 가득 찬 도시 사람들을 향한 시선

여기에서 주의해야 하는 것은 어장에서 일하는 사람들(남자들, 일용직으로 일하는 여자들, 그리고 '자신' 역시)이 도시 사람들을 열심히 보고 있다는 것이다(사실 '자신'은 '누나'와 도시 사람을 비교해 보며 한 순간 싫다고 느끼기도 한다. 여기에서는 다루지 않을 예정이지만 이 이야기 속에는 아이들 사이의 갈등도 등장한다). 도시 사람들은 동경으로 가득 찬 시선을 받으면서, 위협은커녕 불쾌감도 느끼지 않는다. 아래로 내리깐 '누나'의 눈에는 세련된 옷(그것이 뜻하는 자산과 교육)을 휘감고, 햇볕을 반사하는 해변에 선 그들이 사회적 우위 그 자체로 비춰졌을 것이다. 그에 비해 '누나'는 수건을 깊이 눌러썼을 뿐이었다. 그러나 누빔옷과 각반, 짚신과 삼태기를 두른 모습은, 그것만으로도 도시 사람들에게는 이국적이고 에로틱한 효과로 나타난다.

'누나'가 다른 이들의 눈에 의해 소비되는 것은, 유곽에서 손님들에게 보이고 팔리는 것과는 물론 다른 일이다. 그러나 '누나'는 콩 선별 공장의 매매춘을 알고 있다. 그렇기에 무리를 하여 여학교에 다녔고 교사가 된 다음, 부임한 곳에서 월급의 대부분을 집으로 보내 다구치를 '가장 돈이 되는' 의학 전문학교로 보낸 것이다. '누나'는 부유한 남성과 불행한 연애를 하다 결국 강으로 투신하고 만다. 결혼을 목표로 하고 있었으나 버림받았던 것이다. 심혈을 기울여 고등교육을 받고 소시민이 되었으나, 결혼 없이는 경제적 기반이 보증하는(누구에게도 간파당하지 않는) 존엄을 실감할 수 없었기 때문일 것이다.

이 이야기는 다구치가 직접 말해 주는 것이 아니라 '나'라는 제삼자를 통해 들려주는데, 이러한 장치 덕에 독자들은 '나'에게 집중하여 다구치의 쓸쓸한 모습을 바라보고 이야기에 빠져들 수 있다. 『주간 아사히』와 같은 일반지에 게재된 동지 다구치(의사가 되지 않고, 사회운동에 힘썼으며 투옥체험도 있는 다구치)의 이야기에는, 사상에 공감하지 못하던 독자들도 매료될 터였다. 독자에 따라서는 '누나'의 이야기가 충분히 '어떻게 하여도 사회주의자가 되는' 이야기로 들렸을 것이다. 상냥하던 '누나'의 당연한 상승지향을 타박하는 기색은 전혀 없다. 그러나 다구치에 의하면 개인이 아무리 노력하여 성공(부자가 되거나, 부자와 결혼하거나)을 하더라도 그걸로 문제가 해결되는 것은 아니다. 특히 여성의 경우는 더욱더 그러하다고 이 이야기는 시사하고 있다. '불행한 누나'에 필적하는 여성은 『방설림』과 『부재지주』에서는 주인공의 연인으로 탐구된다.

그리고 「다구치의 '누나와의 기억'」에서는 '나'와 다구치가 결혼에 대해 길게 논의했다고 적혀 있다. 어떤 내용인지 궁금하지 않은가.

다키지 같은 인물의 등장

여성이 작부가 될 수밖에 없는 과정과 작부들의 생활을 그린 ②의 작품들의 예를 개별적으로 들지는 않겠지만, 주의해서 보고 싶은 점을 몇 개 적어 보겠다. 우선은 다른 간판을 달고 매춘업을 하고 있는 '애매옥(曖昧屋)'의 손님이나 여성들을 기적에서 빼내 준 남성으로 다키지와 비슷한 인물을 등장시키고 있다는 점이다.

실제로는 매춘업을 하는 가게에 가서 사회문제를 논한다든지, 작부들을 취재하는 데에 전념한다든지, '세상의 나쁜 부분을 고쳐 모두를 행복하게 만들고 싶다.'[41]고 말한다든지, 기적에서 여성을 빼온 후 미싱 공장의 여공 자리를 찾아 주고 '그럼 성실하게 일하도록 해.'라고 가르치는 남자들이다.

앞서 살펴본 대로 다키지는 10대 시절에 쓴 작품들에서도 자신과 닮은 인물을 등장시킨 다음, 자신과는 분리하여 아이러니함을 섞어 묘사하였다. 즉 타자의 시선으로 자신을 보았다는 이야기인데, 이는 실제로 어떤 의미를 지니는 것일까?

일반 사람들에게 문학이란, 자신이 체험해 보지 못한 혹은 체험해 보았다 하더라도 인식하지 못했던 것들을 간접 체험시켜 주거나 의식화시켜 주는 것이라 할 수 있다. 그 일환으로 일상에서 만나지는 않지만, 무시하거나 소외시켰던 타자에게 공감을 느끼게 하는 효과도 있다. 다키지의 '작부물'은 독자들이 작부들에게 공감하도록 이끌고 있는데, 특히 인상적인 것은 그녀들의 비참한 면모만을 보여 주는 것이 아니라 선의의 남성들이 얼마나 역겨운 존재인지 그리고 그들의 말이 얼마나 공허한 것인지를 느끼게 한다는 점이다. 날카로운 자기비판적 인물 묘사가 작부들을 향한 공감을 강화시키고 있다.

「선달」(1926년)을 집필한 다키지는 일기(1926년 8월 15일)에서 일련의 개작을 돌아보며 '하나의 길잡이로서의 광명'을 주려 했던 일이, 묘사하는 상황을 생각하다 보면 그저 거짓말처럼 들린다는 것을 자각한다. 「다키코 그 외」는 막다른 길에 다다른 주인공의 방화로 끝을 맺는데, 같은 시기에 집필한 『방설림』은 농민인 주인공이 지주의 집에 불을 지르면서 끝난다.

마지막으로 '다키코물'을 『게잡이 공선』과 비교해 보자. 양쪽 모두 미조직 노동자, 행동의 자유를 빼앗긴 집단을 다루고 있다. 그러나 작부들의 경우 부르주아만이 아니라 노동자들에게도 유린을 당하므로 그녀들의 이야기는 '그래서 그녀들은 일어섰다. 한 번 더!'로 끝나는 것을 상상하기는 어렵다. 누군가에 의해 기적에서 몸을 빼는 일이 상징하는 행운과 초인적인 뜻에 의해 혜택을 본 개개인의 탈출은 서로 엇비슷할 것이다. 『방설림』을 개작한 것이 『부재지주』인데, 「다키코 그 외」에는 개작이 존재하지 않는다. 다키지는 다키의 구제를 위해 『그 출발을 출발한 여자』라는 최초의 장편에 의욕적으로 도전하지만, 개인의 심리로 전개하는 소설에 의문을 품다가 중편까지 쓰다 막히고 말았다.

가난한 여자아이의 이야기

③번의 소녀 이야기는 「원고장」에 남겨진 「영양검사」(1927년)

라는 짧은 글들이 축을 이루고 있다. 소녀의 비참한 몸 상태를 본 의사가 이런저런 질문을 던지는데, 이 질문들을 통해 소녀를 구하기 어려운 상황을 이야기한다. 개제·개작은 여자아이를 직접 등장시키는 것이 아니라 선생님에게 보낸 편지나 작문을 '발견' 한 남성이 독자에게 이야기를 전하는 구성이다.

편지를 발견한 사람은 땅바닥에서 주운, 말 그대로 짓밟힌 텍스트에 구두점을 찍거나 오자를 수정하며 여러모로 개입한다. 이른바 교육자적인 이러한 작업들은 소녀가 직면한 상황에 전혀 도움이 되지 않음이 분명하다. 의붓어머니의 매음 행위를 목격한다든지, 자꾸만 바뀌는 '아버지'에게 성적 학대를 당할 뻔한다거나 의붓어머니에게 곧 '팔릴 거다.'라는 말을 들은 소녀는 그것들이 의미하는 바를 어렴풋하게나마 이해하고 있으나, 알고 싶지는 않은 미묘한 심경이다. 이야기는 액자구조의 설정, 즉 소녀의 말과 그것을 받아들이는 어른(편지를 주운 사람)의 의식이 서로 만나며 효과적으로 전달된다.

사회 구성원 중 가장 무방비 상태인 아이들의 이야기에 착안하며, 다키지는 가난한 집의 아이들은 아이라는 것조차 허락되지 않는다는 것 그리고 가난한 집의 여자아이들은 아동기가 더더욱 짧다는 것을 보여 주고 있다.

개제를 어떻게 볼 것인가

처음으로 발표된 버전은 「누군가에게 보낸 기록」(『북방문예』

1928년 6월호)이었으며, 개제·개작을 거친 후에는 「구원 뉴스 No.18 부록」이라는 제목으로 『센키』 1930년 8월호에 게재되었다. 이 개제된 제목에 대해 생각해 보자. 정확한 제목은

> **겨울이 왔다.** 프롤레타리아의 뼈와 근육에 사무치는 겨울이 왔다!
> 옥중에 있는 **우리들의 전위에** 선 작업은 되어 있는가?
> **유족**들은 길거리를 헤매고 있지 않은가?

구　　　No
　뉴스　　　부록
원　　　18

다키지 스스로도 『요미우리신문』의 「독서 출판계」 란에 "여태까지 일본에서 '이렇게 노골적인 긴' 제목은 없었지 않았을까." 라고 말했다(1930년 2월 4일). 그리고 프롤레타리아 문학은 '실제적 효과'를 '내다보지'만 말고 목표로 삼아도 좋다고 주장하고 있다. 8개월 후, 도요타마 형무소에서 동지이자 아동작가인 무라야마 가즈코에게 보낸 서간(1930년 10월 22일)에서는 자신의 작품들 중에 이 작품에 유독 애착이 간다고 써 두었으며, 감회가 깊은 듯 그녀에게 이야기를 하고 있다. 독방의 '작은 창문을 통해 흘러넘쳐 들어오는 가을을 가만히 노려보며, 오로지 책만 읽고' 있던 다키지였다. 운동가들은 투옥을 '별장행'이라고 표현하지만, 다키지에게 있어 도요타마에서 보낸 몇 달의 시간은 그 무엇과도 바꿀 수 없는 공부와 자성의 시간이었다.

자신의 작품에 대해 정이 떨어졌다고 하면서, 어째서 「구원 뉴스 No.18 부록」은 예외였을까? "어두운 북쪽 땅에서 자라난 내 작품들은 모두 남들에게는 재미있지 않다. 한기가 감도는, 무서운 것들뿐이지 않을까."라고 추측하고 있는 부분을 보면, 고향에 대한 생각 또한 한 가지 요인이었을 것이다. 그러나 그것과 '노골적인 표현'은 어떤 관계가 있는 것일까.

한계를 극복하려는 노력

「구원 뉴스 No.18 부록」의 소녀는 다키의 여동생과 같은 존재다. 가난하고 자녀가 많은 집에서 꼼짝도 할 수 없게 된 어머니는 아이들을 다른 집으로 떠나보낼 수밖에 없었다. 그러나 받아줄 곳 역시 아이들을 아이들답게 키워줄 만한 의식이나 여유를 갖추지 못한 곳이 대부분이었다. 다키네 가족의 실태에 대해 속속들이 다 알고 있던 다키지의 입장에서는, 구원하기 어려운 그 상황이 뇌리를 떠나지 않았을 것이다. 그렇기에 프롤레타리아 문화운동 지도자가 된 후에도, 반복적으로 그리운 고향의 저변에서 매일매일 삶을 이어 가려는 사람들—특히 여성과 아이들—을 계속 그려왔던 것은 아닐까.

「구원 뉴스 No.18 부록」의 소녀가 긴 표제가 호소하는 구원 활동에 의해 구원받을 가능성은 전무에 가깝다. 「부록」의 절망적인 구체성과 표제의 슬로건적인 성격 사이에는 분명히 긴장감이 존재하나, 이항대립적인 관계는 아니다. 실천을 가장 중요히 여긴 다키지는 운동을 위해 희생된 노동자나 그 가족들을 위한 구체적 구원 활동을 간절하게 바라고 있었다. 동시에 다키를 알게 되었기 때문에, 그 틀에서 벗어난 소녀들이나 작부들에 대해서까지 생각하게 된 것이다.

운동이 그녀들을 끌어들일 수 있다면 '노골적'인 표현과 소녀의 상황을 자세히 풀어놓는 「부록」은 유기적으로 통일된 문학작품이 되었을 것이다. 이는 다시 말하자면, 다키지는 다키와의 연애를 통해 현존하는 사회운동과 프롤레타리아 문학의 한계를 의식하지 않을 수 없었던 것은 아닐까. 그리고 이를 극복하려는 노력을 잊지 않기 위해 「동지 다구치의 감상」이나 「구원 뉴스 No.18 부록」과 같은 작품을 아꼈던 것이 틀림없다.

이러한 감각은 작가 동맹의 서기장이 되어서도 시가 나오야를 계속 좋아했고, 그를 찾아갔던 일과도 관계가 있었을 것이다.

'머리에서'가 아니라 '가슴 저 깊은 곳에서'

오타루의 메이데이

5월 1일 오전 6시, 다섯 발의 폭죽이 발사되었다. 집합 장소는 시의 북쪽 끝, 바다와 닿은 데미야 공원 언덕에는 이옥고 시루시 반텐(등이나 깃에 표식을 넣은 상의)에다가 배두렁이, 잠방이를 입었거나 청색 노동복에다 게다나 짚신을 신고 온 항구노동자들이 본부마다 한 덩어리가 되어 붉은 깃발을 앞세우고는, 어렴풋하게 외운 메이데이 노래를 부르며 떼를 지어 들어왔다.

이것은 데즈카 히데타카가 묘사한 오타루의 첫 메이데이 풍경이다. 일본 노동단체가 주최한 메이데이 행사는 1920년 우에노 공원에서 개최된 것이 처음이었으며, 홋카이도 지역에서는 1926년 오타루와 하코다테 지역에서 진행되었다. 오타루에서는 약 750명이 경관에게 신체검사를 받고 행사장으로 들어갔다. 선언을 낭독한 후, 오타루 합동노동조합의 붉은 깃발과 간부들을 선두로 '부인부, 각부회, 조선노동청년회, 홋카이도노동연맹, 북방해상노동조합'의 순으로 행진이 진행되었다. 내걸린 현수막들에는 '노동자 보호법을 만들어라' '노동자들이 머물 곳을 마련해라' '회원 숙박소를 만들어라.' '해고 반대' '8시간 노동제도 확립' 등의 요구 사항이 적혀 있었다. '오후 1시에 만국 노동자, 오타루 노동자, 메이데이 참가자들이 만세를 삼창하고 해산했다.'

이른 아침의 폭죽과 여성, 조선인들의 참가……, 이 얼마나 흥분되는 정경이었을까. 거리 반대쪽에 위치한 와케타케초의 집에서, 다키지도 폭죽 소리를 들었을까. 그가 당일에 참가했을 가능성도 있으나 정확한 기록은 남아 있지 않다. 다구치 다키를 집으로 데려온 지 얼마 지나지 않았을 시기이니, 다키지의 머리는 그녀 생각만으로 가득하지 않았을까.

그다음 해, 제2회 메이데이 참가자 수는 3000명으로 늘어나 도쿄 이북 지역에서는 최대 규모였다. 당시의 사회적 고양이 잘 드러난 부분이다. 약 2년에 걸쳐 오타루 고등상업학교 군사교련사건과 이소노 소작쟁의, 그리고 오타루 항만쟁의 등 세 가지의 역사적 사건이 일어났다. 오기노 후지오는 이 세 가지 사건이 다키지가 자각적 사회주의자가 되는 데에 '홉 스텝 앤드 점프(3단 뛰기)' 역할을 했다고 평했다.[42]

오타루 고등상업학교 군사교련사건

1925년 '육군 현역장교 학교 배속령'이 공포되어, 전국의 중등학교 이상의 학교에는 장교가 배속되었다. '군인정신'을 갖춘 자에게 청년의 병식훈련을 담당시킴으로써, 국가가 어떤 사상적·군사적 효과를 노린 것인지 상상하는 것은 어렵지 않다. 부차적으로 군비 축소에 의한 장교, 사병의 실업을 저지하려는 의미도 있었다. 군사교련 실시 1년째, 오타루 고등상업학교에서는 화창한 가을날이던 10월 15일에 전교생을 대상으로 한 야외군사연습을 실시하였다. 교관인 스즈키 헤이치로 소좌가 준비했던 「상정(想定)」은 대지진, 가옥 파괴, 화제에 서풍과 같은 상황에서 무정부주의 단체가 '불령선인(不逞鮮人)'을 선동하여 삿포로·오타루를 습격할 경우, 이를 추격하는 재향군인단을 오타루 고등상업학교 학생들이 지원한다는 내용이었다. 관동대지진이 일어난 지 2년이 지난 후의 일이었다.

당초 학생들은 「상정」의 문제성에 대해 무신경했던 듯하다. 가장 빠르게 항의운동을 일으킨 것은 정치연구회 오타루지부의 지부장이자 오타루 총노동조합 의원장인 사카이 가즈오(1900년~1983년)였다. 오타루 중학교를 졸업한 사카이는 와세다 대학에서 노동운동가이자 정치학자인 오오야마 이쿠오의 교육을 받았으며, 와세다에서 교육군사화 반대투쟁을 한 경험이 있었다. 「상정」을 알게 된 그는 재(在)오타루 조선인단체 리더인 김용식과 다른 노동조합 집행위원들에게 재빠르게 연락을 취해 학교에 대한 항의행동을 개시하는 한편, 농민조합과 시민들에게도 사태를 호소하였다. 뒤늦게나마 눈을 뜨게 된 사회과학연구회가 전국학생사회과학연합회에게 연락을 취해 각지에서 규탄모임이 열렸으며, 저명한 운동가 외에 조선인 단체와 노동운동, 전국학생사회과학연합회 대표가 차례로 오타루를 찾았다. 전국학생사회과학연합회 본부에서 조직책으로 잠입했던 하야시 후사오가 이 체험에 기반을 두어 「능금」이라는 단편을 발표한 것은 널리 알려져 있다. 하야시 후사오는 『대동아 전쟁 긍정론』(반초쇼보, 1964년)의 저자이다.

결국 반대운동은 실패로 끝났다. 오타루 고등상업학교의 사회과학연구회는 무너졌고, 전국학생사회과학연합회는 탄압이 가해졌으며 1926년의 '교토 학생사회과학 연합회 사건'에서는 1925년 4월에 공포된 치안유지법이 처음으로 적용되었다. 치안유지법이란 전쟁 전 일본사회의 언론·사상·결사의 자유를 빼앗은 악명 높은 법이었다. 대지진 직후의 긴급칙령의 실마리가 된 것으로 보이는 이 법의 근간은 '국체'(천황제)와 사유재산을 부정하는 것으로 여겨지는 언동은 모두 엄격하게 처벌한다는 것이었다. 1917년 러시아혁명의 파급을 얼마나 두려워했는지 엿볼 수 있는 대목이다. 같은 해이던 1925년에는 보통선거법 또한 제정되어, 그야말로 '당근과 채찍' 세트가 완성되었다.

오타루 군사교련 사건은 오타루 고등상업학교의 이름을 한동안 전국에 알린 것 외에는 의미가 없었을까. 항의운동 자체는 패배로 끝났지만 학생사회과학연합회와 조선인 단체, 노동조합 그리고 정치연수회의 공동투쟁이 오타루만이 아니라 각지에서 실현된 것임을 명기해야 할 것 같다. 그 성과의 일부분을 도쿄에서 개최된 '군사교련사건 규탄 대연설회'의 결의문에서 찾아볼 수 있다. "이 상정에 드러난 것과 같이 우리의 동포 무산계급과 동등한 조선인을 적으로 돌리는 것을 학생들에게 선동하는 군사교육은 그야말로 교육의 본 취지를 몰각하고 있으며, 무산계급의 건전한 발달을 저지하는 것으로 본다."[43] 연초 오타루에서는 친목과 '상호부조'를 위해 오타루 조선노동자청년회가 결성되었다. 먼저 언급했던 오타루의 첫 메이데이 행진에 참가했던 것도 이 단체였다. 메이데이 실행위원장이자 사회역이 사카이 가즈오였다는 것을 보면, 오타루 고등상업학교 군사교련 사건의 경험이 영향을 주었음을 알 수 있다.

다키지는 졸업하고 1년 반이 지난 시점이라 이 사건에 관계된 모습은 없었으나 후에 「연보」나 「고향의 얼굴」, 소설 『전형기의 사람들』에서 자신이 걸어온 길을 회상할 때 이 군사교련사건이 오타루의 '좌익의 전통'에게 얼마나 중요했는지를 강조하고 있다. 다키지는 고등상업학교의 한 학년 후배이자 이 사건으로 정학처분을 받았던 데라다 유키오의 추천으로 본격적인 사회과학 공부를 시작하였다. 꼼꼼하게 읽은 책의 제목과 촌평을 일기에 기록해 두었는데 후쿠모토 가즈오, 마르크스, 엥겔스, 데보린, 가와가미 하지메 등의 이름이 나열되어 있다.

이소노 소작쟁의

다키지가 운동에 참여하게 된 큰 요인 중 하나가 이소노 소작쟁의다. '내국식민지' 홋카이도의 개발은 관민일체 사업이었다. 메이지 정부는 홋카이도 전체를 '무주(無主)의 땅'으로 정하고, 전체 토지를 국유지로 지정한 후 저렴한 가격으로 불하(拂下)하여 척식을 진행시켰다(토지만이 아니라 관영사업 또한 메이지 중반부터 차례로 불하되었다). 척식이 진행됨에 따라 좋은 토지는 빠르게 자본가와 화족의 손으로 넘어갔으며, 자작농을 꿈꾸며

'내지'에서 이주해 온 농민들에겐 척박한 토지만이 남아 많은 이들이 몰락하여 소작농이 되었다. 또한 '인구·식량 문제' 해결책으로 정부와 도청의 모집에 응하였던 빈농들도 대지주의 소작인이 되어, 신천지 홋카이도는 꿈이 무너지는 장소로 변해 갔다.

전국에서 유독 홋카이도에 많았던 부재지주란 어떤 이들일까. 토지의 개량이나 밭의 수전화를 포함해, 모든 농작업을 소작인의 노동에 맡기며 관리인을 두고 자신은 도쿄나 삿포로, 오타루 등에서 지내며 수확을 기다리는 투자가인 그들은, 농민이 직면하는 어려움에 대해서는 관심이 없었다.

제1차 세계대전 이후의 물가 폭등과 쇼와공황이 발생했던 이 시기는 노동쟁의와 함께 농민쟁의가 가장 활발하게 일어난 시기였다. 일본농민조합 설립은 1922년. 그 홋카이도 연합회는 1925년에 다섯 지부로 스타트를 끊었으나, 그 이듬해에는 43개 지부, 농민 3000명의 조직으로 비약적 성장을 이루었다. 이소노 농장의 소재지로, 오늘날 라벤더로 유명한 후라노에도 일본농민조합이 생겼다.

1926년 홋카이도는 냉해로 인해 대흉작이었다. 소작인들은 엄청난 위기에 내몰려 각지에서 소작료 감면을 요구하는 격렬한 쟁의가 일어났다. 오타루에서 해산물상과 정미회사를 운영하며 시의회의원, 상업회의소 회장을 맡은 이소노 스스무는 매우 높은 소작료를 요구하는 지주였는데, 흉작이던 그해에도 타협을 거절했다. 그리고 1927년 1월, 이소노는 소작료 감면은커녕 인상을 요구하며 이에 응하지 않는 소작인의 토지는 반환시키고 재산을 차압하는 소송을 한다. 조합은 대표를 오타루로 보내 이소노에게 직접 소작인의 실태를 호소하기로 결의한다. 오타루 합동노조와도 연락이 닿은 상태였기에, 역사에 남는 농민공동투쟁이 전개되었다.

쟁의단의 오타루 방문

후라노에서 출발한 쟁의단 대표 17명이 오타루 역에 도착한 것은 1927년 3월 3일이었다. 밤 11시를 지난 시각, 게다가 아직 공기가 찬 계절이었음에도 불구하고 100명이 넘는 환영인파가 나왔다. 잠깐의 시간도 허투루 하지 않겠다며 대표 전원은 그 길로 이소노 상점을 향해 나아가나, 경관이 출동하여 철수하였다.

쟁의단은 단호하게 면회를 거절한 이소노의 농장 주변에서 연일 빠르게 움직였다. 전단지와 연설회 등을 통해 시민에게 직접 호소를 하였다. 경찰이 방해하면 그 또한 공표했다. 이런 상황에서 합동노조의 젊고 우수한 지도자 다케우치 기요시를 검속구타한 후에 오타루 경찰서 차석 경부가 남긴 명언이 있다. "경찰은 너희가 말하는 것처럼 자본가의 앞잡이다, 그렇게 생각하고 가만히 있어라."

경찰이 아무리 위협한다 해도 연설회 행사장에는 언제나 수용인원보다 훨씬 많은 1000명 혹은 2000명 정도의 사람들이 모였다. 동시에 진행되던 노동쟁의들과의 상승효과도 있었기에 전(全)오타루육산업노동자회의는 이소노의 화물상륙 거부를 결의하게 되었고, 홋카이도 무산자단체는 이소노 상품 불매동맹을 결성한다.

농장에서 부인단 대표가 '여자끼리' 대화를 해 보자며 이소노의 아내를 찾아가지만, 그녀는 고압적인 태도를 보이며 부인단 대표를 내쫓았다. 그러자 후라노 일본농민조합 지부장 반 리하치의 아내 가쓰노는 연설회에서 이소노 부인의 언동에 대해 보고한다.

4월 9일, 양측이 조인한 조정서는 쟁의단이 처음 요구했던 조건보다 더 많은 내용을 담고 있었다. 소작료를 어떻게 하자는 내용뿐 아니라 경작권 확보 방향 등의 내용까지 포함되어 있었다.

4월 11일, 다케우치 기요시와 콘도 에이사쿠가 후라노로 돌아가는 쟁의단 대표와 동행을 하는데 쟁의단은 오타루 시민에게 메시지를 남기고 갔다. 메시지의 마지막 부분은 다음과 같다.

> 시민 제군, 우리는 제군과 나눈 굳은 악수를 바탕으로 전체 무산계급의 해방을 위해 싸워왔음을 맹세하는 바이다.
>
> 격전의 땅, 오타루를 돌아보며 다시 제군들과 만나게 될 날까지 고마운 감정들을 이곳에 바친다.[44]

이 위엄은 어디에서부터 비롯된 것일까. 목숨이 위태로워질 가능성도 있는 착취와 그것을 지탱하는 멸시에 대한 싸움 그 자체에서 발생된 것은 아닐까. 공동투쟁에 참여한 합동노조 조합원은 '점원 주제에' 어떤 주장을 외치는 것은 '건방지다'는 말을 듣는다. 이소노 쟁의단은 모두 붉은 어깨띠를 두르고 있었지만 그것을 떼어 내지 않으면 단속하겠다는 위협을 당한다. 피지배자가 스스로의 존엄을 주장하며 단결하는 것만큼, 지배자에게 거북한 일은 없는 것이다. 지주의 고향에서 싸움을 진행시킴으로써, 소작인들은 이소노 스스무의 '부재성'을 드러내고 시민들에게 지주의 본래 모습과 자신들의 실태를 보여준 것이었다.

오타루 항만쟁의

이러한 것들을 보면 그해, 오타루의 메이데이가 도쿄 이북지역에서 최대규모였던 것 또한 이해가 간다. 그리고 6월에는 오타루 항만쟁의, 즉 일본 최초의 산업별 동맹파업이 시작되었다. 바지선 인부 36명의 임금인상 요구에서 촉발된 쟁의였는데, 일주일이 지나자 오타루 항은 하역이 불가능한 상태가 되었으며 석탄현장 종업원과 창고업 종사자들, 하역 노무자들도 차례로 파업에 돌입하였다. 석탄장 조선인노동자들도 동정파업을 하였고 항만노동자 약 4000명 중 2380명이 파업에 참가하였다. 소학교 학생 3000명이 동맹휴교를 하였고, 가족대회도 열렸다. 요구사항은 '무료 진찰소 설치', '집세 30% 인하', '조산원 설치' 등으로 노동조건뿐만 아니라 생활과 관련된 부분까지 포함하고 있었다. 또한 메이데이나 이소노 소작쟁의의 경험을 살려 시민들에게도 계속 호소를 하였다. 일본농민조합 홋카이도 연합회는 홋카이도 전 지역 지부에 '모든 오타루의 형제들을 모른 체 내버려 두지 마라. 손을 잡아라.'며 자금으로 '하기(살담배) 다섯 돈의 금액'과 물자 '밥 한 그릇 분량의 쌀'을 모았다. 이소노의 소작인들은 쌀 세 가마를 보내왔다. 지원을 해 달라는 요청은 전국으로 퍼져 나갔는데, 무역도시 오타루답게 오타루로 오던 마르세유 상선의 선원들이 연

대하여 하선하기도 한다.[45)]

당연히 경영자 측도 단결하였다. 조합을 파괴하고자 경찰은 물론이요 재향군인까지 동원하여 각지에서 스캐브(파업 파괴자)를 모았다. 놀라운 것은 재향군인의 절반은 이 요청을 거절했다는 것이다. 충돌이 격화되자 식민지 사할린의 적재(목재) 인부들도 7월 7일에 총파업을 결의, 전(全) 오타루공장대표도 동정파업을 결의하였으나 실행되기 전에 조정이 성립되었다. 협정서는 노동자 혹은 자본가 어느 쪽의 일방적인 승리라고 할 수 없는 내용이었지만, 합동노조가 남긴 것과 산업별 투쟁의 실천, 경제적 요구와 정치적 요구의 통일, 지역규모 투쟁계획이 전개되었다는 것을 성과로 볼 수 있다.[46)]

'가만히 있을 수 없다.'

이렇게 요약을 해도 이소노 소작쟁의나 오타루 항만쟁의의 모습이 쉽게 파악되지는 않을 것이다. 60년도 더 지나서 발견된 오타루 항만쟁의 관련 자료들(전단지, 보도, 선언)의 원본이 1990년에 고토사카 모리나오에 의해 나온 복각판 『이소노 소작쟁의·오타루 항만쟁의 자료집』에 100점 이상 실렸다. 전단지나 포스터를 만드는 일에 관여하는 것—문구를 생각하고 등사판을 만들고, 포스터를 붙이거나 전단지를 배포하는 일—은 외부를 향한 표현이었지만, 이는 내부적으로도 연대를 실감케 한다는 의의를 지닌다.

자료집에 들어간 것들 중 압도적 다수를 차지하는 것은 편지

'모든 오타루의 형제들을 모른 체 내버려 두지 마라. 손을 잡아라.'라고 호소하는 포스터(호세이 대학 오오하라 사회문제연구소 소장, 『이소노 소작쟁의·오타루 항만쟁의 자료집』 후지출판)

다. 읽기 어려운 것도 있지만, 글씨 사이즈나 배치 그리고 감탄사 사용 등을 보면 작가의 의욕이 느껴진다.

그리고 이러한 것들을 다루며 다키지가 어째서 이 시기에 사회과학 공부뿐만 아니라 운동에 대해서도 거스를 수 없는 흡인력을 느꼈는지 실감할 수 있다. 이소노 소작쟁의 중, 3월 14일 연설회에 가기로 결심했다며 '오로지 하나뿐인 사랑스러운 다키짱에게' 전하고 있다. '신체검사를 받아도 괜찮다. …… 나는 가만히 있을 수 없다.' 연설회는 만원으로 들어가지 못했으나, 마찬가지로 행사장 안에 들어가지 못한 자들이 '몇 백 명이나 자리를 떠나지도 않고' 서서 나누는 이야기들을 들었다. '마르크스 같은 이야기를 하던 작업복 차림의 남자들'이 있던 것에 대해 다키지는 흥분하여, 3월 15일 날짜로 다키에게 두 통의 편지를 보낸다. 같은 날의 일기에서는 "일개 노동자와 같은 자들의 입에서 '착취' 같은 단어들이 상식처럼 나왔다."라고 신선한 놀라움을 표현하고 있다.

회의, 연설회, 전단지 제작이 반복되는 쟁의는 살아 있는 학습의 장으로, 그 시점에서 '일개 노동자'가 '착취'를 자신의 말로 삼은 것은 이상한 일이 아니었다. 반대로 다키지가 노동자들의 변모를 가까이에서 느끼지 못한 상태였다는 것을 알 수 있다. 그러나 6월에 시작된 항만쟁의 때, 다키지는 은행 근무가 끝나면 비밀쟁의단 '제2이동본부'에 다니며 전단지 제작에 참여했다. 청립 오타루 상업학교 시절부터 친구였던 시마다 쇼사쿠는 다키지가 전단의 초안을 작성할 때, 쟁의지도자 다케우치 기요시에게 "이것은 너무나도 관념적이다."라고 비판을 받으며 전단 만들기를 배웠다는 이야기를 들었다고 회상했다.[47]

수개월 후, 다키지는 데라다 유키오나 고가와 도모이치라는 뛰어난 이론가가 주요 멤버였던 오타루 사회과학연구회에 참가하게 된다. 그곳에는 고등상업학교 학생도 있었고 오타루의 노동·농민 운동가도 있어, 그야말로 이론과 실천을 함께 추구하는 연구회였다. 마침 다키지가 찾고 있던 모임이었다.

이소노 소작쟁의 때, 다키지는 단순히 흥분한 방관자였던 것이 아니라 척식은행이 보유한 이소노 농장 관련 자료를 쟁의단에게 전달하기도 했다는 소문이 전부터 있었다. 만일 이것이 사실이라면 은행원으로서 거래처 데이터를 외부로 유출시킨 것은 대담하기 짝이 없는 행위이다. 그 시기에 다키지는 그 정도로 운동에 접근해 있었던 것일까? 사실이 어떻든 당사자가 기록으로 남길 리 없는 내용이기에 밝혀내기는 거의 불가능할 것이다. 그러나 앞서 말한 『자료집』의 편집자 고토사카 모리나오가 지적했던 것처럼 일본농민조합 홋카이도 연합회 후라노지부의 조사부가 단독으로 이런 데이터를 입수하여 표를 작성했다고 생각하기는 어렵다.

이소노 소작쟁의의 수확 『방설림』

그 후 다키지의 작품들을 보면 이소노 소작쟁의가 얼마나 중요했는지 분명히 알 수 있다. 우선 농촌을 배경으로 한 작품이 많은데 그의 부모가 아키타의 빈농이었다 하더라도, 다키지는 도시에서 자라난 아이였다. 첫 시도는 1927년 만추부터 집필하기 시작했던 『방설림』이었다. 주인공 겐키치는 빈사 상태로 내몰리면서도 '지주님'에게 맞서지 못하는 굶주린 소작인에게 불법으로 잡은 연어를 보내고, 지주의 집에 불을 붙이는 등 지도자적 자질을 지니고 있으면서도 당장은 한 마리 늑대처럼 홀로 행동한다. 다키지 특유의 풍경묘사('새가 가끔 허둥대는 것처럼 날갯짓을 하여')와 과묵하고 무뚝뚝한 농민이 상호보완적 효과를 발휘하며 작품에 새로운 농밀함을 더한다.

『방설림』은 작품 자체로도 읽는 재미가 있으나, 작가 다키지가 다루는 주요 과제들의 중계점이기도 하다. 우선 앞서 말한 것처럼 작품세계 안으로 농촌을 끌고 와 농촌과 도시의 관계를 살펴보았고, 자신의 태생에 대해 창조적으로 되돌아보았다. 그리고 여기에 와서 '폭력의 계보'가 그 모습을 드러낸다. 이소노 소작쟁의가 오타루로 무대를 옮긴 3월에 오타루 고등상업학교의 『교우회 회지』에 게재되었던 「사람을 죽이는 개」라는 매우 짧은 작품이 있다. 이 작품은 죽기 전에 아오모리에 있는 어머니를 하루만이라도 보고 싶다며 '감옥방'에서 도망친 노동자 겐키치가 도로 잡혀 들어와, 강제로 불러 온 다른 노동자들이 지켜보는 가운데 도사견에게 죽임을 당한다는 내용이다.

앞서 언급했듯 메이지 정부 시기 홋카이도는 죄수들을 보내기에 알맞은 벽지였고, 근대국가의 인프라 정비에 쓰고 버리는 것이 가능하여 효율이 좋은 죄수 노동을 활용했던 장소였다. 토지나 공장이 불하된 것처럼, 죄수 노동이 1894년에 폐지되자 민간에 의해 이에 필적하는 '감옥방'이 설치된다. 문어는 생존을 위해 자신의 다리까지 먹어 버리는데, 이에 빗대어 '감옥방'을 '다코베야(문어의 방)'이라고 불렀다고 한다. 민간에서 퍼진 이야기 같기는 하지만 살아가는 데에 선택의 폭이 거의 없는 노동자들을 구속하고 혹사하는 제도를 잘 표현하고 있다. 홋카이도의 도로, 터널, 탄광 등 대부분은 죄수들의 노동 혹은 다코베야 노동자들의 노동에 의해 만들어졌다. 자유를 빼앗긴 노동현장에서 필연적으로 일어나게 되는 폭력은 『게잡이 공선』의 전개에도 잘 드러나 있다.

소작인들의 경우 일차적으로는 발로 차이거나 주먹으로 맞는 등의 폭력은 당하지 않았지만, 경제 시스템에 의해 목이 옥죄이는 고통과 마주한다. 이에 맞서려 하면 『방설림』에 나오듯 관헌에 의해 육체적으로 폭력을 당한다. 노동운동가가 대상이 되었던 『1928년 3월 15일』은 '고문 문학'의 세계적인 걸작일 것이다. 이에 앞서 쓰인 『방설림』에서는 거리의 경찰에게 고문당하는 농민을 '철도 선로에서 열차에 치어 죽은 사람이 일어났다.'고 표현했는데, 다키지의 이런 표현은 상황을 너무 여실히 드러내어 읽고 있는 것도 역겹게 느끼게 만드는 힘이 있었다.

「사람을 죽이는 개」를 발표할 당시, 고등상업학교의 교수는 너무나도 잔혹하다며 발표를 막았다. 그러나 다키지는 이 작품을 발표하거나 발표하지 않는 것이 문제가 아니라 '현실에 존재하는 것'을 어떻게 처리하느냐가 더 문제라고 3월 2일의 일기에서 말한다.

그러나 폭력 자체를 보여 주는 것이 다키지의 최종 목표는 아니었다. 폭력을 쓰게 되는 제도, 그리고 이를 지탱하는 진짜 '적'을 분명하게 보여 주며 이를 얼마나 극복할 수 있을지 생각하게 하는 데에 그 목표가 있었다. 「사람을 죽이는 개」 마지막 부분에는 노동자 한 명이 언젠가 저 개를 죽이고 말겠다고 맹세하는 장면이 나오는데, 1928년 5월에 개제·개작을 거쳐 발표한 「감옥방」에서는 노동자를 죽이는 것은 개가 아니며 '개는 앞잡이다.'라고 표현했다. 이러한 표현과 인식은 다음 해 『방설림』의 개제·개작인 『부재지주』에도 잘 나타나 있다.

또 한 가지, 『방설림』에 이르러서야 겨우 '여성의 계보'가 나타난다. 즉 이 작품에서부터 '작부물'이나 '불행한 누나' 요소가 농민·노동자 이야기에 편성되어 있는 것이다.

『방설림』에 등장하는 여성 중 주목하고 싶은 인물은 오요시다. 그녀는 자신이 있을 자리가 없는 집이나 농촌 생활에 실망하여 삿포로로 오지만 임신 후 사귀던 대학생에게 버림받아 고향으로 돌아온다. 그러나 아버지와 새언니(오빠의 부인)의 학대를 견디지 못하고 헛간에서 목을 매 생을 마감하는 인물이다. 비참한 이를 더욱더 비참하게 만드는 음습한 폭력은, 독자가 괴로워할 정도로 자세히 그려져 있다. 겐키치와 오요시는 서로 마음이 통하지만, 마을을 떠났다가 임신하여 돌아온 여자에 대해 겐키치는 매우 가부장적이며 냉담한 태도를 보인다. 그러나 편지를 통해 오요시가 부자에 대해 얼마나 적의를 품고 있었는지를 알게 되자, 금세 연대감을 느낀다. 결국 오요시의 불행 또한 그가 지주의 집에 불을 붙이게 되는 계기가 된다. 『부재지주』로 개작된 후에는 자살을 한 키누의 여동생이 운동가의 자질을 들여다보게 한다.

『부재지주』

『방설림』에서는 겐키치와 마을 사람들이 가까운 시일 내에 단결하여 쟁의를 일으키는 모습을 상상하기는 어렵다. 이에 비해 『중앙공론』 1929년 11월호 창작란 필두에 게재된 『부재지주』는 박력으로 넘쳐나, 노농공투(勞農共鬪)의 승리가 필연적인 것처럼 착각하게 된다. 각 장마다 「둥둥, 둥」「이민안내」「뜨거, 뜨거, 뜨거워!!」(이상, 1장에서)라고 굵은 글씨로 소제목들이 붙여져 있어 독자들은 힘차게 전개를 따라가게 된다.

다키지가 편집자 아메노미야 요조에게 보낸 원고의 마지막 부분인 12장(「서로 손을 잡아!」)에서 15장(「다섯 개만 더―」)까지는 오타루로 무대를 옮긴 쟁의에서 실제로 있던, 약간 수정을 가한 '정보'나 『오타루신문』의 보도에서 가져온 것들로 이루어져 있다. 그런데 『중앙공론』에 게재되었을 때, 이 네 개의 장은 아메노미야의 독단에 따라 각 장의 제목만 남기고 삭제되고 말았다. 검열관의 눈에 '혁명의 불씨'로 비춰져 발매 금지 처분을 받게 될까봐 겁을 냈기 때문이다[48]. 다키지는 이를 매우 유감스럽게 생각하여, 결국 「전투」라는 제목으로 『센키』 12월호에 발표했다.

어째서 다키지는 삭제된 부분을 포기할 수 없었던 것일까. 10대부터 작가가 되고자 야심을 불태워 왔던 다키지였다. 『게잡이 공선』의 반향으로 『중앙공론』만이 아니라 『가이조(改造)』나 『신초(新潮)』 등에서도 의뢰가 들어왔다. 아메노미야가 다키지에게 원고를 의뢰했던 데에는 『가이조』와의 경쟁에서 선수를 치려는 의도가 있었다. 사장이 이러한 모험을 인정해 주었던 것 또한 프롤레타리아 문학에 상품가치가 있었기 때문이다. 다키지로서는 작품이 이와 같은 지면에 실리는 것은 바랄 나위 없는 기쁜 일이었을 것이며, 실제로 그는 기뻐했다. 그러나 이 시점에서 운동에 완전하게 관여하게 되었던 그가 『중앙공론』 같은 매체에 본격적인 소설을 게재하는 것은, 프롤레타리아 문학의 독자층을 넓히고자 하는 데에 그 뜻이 있는 것이며 여기에 사용될 작품은 당연히 프롤레타리아 문학으로서 의의가 있는 것이어야만 했다.

아메노미야에게 원고를 보낸 직후, 다키지는 편지를 통해 이 작품은 "소작인과 빈농이 얼마나 비참한 생활을 하고 있는지가 아니라, 어째서 비참한가."를 분명히 드러내야만 한다고 주장한다(1929년 9월). 그렇기 때문에 선전에 대해서도 '자기 멋대로' 주문 사항을 요청하기를 멈추지 않는다.

특히 농촌사람들이 광고만 보고도 이것이 자신들의 이야기를 말하는 것이라고 알 수 있도록 '이 한 편을 전국 방방곡곡의 소작인과 빈농들에게 바친다.'든지 그런 말을 적어 주었으면 합니다.

이 문장은 소설 헌사의 일부이기도 하다. 다키지에게 있어 게재된 작품 전반부는 삭제된 네 개 장의 분량을 향한 '준비'로서만 존재하는 것이 아니었으며, 이 네 개의 장이야 말로 '혼신의 힘을 기울여 쓴' 것이기에 '부재지주의 진짜 계략, 그리고…… 노동자와 농민이 서로 힘을 합쳐야만 하는 것…… 노동자와 농민의 구체적인 상이점' 등이 분명하게 드러나 있다고, 아메노미야에게 호소한다(1929년 10월 24일). 이는 앞서 나온 「구원 뉴스 No.18 부록」의 '노골적'인 표현과 '부록'의 스토리 사이의 관계를 상기시키는 대목이다.

『부재지주』의 집필을 시작한 1929년 여름 시점에서, 다키지는 전국의 농민들에게 그들이 겪는 고통의 구조를 분명히 드러내며 이를 어떻게 타개할지를 보여 주고 싶었던 것이다. 이를 위해 신뢰할 수 있는 내용과 그것을 전달하기에 적절한 형태(논문이나 신문기사 그 자체가 아닌 소설이라는, 인간의 지성과 감성에 함께 호소하는 의미전달의 도구)를 선택했다. 현실에서, 게다가 최근 있었던 투쟁을 모델로 하였으며('반 씨'라든가 '아베 씨' 등, 소작인 대표의 실제 이름만이 아니라 '척식은행'까지 등장시키며), 실제 정보나 격문, 신문의 표제와도 거의 똑같은 것들을 절정 부분에서 활약하게 하여 이것은 실제로 일어났던 일들이니 또다시 일어날 수 있고 더 나아가서는 이렇게 하면 실현시킬 수도 있다는 이야기를 『부재지주』에서 뜨겁게 호소한다.

운동의 언어와 소설

이소노 소작쟁의 중, 연설회 행사장이 만원이라 들어가지 못하고 그 주변에서 노동자들이 '착취'와 같은 단어를 사용하는 것을 듣고 흥분했던 다키지를 떠올려 보자. 운동의 언어란 문학자들의 개성적인 어휘와는 다른, 단결의 표현이자 또한 단결을 호소하는 것이며, 그저 겨우 익혀서 사용하는 것일지도 모르지만 같은 행동을 함으로써 모두의 것이 되는 언어이기도 하다.

즉 이 네 개의 장에서 나설 자리를 찾은 이러한 언어들은, 목적을 갖춘 쟁의의 말이며 동시에 태동하고 있는 아이덴티티와 이를 지탱하는 꿈의 표현이기도 했다. 프롤레타리아 문학자들은 '슬로건을 나열하는 것은 안 된다.'라고 서로 지적하였으나, 자기표현으로서의 슬로건을 충분히 인식하지 않고 있었던 것일지도 모른다.

그렇다면 다키지는 어째서 쟁의의 흥분이 채 식지 않은 1927년 가을에 집필을 시작하였던 『방설림』에서는 이 방법을 사용하지 않았을까. 사람들은 강렬한 체험을 소화하여 이를 표현하는 데에 이르기까지, 시간과 또 다른 체험들을 요한다. 제1회 보통선거나 3·15 탄압을 겪으며 이들을 작품으로 만들었던 다키지는 다시 한 번 『방설림』으로 돌아가 개작을 시도하지만 결국 포기하고 만다. 계속 이어 쓴다 해도 그 시점의 세계인식에 맞추기는 어렵다고 느꼈기 때문은 아닐까. 『방설림』은 다키지 생전에 발표된 적이 없다.

본디 『부재지주』가 『방설림』의 발전이라고 보는 견해와 『방설림』이 『부재지주』보다 문학적으로 우수하다고 보는 견해가 존재했다. 확실히 『방설림』은 익숙한 문학적 만족감, 특히 비극에서 오는 만족감을 부여하고 있다. 『부재지주』의 마지막 네 개 장이 약간 서투르게 소설의 틀에 들어간 느낌은 부정할 수 없으니, 이는 전부 새로운 것이 지니고 있는 서투른 느낌들이다. 개개의 심리나 행동과는 달리 집단의 심리와 행위는 프롤레타리아 문학의 근본적인 과제였으며 둘 중 하나를 고른다고 깔끔히 정리되는 문제도 아니었다. 그러나 '『방설림』을 썼던 다키지가 그대로 작가 수행을 이어갔더라면, 훌륭한 작가가 되었을 텐데.' 라는 식의 비평은 다키지의 프롤레타리아 문학의 핵심을 무시하는 것이다. 어떻게 비참한지가 아니라 어째서 비참한가를 묻고 있음을 잊는다면, 빈곤의 비애에 젖어 비애 그 자체를 소비하게 되기 십상이다. 그로부터 변혁을 향한 움직임이 끓어오르는 것을 상상하기는 어렵다.

제1회 보통선거와 일상생활

홋카이도 제1구, 노동당 후보 출마

『방설림』에서 『부재지주』까지 달려왔으니, 이쯤에서 되돌아가 그 사이의 다키지에 대해 살펴보자.

1928년 2월 20일에 일본에서는 처음으로 보통선거가 치러졌다. 3년 전에 치안유지법과 함께 제정되어, 몇 가지 제외사항은 있으나 일단 25세 이상 남성들에게 선거권을 부여하였다. 그 시기는 마침 일본공산당이 공연히 활동을 시작하던 때였다. 2월 1일에 기관지 『아카하타』가 창간되었고, 홋카이도 제1구(삿포로, 오타루, 굿찬)에서는 공산당원 야마모토 겐조가 노동농민당 공인후보로 선거에 출마하였다. '수입후보'라고는 해도 야마모토는 오타루 조합이 우파총동맹과 좌파평의회의 어느 쪽에 가맹할 것인가를 이야기할 때나, 이소노 소작쟁의 때 오타루를 방문하여 운동에 활기를 불어넣었던 익숙한 인물이었다. 사회민중과도 협정이 성립되어 노동단체나 예술단체는 일제히 '야마겐' 지원 태세에 돌입하였다. 다키지는 은행 일을 마친 후 선거사무소를 돌며 전단지 및 포스터 제작, 회계 등을 도왔다. 이뿐만이 아니었다.

오타루 시내에서는 연설을 할 수 없었기 때문에 야마겐이 다른 지역으로 연설을 갈 때마다 아프다거나 친척의 초상 등을 핑계로 은행을 쉬고 함께 연설하러 다녔다. 굿찬 동쪽에 위치한 교고쿠초의 코주지(光寿寺, 당시의 본당이 현존)에 갔던 경험을 바탕으로 쓴 작품이 『히가시굿찬행(東倶知安行)』이다.

회사원인 '나'는 항상 겉으로 드러나는 운동에 참여할 수 없음을 안타깝게 느끼고 있으나 자신의 월급에 여섯 가족의 생활이 걸려 있었다. 이번에도 친척의 불행을 핑계로 '시마쇼'(島正, 다키지의 절친한 벗으로 다키를 가게에서 빼올 때 돈을 빌려준 시마다 쇼사쿠(嶋田政策)의 이름을 사용하였다.)의 연설 모임에 참가한다. 지방이라고는 해도 무산정당이 관여되어 있기에 관헌들의 눈은 빛난다. '나'는 '직장에서의 생명'이 걸린 일이라며 비겁하게 느껴지는 자신을 위로한다.

'여행'이란 보통 인생을 비유할 때 쓰이는 표현이지만 『히가시굿찬행』은 한 사람이 사회변혁을 목표로 한 운동에 몸을 던질 때를 '여행'에 비유하며, 죽음과 재생을 그린 통과의례의 숭고한 드라마라고 할 수 있다. 이야기 전개 역시 도시 → 벽지의 대자연과 민중 → 도시로 정연한 윤곽을 보이고 있다. 도입 부분에 등장하는 오타루 선거사무소는 사무실 직원들의 넘치는 의욕처럼 난로까지도 기세 좋게 타오르고 있다. 벽보에 적힌 모금운동 내용이 소개된다. '하나, 2전짜리 우표 10장 그것', '하나, 30엔 도쿄XXX코', '하나, 계란 열세 개 그것' 등의 내용이다. 이는 현존하는 사진 속 내용과 거의 동일하다.

오타루에서 굿찬까지 가는 열차 안에서 '나'는 교훈적인 체험을 한다. 우선 '스즈모토'(스즈키 겐주)라는 인물에 관한 것이다. 일거수일투족이 자본가를 벌벌 떨게 만들지만 그러면서도 '다른 사람의 좋은 점을 금세 알아채는 〈수염 달린 아저씨〉'가 그 아침에 집을 나서며 '마누라를 후려갈기고 왔다.'는 것을 부끄럽다는 듯이 고백한다. 사회운동을 위해 네 명의 자식과 부인에게 빈곤한 생활을 강요하고 있는 스스로를 '제멋대로'라고 자각은 하고 있는 것이다. 두 번째는 같은 차량에 타고 있던, 탄광이나 감옥방 등에서 다음 장소로 '끌려가는' 조선인 '무리'를 본 일이다. '나'는 '일본의 프롤레타리아는 조선인들에게 단결의 손길을 내미는 대신 〈적〉이라고까지 느끼게 만든다. 미국의 노동자와 일본 이민들처럼.'이라고 문제 제시를 하나, 연대감까지는 도달하지 못한다.

죽음과 재생의 유세 여행

열차에서 내려 행사장소인 절까지는 말이 끄는 썰매를 타고 간다. 후보자인 시마쇼는 시내 연설을 마친 후 밤기차로 도착할 예정이었다. 일행은 '에조(홋카이도의 옛 이름)의 후지산'이라든지 '요테이산'이라든지 '맛카리누프리'라고도 불리는 웅대한 산의 산기슭을 목표로 출발한다. 그런데 갑자기 마부가 '산이 이상해졌다.'라고 말한다. 마법에 걸린 것처럼 맛카리누프리의 그 거대한 몸집이 훅 하고 날아가 사라진 것처럼 보이지 않았다. '나'와 일행들은 눈과 바람에 휩쓸려 필사적으로 멍석을 뒤집어썼는데 멍석은 '새가 날아오를 때의 날개처럼, 빠르게 푸드득푸드득

날라가고' 만다. 말에게 달려 있던 방울 소리가 저 멀리에서도 들리다가 바로 옆에서 들리기도 한다. 너무 추워 감각이 사라질 수 있으니 '서로의 몸을 붙들고 호령을 붙이며 흔들어 주기도' 하지만 금세 '맥없이 주저앉게' 된다. 썰매가 뒤집어지며 '죽순처럼' 눈에 내리꽂히고 만다. 걸어 보려 해도 장화가 벗겨질 뿐이다. 처음에는 흥분하여 이른바 과격한 말을 하거나 (설원 한가운데에서 부르는 것이라면 잡혀가지 않을 것이라며) '붉은 깃발의 노래'를 불러보기도 하지만, 말이 눈보라 속에서 역방향으로 달렸다는 것을 깨닫게 되었을 때에는 모두 입을 다물고 만다. 연설회 시간에 맞춰서 갈 수 있을 것인가, 아니 절까지 갈 수는 있는 것인가. 해일의 전조와 같은 소리는 들려오나 서로의 목소리는 더 이상 들리지 않았다. '나'는 건물이 보인다고 생각하지만 그것은 '착시'에 불과했다.

다키지는 2년 후 「총선거와 '우리들의 야마겐'」(『센키』 1930년 2월호)이라는 글에서 눈에 묻힌 철도를 따라 걸었던 일을 평생 잊을 수 없다고 회상한다. 실제 체험을 그대로 소설로 만들었더라면 눈이 핑핑 돌 정도로 일어나는 소란들과 낙담, 고민, 공포, 희망, 착각 그리고 말과 마부를 믿으면서도 마물과 같은 대자연에 몸을 맡기는 도시인 일행을 그리지 못했을 것이다. 선거를 이토록 뜨겁게 그려낸 문학작품이 또 있을까.

앞서 '죽음과 재생'의 이야기라고 말했는데 눈보라의 시련 속에 버티던 '나'와 일행들은 절에서 진행된 연설회 또한 성황 속에 마친다. 그러나 시마쇼는 패배한다. 실제로 야마겐은 참패했다. 「총선거와 '우리들의 야마겐'」은 개표일 밤, 동지들이 침묵에 잠졌을 때에 야마겐이 갑자기 일어서서 소리를 지르는 장면으로 끝을 맺는다.

'데모다! 노동자들에게 한 잔 마시게 해라! 데모다. 오타루 마을에도 붉은 바람이 한 번 정도는 불게 해라!'

홧김에 마시는 술은 아니었다. 재생을 향한 의욕을 말하는 것이었다.

여성과 가족

그러나 『히가시굿찬행』은 선거와 마찬가지, 혹은 그 이상으로 복잡한 문제를 제기하고 있다. 바로 여성과 가족 문제이다. '나'는 절에서 열변을 토하는 미즈사와라는 노인과 만나게 된다. 그는 굿찬에서 최초로 농민조합을 설립한 인물로, 술에 취하면 고토 슈스이의 추억담을 반복해서 이야기한다. 눈도 보이지 않고 귀도 들리지 않는 수다스러운 노인이 사회운동가였다, 아니 지금도 사회운동가라는 것을 알게 된 '나'는 '우리들의 운동'이 젊은 이들만의 것이라 생각하고 있었던 것을 깨달으며 이 운동이 얼마나 장기전으로 펼쳐지는 것인지를 다시 한번 느끼게 된다.

그것과는 별개로 이 '마른 고목 같은 손'과 '목을 뒤튼 후의 닭'처럼 머리를 늘어뜨린 노인의 환경은 또 다른 교훈을 내포하고 있었다. '과격한 사상' 때문에 아들에게 버림받은 미즈사와는 딸의 도움으로 살아간다. 딸은 제관 공장 창고에서 공장장에게 강간을 당하고 자살 시도를 반복하나, 새로 일하러 나간 공장에서 동맹파업의 선두에 선다. 그리고 파업이 실패로 끝나자 가장 먼저 해고된다. 그 상태에서 그녀에게 남겨진 길은 매춘 뿐. 가끔 조합 일도 돕는다. 동지는 '나'에게 노인이 굿찬이나 오타루에 나갈 때 쓰는 기차비용은 그렇게 '쉽게 쓸 수 없는 돈'이라고 말해준다.

'다키물'에 등장하는 여성들도 가정 사정 탓에 팔려가야 했다. 미즈사와의 딸을 그녀들과 동일시해야 할까? 그렇게 볼 수는 없다. 용감한 운동가였던 아버지를 위해 그의 딸은 몸을 파는 일까지 감내한다. 그리고 그녀가 그렇게 번 돈은 젊은 남성 운동가들의 눈에는 신성하게까지 비춰진다. 그러나 그녀의 존엄을 인정하는 것과 희생을 미화하는 것은 종이 한 장 차이이다. 어려운 일이다. 사람들이 이 측은하기 짝이 없는 노인을 홀대하지 않는 것도 그녀의 희생 덕이다. 이는 노인이 예전에 농민 운동가였다는 것을 증명하는 의미이기까지 하다.

자살 시도 끝에 파업 현장의 선두에 선 딸의 희생이라는 것 또한 잊어서는 안 된다. 마음만은 맑은 창부라든지 정이 넘치는 창부의 이미지는 세계 어디에나 존재한다. 그러나 미즈사와의 딸은 조금 다르다. 일반적인 틀인 '매춘=노동'이라는 것을 인정하거나 '매춘=착취'로서 절규하는 틀을 벗어난 하야마 요시키의 「매춘부」를 읽고 '쾅!'하고 깨달음을 얻었던 다키지가 소설을 통해 매춘에 대해 계속해서 고민해 왔음을 알 수 있다. 본래 그는 절친한 친구인 다케다 스스무와는 달리 '그건 그거고'라는 식으로 매춘 문제를 격리할 수 없던 청년이었다. 다키지는 이후 작품들에서 매춘과 운동을 함께 구현하는 여성캐릭터를 더욱더 추구한다.

마찬가지로 독자들을 고민하게 만드는 부분은 '마누라를 후려갈기고' 말았다는 스즈모토의 이야기다. 가난한 자들을 해방시키기 위해 운동에 전념하다가 아내는 물론이요, 아이들까지 전기와 음식이 없는 생활을 강요당하고 있는 것에 대해 어떻게 생각해야 할까? 부인의 존재가 동반자 내지 동지라면 또 다를 것이며, 아이들에 대한 것도 달라질 것이다. 『1928년 3월 15일』에는 그러한 가족이 등장한다. 스즈모토가 호의적으로 그려진 캐릭터이긴 해도, 다키지가 그의 선택을 긍정하고 있다고 판단하는 것은 불가능하다. 스즈모토라는 인물이 처한 상황을 문제로 인식했기 때문에 작품 속에서 다룬 것은 아닐까. '나'는 어떨까. '나'는 자신만이 부양가족에 대한 고민을 끌어안고 있다는 것은 아니라는 자책에 사로잡혀, 그 이상으로 생각을 펼칠 여유는 없는 듯하다.

여성과 가족 문제에는 또 다른 측면이 존재한다. 그것은 '나'가 절에서 했던 연설에서 분명히 말했듯이 누구를 선택해야 할지를 가장 잘 아는 것은 (선거권은 없으나) '어두컴컴하고 비참한 부엌에서, 걸레조각처럼 일하다 지친' 부인이며 어머니라는 것. 그렇다면 이러한 사실과 스즈모토네 가족, 그리고 미즈사와의 딸 이야기는 어떻게 연결하여 생각해야 할까. '거짓'이 되지 않도록 말이다.

실제로 맛카리누푸리를 향하여 출발했다가 완결된 죽음과 재생, 끝이 없는 성가신 일상의 이야기는 『히가시굿찬행』의 작품 세계와 현실 세계를 뒤섞으며 공존하고 있다.

이 원고는 1928년 9월에 완성되어 문예춘추사의 『창작월간』에 보내졌으나 실리지 않았다. 옥중에 있던 다키지의 경제상황을 고려하여, 친구 사이토 지로가 노트에 적혀있던 원고를 청서한 끝에 『가이조』(1930년 12월호)에 발표되었다.

『1928년 3월 15일』의 장렬함

여명 속에 일어난 전국일제검거

엄격한 감시하에 실시된 선거 운동 결과, 총 466개 의석 중 무산정당들이 차지한 의석은 8개였다. 선거전 중에는 변사가 말할 틈도 없이 '중지'되는 것이 오히려 평범한 일이었다. 그러나 야마겐과 같은 호걸은 본인이 후보임을 최대한 이용하여, 관헌이 개입하려 하면 '선거방해'라고 호통 치는 배짱을 갖추고 있었으며 지지자들 또한 믿음직스러웠다. 그 예로 삿포로 추오지(寺)의 연설회에서 건강보험 이야기를 꺼내 들자 관헌이 '중지', '검속'이라며 나섰을 때에 청중이 일어나 그들의 검속을 방해했던 일이 있었다(구라타).

당선대의사가 8명이긴 해도, 선거운동 때부터 그랬듯 정부당국 입장에서는 철저한 탄압을 가해야 하는 조짐이었을 뿐이며 공공연하게 선거활동에 참가했던 재건일본공산당을 파멸시키는 것이 최우선 과제였다. 주도면밀한 준비 끝에 3월 15일 새벽, 전국일제검거가 시작되었다. 대상은 공산당, 노동농민당, 평의회 관계자 등으로 총검거자 수는 1600명이었다. 홋카이도는 도쿄와 오사

카에 이어 세 번째로 많았으며, 기소자 수로는 네 번째였다.[49)]

『히가시굿찬행』에서 그려진 것과 같이 선거운동을 통해 조합원들과 더욱더 가까워져 있던 다키지에게 이것은 충격적인 사건이었다.

> 인상 속에 깊이 새겨져 있던 사람들이, 그 무엇보다 내 손이 바로 닿을 만큼 가까이에 있던 사람들이 차례차례 끌려간다. 나는 내 눈으로 이것을 바라봐야 했다. …… 인구가 15만도 되지 않는 눈 덮인 북쪽의 작은 마을에서, 200명 가까이 되는 노동자와 학생, 조합원들이 경찰에게 잡혀갔다.

이것은 「『1928년 3월 15일』」이라는 제목으로 『와카쿠사』(1931년 9월호)의 '처녀작 시절을 생각해 본다.'는 특집란에 주조(미야모토) 유리코, 류탄지 유, 도쿠나가 스나오, 가와바타 야스나리 등의 글과 함께 실린 에세이였다. 여기서 다키지는 '처녀작'을 '처음으로 인정받은 작품'으로 해석했다.

다키지는 이 에세이에서 선거운동 당시, 조합에 모여든 여러 '유형'(고등상업학교 학생부터 바닷가의 적하인부까지)들의 '한 명 한 명'이 '경이를 가지고 다가왔다.'고 이야기한다. 확실히 『1928년 3월 15일』은 당시에도 생생한 인물묘사로 감탄을 불러왔었다. 또한 영화 속 카메라가 움직이듯 초점을 등장인물에서 또 다른 등장인물로 옮겨가며 장면을 전환한 부분 등도 좋은 평가를 받았다. 이는 기술적인 묘미뿐만 아니라, 화자가 각 장면의 중심인물에게 밀착함으로써 각자의 견해를 존중하는 효과 또한 있다. 다키지의 노트에는 등장인물 중 몇 명의 모델에 대한 기록이 남아 있다. 그리고 고문의 중심 장소였던 오타루 경찰서 주변의 약도도 실려 있다. 다키지답게 주도면밀한 부분이다.

오가와·구도·사타

소설은 자신의 집에서 사회과학연구 모임을 주최하는 오가와 류키치(사회과학연구회의 고가와 도모이치가 모델)의 아내, 오케이의 심경을 그리며 시작된다. 오케이에게는 남편이나 조합 사람들이 떠드는 이름이나 논의하는 내용이 익숙하지 않다. 그러나 '추레하고', '매서운' 그들에게 점점 호의를 느끼게 된다. 남편 류키치는 교원이었으나 세 번째 검속에 의해 해고당한 후, 운동에 전면적으로 뛰어든다.

『히가시굿찬행』과 마찬가지로 '혁명은 부엌에서부터'라는 인식이 이 작품에서도 드러난다. 류키치가 게으름을 피우는 건지, 오케이가 저항을 하는 것인지 그녀는 선량하고 소시민적인 의식의 소유자로 나온다. 그래서 항만쟁의가 일어났을 때에 다른 사람들이 쟁의를 무서운 일이라 말하는 것을 듣고는, 자신이 실제로 알고 있는 조합원들이 관여된 일이 어째서 무서운 일일까 하며 이상하게 생각한다. 그러나 밤에는 늦게 오고, 아침에는 빨리 나가는데다가 경찰들이 따라붙어 신경을 갉아먹고 있는 남편의 일상을 바라보며 '그런데 저렇게 괴로워하면서, 뭐든 다 희생시키면서 그게 도대체 어떻게 도움이 된다는 걸까.'라고 회의적인 생각을 품을 수밖에 없다. 딸까지 있기에 더 그럴 수밖에 없다.

3월 15일 새벽, 경찰이 들이닥쳤을 때의 풍경은 딸 유키코의 시점을 통해 아주 세세하게 묘사된다. 아직 어두운 새벽, 갑자기 집을 찾아온 누군가가 방의 장지문을 열었을 때 아이는 직감적으로 부모를 위해 겁이 나는 것을 꾸욱 참고 잠든 척을 한다. 눈을 감고 있는 소녀의 의식을 통해 다섯 명의 남성이 학용품과 장난감까지 구석구석 손을 대고 다다미 위로 거칠게 내던지는 모습이 매우 폭력적으로 전달된다. 아버지가 끌려가면서 어째서인지 바지를 입으며 고생하는 모습에, 딸은 극도의 불안에 빠지고 만다.

이와는 또 다른 검속 장면이 있다. 이 부분은 노동자 구도와 아내 오요시의 집에서 전개된다. 이 집은 『히가시굿찬행』 속 스즈모토네처럼 전기요금은 체납되어 있고, 양초나 램프를 살 돈도 없다. 경관은 어둠 속에서 어떻게 권위를 내세울지 고심하며 초조해 한다. 세 명의 아이들이 울기 시작하는데 오요시는 "모르는 사람 아니야. 항상 오던 사람이야."라고 말한다. 이 말을 듣고 아이들은 울음을 그치는데, 아버지가 잡혀갈 때에도 어머니의 말을 듣고 "아빠, 잘 다녀와."라며 배웅한다. 구도는 아내에게 자신의 구속이 얼마나 큰 부담이 될지, 마음이 무거워지지만 이것을 말로 표현하지는 않는다.

구도와 오요시는 아키타로부터 이주해 온 빈농이었다. 다키지는 이 매력적인 부부의 묘사에 자신의 부모의 경험을 살렸다. 특히 오요시를 묘사한 부분에서, 다키지가 어머니 세키를 한 명의 여성으로 바라보았다는 것이 드러난다. 거의 학교에 다니지 못했던 오요시는 보모 일로 착취당했으며, 매춘의 위기에까지 놓인

다. 그녀에게도 어린 시절은 역시 존재하지 않는 것이나 마찬가지며, 이웃마을 구도와 결혼한 후에도 밭일과 이웃의 '토목방'의 공사용 화차를 미는 일을 할 수밖에 없었다.

> 어질어질한 상태로 화차와 부엌 사이를 왔다 갔다 한다. 쨍쨍 내리쬐는 한낮, 화차를 밀며 처음으로 부부생활의 피로와 월경 탓에 정신을 잃고 뒤로 넘어간 적이 있었다.

오타루로 옮겨온 후 조합 활동에 전념하게 된 구도는 집을 비우는 일이 잦았다. 오요시는 홀로 가정을 지탱하는 데에 몸을 사리지 않는다. 석탄이나 숯 가마니를 짊어지는 일이나, 잡곡·전분 자루 바느질, 콩 선별 등 가리지 않고 뭐든 해서 손이 '게의 집게발'처럼 되어 버린 오요시였다. 불안한 마음을 참을 수 없어 찾아온 오케이에게 '우리들의 사회'가 오게 하기 위해서는 '아직, 아직이야. 알았지!'라고 절절하게 말한다. 이 말을 듣고 오케이는 기묘한 흥분을 느낀다. 오요시는 개미떼가 강을 건널 때 선두의 개미들이 물에 빠지면, 그 사체는 뒤따라오는 동료들을 위한 다리가 된다는 생각으로 자신의 각오를 오케이에게 설명한다.

검속 현장 묘사에서는 또 한 가족이 소개되는데 사타라는 회사원과 그의 어머니다. 어머니는 고생 끝에 자식을 고등상업학교까지 보낸다. 사타가 취직해 이제야 월말마다 월급을 받아 오는 생활을 시작하게 되었으나 그 기쁨도 잠시, 아들이 이해할 수 없는 운동에 매달려 사타의 어머니는 이전과는 다른 의미로 벌벌 떠는 나날을 보내게 된다. 마침내 경관이 찾아왔을 때, 예전이라면 영화를 보고 남들은 깜짝 놀라는 장면에 웃어 대던 사타는, 어머니가 방구석에서 '축 늘어진 채 손과 발만 펄떡펄떡' 움직이는 것을 보고는 괴로워한다. 그간 어머니가 아무것도 모른다며 화를 냈었지만, 그 분노가 사실 자신의 마음속 동요를 표현하고 있었던 것임을 깨닫게 된다. 화자에게서 어머니가 꿈꾸는 '아담하면서도 행복한 생활'을 타박하는 모습은 보이지 않는다.

인물묘사의 질

무대는 경찰서로 옮겨진다. 구속된 남성들 사이에서는 어떤 일을 당하게 될지 몰라 긴박한 공기가 감돈다. 해변에서부터 그대로 끌려온 노동자 기무라는 "집에서 얼마나 걱정하고 있을지 생각했는데. 내가 일을 안 하면 마누라도 애들도 굶어 죽어."라고 말한다. 기무라만이 그런 것은 아니다. 기무라는 창고 일이 너무 힘들어 조합에 들어갔으나, '나쁜 일'까지 해야 한다면 빨리 발을 빼고 차라리 창고 일을 꾹 참고 하는 게 낫다고 진작부터 생각했다. 그런 태도를 누군가가 타이르자 그는 주저하지 않고

> 너희 간부들처럼, 경찰한테 끌려가는 것만으로 유명해지고 명예가 되는 거랑은 다르다고.

라고 받아친다. 그 자리에 있던 어느 누구도 이 말에 대꾸하지 못한다.

유치장에 들어온 사람들 중 류키치와 사타의 경우, 혁명운동에 참여할 필요성을 실생활 속에서 느끼지 못한다. 도리어 오케이가 생각했듯, 운동에 참여했을 경우 잃을 수 있는 것들이 눈에 들어온다. 그 대신 얻을 수 있는 것들은 겉으로 보이지 않는, 오요시가 말한 것과 같은 미래 사회나 연대의 기쁨 등일 것이다. 그에 비해 구도 부부와 기무라는 필요에 의해 운동에 참여하였으나, 승리가 보장되지 않은 투쟁에 보이는 태도는 대조적이다. 기무라와 같은 노동자나 농민은 다키지의 작품 속에서 중요한 존재다. 일단 운동에 참여는 하지만 소극적인 자세를 유지하는 이들도 있고, 단결을 체험하고 변하게 되는 이들도 있다. 앞서 말했던 것처럼 다키지는 운동을 접하며 사람들의 '타입'과 '한 명 한 명'에게 경이로움을 느꼈다. 그것이 이 작품의 질 높은 인물묘사를 뒷받침해준다. 상대주의적으로 보는 것이 아니라, 한 사람 한 사람의 입장을 인정하고 있는데 이러한 부분을 통해 풍부한 작품세계와 정확하고 성실한 묘사를 느낄 수 있다.

도입부분에서 얻을 수 있는 또 다른 효과는, 각각의 가정 배경을 구체적으로 보여줌으로써 탄압이 육체에 가해지는 폭력이기 전에 수많은 여성들과 아이들에게 정신적 위해를 가하는 것임을 인상 깊게 보여준다는 것이다.

그러나 장면이 유치장으로 옮겨진 후부터는, 남성들의 대화와 내면은 계속해서 생생하게 묘사되고 있는 반면 외부세계가 된 가족들은 꿈에 등장하는 경우 말고는 작품세계에서 모습을 감추게 된다. 외부와의 연결은 순사가 담당하게 된다. 순사 입장에서 대탄압은 수당이 없는 거나 마찬가지인 잔업의 연속이다. 순사들이 농담 삼아 우리도 파업할까라고 이야기하는 장면도 등장한다(다키지는 독자 중 순사도 있을 것을 기대하며 이런 장면을 넣었던 것일까).

고문 · 검열과 삭제

그리고 고문 장면이 나온다. 취조, 즉 고문은 한 사람 한 사람을 격리하여 알몸으로 만든 후 위해를 가하고 인격을 소멸시킨다. 따라서 각자의 반응을 구별하여 쓰는 데에 의의가 있다. 여기에서는 와타리(와타나베 리에몬)라는 노동자 출신의 지도자(가족관계에 대한 언급은 없었던 것을 보아 아예 인연을 끊고 사는 것일까.)에게 주목해 보자. 그에게 있어 독방은 '별장'이지만, 이번 취조는 '신식'이었다. 수감자의 알몸을 죽도로 때리고, 매달아 놓기도 했으며 생과 사를 오갈 정도로 심각한 고문을 한 끝에 적용된 것이었다. 처음에 나오는 검열된 부분과 삭제된 부분을 표기하면 다음과 같다.

> 그러나 와타리는 이번 것에는 XXX XX(반응을 보였)다. 그것은(이하 24자 삭제) 【~~다다미 가게에서 쓸 법한 굵은 바늘을 몸에 찔러 넣었다. 한 번 찔릴 때마다~~】 강렬한 전기를 만진 듯(이하 66자 삭제) 【~~자신의 몸이 구두점 정도로 꽉 하고 쪼그라드는 것처럼 느꼈다. 그는 매달린 몸을 비비 꼬고 또 비비 꼬며 이를 앙세게 악물고는~~】 큰 소리로 외쳤다.

이 부분은 검열된 부분(XX)과 삭제(이하 ○○자 삭제) 부분을 『전집』을 참고하여 채워 넣었다. ○○자 삭제 뒤의 공백에 【】를 넣고, 해당되는 문장을 적은 후 취소선을 그어 '말소' 시킨 것이다. 이에 비해 다음 구절은 편집부가 단순히 삭제한 것으로, 독자로서는 알 길이 없다. 여기서는 마찬가지로 해당되는 문장을 【】 안에 넣고 이중 취소선으로 '말소' 시켰다.

> 와타리는 XX(고문)당했을 때에야말로, 처음으로 이유 없이 자본가들에 대해 '밉다아아아아!!' 하고 불같은 반항심이 일어나게 되었다. XX(고문)이야말로 무산계급이 자본가로부터 받는 압박과 착취의 형태를 그대로 드러낸 것이라 생각했다. 【~~와타리는 자신의 '투지'에 대해 이상하게 자신감을 잃게 되거나, 좀처럼 결단을 내리지 못할 때면 언제든 고문을 떠올렸다. 부당하게 잡혀가선 걸을 때마다 현기증이 날 정도로 고문을 받고 돌아오니, 와타리는 자신이 아는 만큼 '신선한' 계급적 증오가 부글부글 샘솟는 것을 의식했다. 특히 와타리와 주변 사람들은 그 감정이야말로 마르크스나 레닌의 이론을 알고 '정의로운' 기분에 사로잡혀 운동을 시작한 지식계급이나 학생들은 꿈에서도 가질 수 없는 것이라 생각했다. '이론에서 진짜 증오가 이가 들끓듯 올라오겠냐!' 와타리와 류키치는 이 이야기로 언제든 대논쟁을 벌였다.~~】[50]

당시 독자들이라면 XX라는 두 글자를 보고 '고문'이라고 알아차렸을 것이다. ○○자 삭제나 ○○행 삭제를 보고는 '어지간히 생생한 내용이겠군.' 하고 예측은 하더라도 구체적으로는 몰랐을 것이다. 게다가 편집부가 아무런 표시 없이 삭제한 부분은 전혀 의식하지 못했을 것이다.

이것은 무엇을 의미하는 것일까. 우선 사건 이후 약 한 달 동안은 보도 규제 때문에 어떤 일이 일어났는지 대중에게 거의 알려지지 않았다. 규제가 해제된 후에도 고문의 실체가 전달된 것은 아니었다(노농당대변사 야마모토 센지가 중의원 예산위원회에서 정부에게 고문에 대한 것을 추궁하나, 정부 측은 딱 잘라 그 사실을 부정했다. 그다음 해, 최고 형량을 사형으로 올린 치안유지법 개정에 반대한 야마센은 좌익 세력에 의해 척살당한다). 다키지는 피를 흘리면서도 자신의 체험에 대해 이야기하지 못하는 동지들에게 보통 이상으로 마음을 쓰고 있었다는 것을 '처녀작'에 대한 에세이에서 이야기했다. 고문을 묘사하다가 '한 글자 한 구절을 쓸 때에 응, 응 소리를 내 가며' 글이 술술 써지면 펜을 내려놓았다는 것은 유명한 이야기다. 필자인 자신부터 내용에 대해 불성실한 태도를 보여서는 안 된다. 그렇기에 제목을 정할 때에도 세심한 주의를 기울였다. '1928년 3월 15일'로 정해진 후 '부끄럽지 않은 훌륭한 제목'이라고 느꼈다고 말한다.

반년 후 발표된 「『1928년 3월 15일』의 경험」[51]에서는 다키지답게 더욱더 자기비판적이 되어 있었다. 다키지가 특히 후회된다고 밝힌 부분은 검속과 고문에 집중한 나머지 대중들이 공포를 느끼게 만들었다는 것이다. 만약 제2장이 생략되지 않았더라면 대중들의 공포를 사그라트릴 수 있지 않았을까? 발표된 작품의 결말에서 석방된 자들은 나가고, 기소된 자들은 삿포로로 보내진다. 마지막으로 와타리가 독방에 남긴 '일본 공산당 만세!'를 포함한 낙서들이 거의 검열된 상태로 기록되어 있다. 생략된 제2장의 원고는 불에 타서 사라졌으나, 노트에 남겨져 있던 것을 보면 삿포로 옥중에서 메이데이에 투쟁을 한 이야기나, 간부들이 조합원의 교육을 좋아하지 않는 모습에서 위험성을 느끼는 류키치의 사유 등이 나온다. 구라하라 고레히토는 이 「2장」을 '부기(付記)'라고 부르며, 너무 '설명적'이라 삭제했다고 했다.

다키지와 구라하라는 1928년 5월에 처음으로 대면했다. 다키지는 그때 막 창간된 전일본무산자예술연맹(나프, NAPF)의 기관지 『센키』에 실린 구라하라의 「프롤레타리아 리얼리즘의 길」이라는, 지금 읽어 보아도 날카로운 자연주의 문학 비교사가 전개되는 논문에 자극을 받고 상경한 것이었다. 그 전년도에 노농예술가연맹(기관지는 『문예전선』) 오타루지부의 간부가 된 다키지는, 오타루로 돌아와 곧장 나프 지부를 세운 후 『센키』 판매에 힘을 쓴다. 그리고 그 무엇보다도 3·15를 주제로 한 원고에 의욕적으로 몰두했다. 구라하라, 나프와의 관계는 그 후 그의 생애에 결정적인 요소가 된다.

검열과 삭제 이야기로 돌아오자. 당시의 출판법하에서는 발매금지 처분을 피하려고 '위험' 사상이나 성적인 묘사를 포함한 간행물의 저자, 그리고 특히 편집자들은 사전에 문제되는 부분을 검열하거나 삭제했다. 검열 혹은 삭제의 흔적은 독자들에게 일종의 자극이 되기도 하였으나 몇 줄씩 삭제된 경우 내용을 알 수 없었다. 실제로 『1928년 3월 15일』은 호평을 받았으나 많은 내용이 삭제되어 읽기 어렵다는 지적도 받았다. 그러나 이 작품이 게재된 11월호와 12월호는 둘 다 발매금지 처분을 받는다. (다키지의 작품을 편히 읽을 수 있게 된 것은 전후 이후의 일이다.) 그럼에도 불구하고 고민에 고민을 거듭한 배달망 덕분에, 잡지와 책들은 독자들의 손에 잘 전달되었다. 에구치 간은 『투쟁의 작가동맹기–우리 문학 반세기 후편(상)』에서 지방으로 발송하기 위해 상자 포장되어 있던 『센키』를 보고 역무원이 "보낼 수 없다."라고 완강히 버틸 때, 젊은 상관이 와서 "센키라면 내가 책임을 질 테니까."라며 무사히 보내게 한 도쿄 역의 풍경을 전하고 있다.

『전집』의 「해설」은 구라하라가 삭제한 부분 이외에도 『센키』 편집부가 고쳐 쓴 부분과 삭제된 또 다른 7개 부분, 그리고 '주로' 검열을 고려했던 13개 부분의 삭제를 지적하고 있다(후자는 1929년 『게잡이 공선』의 부록으로 단행본에 수록되며 되살아났다. 곧장 발매금지 처분을 받았으나 반년 만에 1만 5000부가 판매되어, 다키지는 1000엔의 인세 중 100엔만 남기고 센키샤에 기부했다). 이 13개 부분 중에는 「이하 몇 행 삭제」라고 명기되어 있는 것도 있고, 아무런 표시도 없는 부분도 있다. 또한 의사가 참여한 구도의 고문 장면처럼, 어떻게 보더라도 검열 대상이 될 법한 부분도 있는가 하면 꼭 그렇게는 생각되지 않는 부분도 있었다. 앞서 예시로 든 와타리의 '투지'에 대한 생각 부분도 후자 중 하나로, 편집부가 전반부부터 삭제한 구도가 가족에 대한 마음을 표현하지 못했던 것이나 구라하라가 삭제한 제2장의 간부 비판을 하는 류키치의 장면 등이 포함된 것들을 함께 생각해 보면 운동세력 측의 불안이나 노동자와 지식계급 사이의 긴장관계를 다룬 부분이 많다는 느낌이 든다. 이는 작품의 입장에서 보았을 때만이 아니라, 운동의 입장에서 보았을 때에도 유감스럽지만 탄압에 의해 여유를 잃은 모습들을 그렸기 때문일 것이다.

다키지가 이와 같은 문제를 제기할 수 있었던 것은, 생생한 인물 묘사가 가능했던 것과 무관하지 않다. 프롤레타리아 문학의 작가들은 대부분 지식계급이며, 반드시 노동자에게 풍부한 감성을 품고 있던 것도 아니었다. 다키지처럼 계급과 계급 사이를 오가며, 노동자에게도 지식계급에게도 공감할 수 있고 또한 객관화해서 바라볼 수 있는 사람은 매우 드물었다. 그러나 계급 간 경험으로 돌아가야만 한다는 것은 아니다. 등장인물 전부(전부라고 해도 좋을 것 같다.)가 작가에 의해 인간으로 인정받고 있다는 느낌은 어디서부터 비롯된 것일까. 작가 다카이 유이치는 다키지의 '느끼기 쉬운 부분'들을 '인간을 향한 신뢰'로 바꿔 말해도 좋을 것이라고 했으며, 그러므로 가혹한 소재를 다루고 있는 작품들임에도 불구하고 '기묘하게 명랑한 낙천성'을 느끼게 한다고 했다.[52] 작가로서도, 운동가로서도 소중한 자질이다.

부기 (다키지를 따라서)

(1) 시가 나오야가 '주인을 가진' 이야기를 한 편지에서, 『1928년 3월 15일』를 좋게 평가하면서도 '어떤 사건의 진상을 알리고 싶은 거라면' 소설의 형태를 취하지 않는 편이 낫다고 했던 것을 떠올리자.

(2) 다키지 본인은 이 작품이 '충실한 기록'이라 생각했던 것

같다. 다키지가 재건되고 있던 일본공산당에 입당하려 했을 때, 동료 모리 료겐은 실명으로 소설을 쓰고 있고 은행에서 근무하는 그를 적 앞에 내세우는 짓은 할 수 없다, 전국의 문화운동을 지도하는 역할을 맡게 해야 한다고 호소하는데 이에 대해 다키지는 '별 것 아닌 기록 소설 하나 썼다고 나를 특별대우하려 하다니 가당치도 않다.' 라고 반론했다. 이 이야기는 모리의 강연 「고바야시 다키지와의 추억」 유고에 등장한다. 거의 반세기가 지난 후에도, 모리의 회상은 다키지와 지냈던 시간들에서 얻은 즐거움과 보람들로 가득 차 있다.[53)]

(3) 와타리가 고문 경험을 통해 지배계급에 대한 증오를 굳혔다면, 관헌들은 다키지가 고문을 묘사한 것을 보고 그에 대한 증오의 감정을 확고히 다지게 되었을 거란 이야기가 있다.

(4) 다케다 스스무의 회상 속에서 친구의 부인이 다키지를 보고 '다 큰 어린애' 같다고 평했던 적이 있었는데 이는 고가와 도모이치의 부인이었던 것 같다(구라타). 고가와 기요는 도모이치가 정치운동에 전념하여 수입이 없을 때, 머리 손질을 하는 일을 하며 가족의 생계를 책임졌다. 후리타 히로토의 『고바야시 다키지와 그의 동지들』에 즐거워 보이는 가족사진이 실려 있다. 류키치의 모델은 고가와라는 설이 있으므로, 다키지를 어린 아이처럼 바라보았던 사람이 '오케이' 라고 상상해 보는 것도 재미있다.

『게잡이 공선』이라는 거울

'집단'이 주인공인 소설을

다키지가 『게잡이 공선』 집필을 시작하기까지 1년 반의 준비기간이 있었다. 다키지는 어째서 게잡이 공선을 무대로 한 소설을 쓰려 했던 것일까. 우선 극한의 상황에서 펼쳐지는 북양어업 중에서도 노동조건이 매우 지독한 편인 게잡이 공선과 관련된 사건들이, 당시 화제가 되었었다. 1926년에 집중적으로 『오타루신문』 『홋카이타임즈』 『하코다테신문』 등에 보도되어 항의 운동도 일어났다. 특히 화제가 되었던 것은 조난당한 지치부마루호를 구조하러 가면 불이익이라며 에이코마루호와 다른 두세 척의 게잡이 공선이 구조 요청을 무시했던 일, 그리고 에이코마루호와 하쿠아이마루호에서 일어났던 어부·잡부 학대 사건이었다. '학대' 내용은 탈주자를 철로 된 낚시도구로 때려 반죽음이 되게 하거나 '꾀병'을 부렸다며 잡부를 윈치에 매다는 등 고문이라고밖에 할 수 없는 행위들이었다. 게잡이 공선은 바다 위에 떠있는 게 통조림 공장이라 불릴 만한 모선과 저자망으로 게를 포획하는 가와사키선이 항상 한 세트로 움직이며, 공장법도 항해법도 적용되지 않는 노동현장이었다. 게잡이 어업은 소비에트령 연안에서 이루어져, 포위함이 따라붙는 국가 산업적 특징도 지니고 있었다.

게잡이 공선은 근대 일본에서 홋카이도가 지니고 있는 역사적 의미를 응축한 장소라고도 할 수 있다. 앞서 살펴보았듯 홋카이도 개척은 '북진(北鎭)', 즉 북에서 들어오는 진입을 견제하는 데에 목적이 있었다. 풍부한 자원의 개척·약탈과 이에 필요한 노동력의 도입, 「사람을 죽이는 개」에 묘사된 것과 같이 척식 인프라 정비, 즉 위험하고 더럽고 어려운(이것은 1980년대 말에 '3K'라는 것으로 유행했던 말이지만) 작업에는 감옥방이 빠지지 않는다. 죄수들과 마찬가지인 다코 노동자들은, 벽지에서 아무리 혹사당하더라도 불만을 표시할 수 없었으며 도망치는 것도 쉬운 일이 아니었다. 겨울에는 붙잡힐 확률이 적다고 해도 그들을 기다리는 것은 죽음뿐인 경우가 많았다.

다키지는 신문기사들을 읽으며 와케다케초 집 주변의 다코베야나, 오타루 고등상업학교 시절 홋카이도를 식민지로 간주하는 사고방식을 접했던 일들을 떠올리며 바다에 떠있는 공장=감옥방=식민지라는 구조를 재빠르게 파악했을 것이다. 어업에 대해 구체적인 지식은 없었으나, 이를 배우기 위한 조건만은 풍부한 편이었다. 척식은행에는 신문이 보존되어 있었는데 동료 니시키다 가쓰에나 가사하라 기누가 기사 스크랩을 도와주었다. 북양어업의 근거지인 하코다테에는 오타루 고등상업학교 시절의 동기 노리토미 미치오가 있었다. 그 덕에 주말마다 하코다테에 다니게 되었다. 노리토미는 야스다 은행 하코다테 지점에서 근무하고 있었는데 거래처 중 한 곳이 캄차카의 소비에트 국영 트러스트 하코다테 지점이었고, 일본공산당의 노동문제조사연구소라고도 할 수 있는 산업노동조사부 하코다테 지소장을 맡고 있어서 안내인으로서 이상적인 인물이었다. 정박 중인 게잡이 공선 어부나 어업조합 사람들과 직접 만나기도 했다.

고향 오타루에서는 동료 가자마 로쿠조의 부탁에 따라 북방해상속원클럽이 발행하는 『해상생활자신문』의 문예란을 담당하게 되었다. 여기에서는 '고리키'라는 이름으로 기사를 썼다. 「해원은 무엇을 읽어야 하는가」(1929년 1월 5일자)에서 다키지는 해원들에게 우선적으로 필요한 것은 자신의 모습을 비춰볼 수 있는 거울이라며, 본인 역시 큰 영향을 받았던 하야마 요시키의 소설 『바다에서 살아가는 사람들』을 추천하고 있다.

물론 완성된 『게잡이 공선』을 조사한 내용들을 모은 자료집이라고만 볼 수는 없다. 다키지의 포부는 구라하라 고레히토에게 원고와 함께 보낸 편지에서 찾아볼 수 있다(1929년 3월 31일).

우선 무엇보다도 '집단(그룹)'이 주인공인 소설을 쓰려 했다는 것이다. 소설이라는 장르를 계승하면서도 '개인의 성격, 심리 묘사'를 생략하는 것은 프롤레타리아 문학의 우선 과제(계급적 단결과 행동)에 적합한 일이었으나 실천하는 것은 어려운 일이었다. 그뿐만 아니라 '비정상적'이며 독자를 '퇴출'시킬 수 있다는 위험성을 내포하고 있다는 것을 다키지 역시 잘 알고 있었다. 만약 형식적인 부분에서 답을 찾으려다가 '기술만이 마음에 드는' 작품이 되어, 노동자 대중을 '진심으로 흔들어 놓는' 작품이 되지 못한다면 아무것도 얻지 못할 것이다. 절대로 '모던 보이 형식'이 되어서는 안 되었다.

또한 '게잡이 공선'이라는 특수한 노동형태를 제재로 삼았다 하더라도 그것을 그리는 것이 주요 목적은 아니며 오히려 식민지에서 벌어지는 전형적인 착취를 드러내고 그곳에 '국제적 관계, 군사관계, 경제관계가 관통하는 것처럼' 보여 주는 것이 필요했다. '집단(그룹)'은 여러 배경을 가진 미조직 노동자들로 이루어져 있으나, 그들을 미조직 상태로 두고자 하는 자본이 관헌 및 군대와 손을 잡고 지나치게 혹사를 시키다가 오히려 무조직 상태가 조직을 이루게 된다는 과정을 보여 준다.

결국 다키지는 등장인물들에게, 그리고 독자들에게 눈앞에 펼쳐진 현실의 이면에 있는 또 다른 현실을 보라고 호소하고 있는 것이다. 스토리가 절정에 달했을 때, 일상적으로 이어져 온 혹사와 병 탓에 누워 있는 동료를 '무자비'하게 대하는 모습을 보고 모두가(어부·화부·수부·잡부) 흥분한다. 결국 파도가 거세질 것 같은 상황에서도 가와사키선을 내보내라 우기는 감독을 보고 파업을 결행하게 된다. 그때 구축함이 등장하여 모두 기뻐한다. 제국의 군함은 배를 '아라사 놈(러시아인을 경멸하며 부르는 말)'들에게서 지켜주는 '국민의 편'이기 때문이다. 그러나 해원들의 예상은 훌륭하게 빗나가고, '우리에겐 우리들 말고는 편이 되어 줄 사람이 없다.'라고 절절하게 느끼게 된다.

즉 노동자들은 군대 그 자체가 아니라 그 군대를 움직이는 힘과 요괴 같은 아사카와 감독만이 아니라 그를 조종하고 있는 회사의 중역들까지, 눈앞의 현실을 간파하는 능력을 지녀야만 하는 것이다. 그리고 뿔뿔이 흩어진 상태의 자신들을 더욱더 흩뜨려 놓기 위한 경쟁원리의 보잘 것 없는 당근과 무시무시한 채찍에

속지 않고, 단결하여 행동을 일으키는 것 외에는 희망이 없는 것이다. 그것도 한 번이 아니라 반복하고 또 반복해서 해야 한다.

『게잡이 공선』은 '그리고 그들은 일어섰다. 한 번 더!' 장면과 함께 끝이 난다. 아니, 엄밀하게 말하면 이것은 마지막이 아니다. 다키지가 즐겨 쓰던 「부기」에 따르면 다음 번에 '일어설' 때에는 성공을 했고 그 외에도 사보타주나 파업이 일어난 배들이 하코다테로 돌아왔다는 것을 알 수 있으나, 당연하게도 이러한 행동들이 정당화되지는 않는다. 기쁜 소식은 어부나 젊은 잡부들이 '〈조직〉〈투쟁〉, 처음으로 알게 된 이 위대한 경험들을 통해', 경찰 문을 통해 여러 노동현장에 들어갔다는 것이다.

'어째서 비참한가.'

다키지가 『게잡이 공선』 이후로 쓴 소설 대부분은 미완성작들인데, 대체로 묘사된 행동들은 실패로 끝나지만 투쟁은 이어진다는 방향으로 끝난다. 다키지는 '거짓'으로 해피엔딩을 맺지는 않았으나 절대로 희망의 끈을 놓지는 않았다. 자신의 몸을 운동에 던지기로 맹세했기 때문은 아닐까. 옥중 서간 대부분은 '네 손을 잡을게!'처럼 악수를 청하는 표현으로 끝난다. 절필이 된 『지구의 사람들』 마지막 부분도 '우리 둘은 굳게, 굳게 손을 쥐었다.'다.

이 시점에서 다키지는 그 무엇보다 자신의 작품이 노동자에게 도움이 되기를 바라고 있었다. 거울 역할을 하는 소설 『게잡이 공선』은 무조직 상태의 '우리들'의 모습만이 아니라 '우리들'이 어떤 위치에 있는지, 이른바 사회적 지도를 보여주려 했다. 앞서 살펴보았듯 차기작인 『부재지주』에서 다키지가 빈농들은 '어떻게 비참한지'가 아니라 '어째서 비참한지'를 알아야 한다고 말했는데, 실제로는 둘 다 중요하다. 왜냐하면 하루하루 겨우 살아가는 자들은 피로와 익숙한 환경, 그리고 포기 속에 틀어박혀 실태를 파악할 수 없기 때문이다. 누구든 그렇겠지만 자신을 바라보기 위해서는 외부의 시선이 필요하다. 나아가 자신이 전체에서 어떤 위치를 차지하고 있는지, 즉 '어째서 비참한지'를 파악하기 위해서는 더더욱.

마지막 과제는 '무엇을 해야 하는가.' 즉 어떻게 단결하고 일어서야 하는가 하는 부분이다. 어떻게 단결하느냐는 전술 문제라기보다는 체험을 통해 익히는 감성의 문제다. 연대의 기쁨은 물론이거니와 억압을 가하는 자들에게 분노를 느끼는 것조차 쉬운 일이 아니다. 협박과 학대 속에서 일하는 이들 입장에서는 분노를 느끼는 일에도 많은 에너지가 필요하기 때문이다. 구해 달라 외치는 소년을 윈치에서 내려주는 일은 말도 안 되는 행위다. 문학은 간접체험을 통해 분노와 기쁨을 느끼게 해줘야만 한다. 다키지의 거울은 마음을 향한 호소이기도 했다. 그가 작가로서 활용한 기능과 상상력들은 이러한 방향으로 사용되었다.

구라하라 고레히토는 다키지가 『게잡이 공선』에서 집단을 묘사하는 데에 너무 힘을 주는 바람에 개인이 사라졌으며 『1928년 3월 15일』과 정반대의 결핍을 일으키고 말았다고 했다. 확실히 고유명사는 거의 사용되지 않았으며 다키지가 선언한 대로 내면묘사 역시 매우 억제된 느낌이다. 그러나 등장인물인 어부, 어쩌면 단 한 번만 나올 인물이지만 과로 탓에 심장이 '두근거리는 것'을 견딜 수가 없어 새벽에 홀로 갑판에 올라왔다는 남성을 떠올려보자. 매우 한정된 서술임에도 불구하고 독자는 이 남자와 함께 난간에 기대게 될 것이다. 그만큼 존재감이 있는 것이다. 여기에서 충격적인 장면(어부가 잡부 소년을 강간하는 장면)을 목격하게 되는데, 그 부분 없이도 존재감은 충분하다. 즉 구라하라가 말한 것과 같은 부족함은 느껴지지 않는다. 그러나 '무엇 때문에 존재감이 충분하다.'라고 확실하게 보여줄 만한 결정적인 설명은 쉽게 찾아낼 수 없었다. 그저 소설 전체의 효과라고 해두자.

'정치'와 '예술'

우선 도입부를 살펴보자. '어이, 지옥에 가는 거야!'로 시작되어, 그 말을 한 어부의 시선과 함께(인 것으로 추정된다.) '달팽이가 기지개를 켜는 것처럼' 바다를 끌어안은 하코다테의 마을을 바라본 후, 그 다음으로 그가 내던진 담배꽁초의 '장난치는 것처럼 여러 방향으로 뒤집어지는' 움직임을 따라 우리들의 시선을 항구의 풍경으로 데리고 갔다가 마지막에는 어부들이 머무는 '똥통'에까지 내려가게 하는 유명한 바로 그 도입부 말이다. 냉정한 망각을 따르던 시절에도, 이따금 다키지와 『게잡이 공선』의 영화적 기법을 평가받게 하던 부분이었다. 이는 확실히 훌륭한 도입부로, 다키지의 기법은 칭찬받아 마땅하다. 글을 쓰는 사람이라면 누구든 그렇겠지만 다키지 역시 어떤 기법이라든지 이미지와 정확하게 들어맞았을 때 기분이 좋았을 것이다. 그러나 그가 기술을 향상시키는 것은 독자, 특히 노동자 독자들을 획득하여 운동에 끌어들이기 위함이었다.

이렇듯 문학 외의 목적을 가지는 부분(=정치주의=당파성)이 프롤레타리아 문학 대다수와 대표자인 다키지가 격렬한 비판을 받는 까닭이기도 했다. 문학의 자립이란, 문학이 문학만을 목표로 삼는다는 말처럼 들리지만 이것은 근대 이데올로기이다. '문학' 그 자체가 근대의 산물이라는 것에 대해 다시 한번 고찰해 보자. 성서든 「문장경국」에 의거하여 헤이안 궁정인이 만들었던 한시든 혹은 라스코 동굴 벽화나 종교음악 등 여러 가지를 포함하여 인류는 오랜 기간, 지금 우리가 '예술'이라 말하는 것들을 통해 사상(종교적, 사회적, 정치적 가치)을 표현하고 보급·교육하려 했었다. 또한 빼놓을 수 없는 사실은 근대문학의 핵심을 이루는 개인의 내면묘사는 청춘의 고뇌와 감상이라는 치유, 나아가서는 행동 회피를 정당화시키는 애매한 미적 가치로서 떠받들어지면서 큰 사회적 역할을 해 왔다는 부분이다.

다키지가 '모던보이식'이 되는 일이나 형식주의에 빠지는 것을 경계하게 만든 상황은 어떤 것일까. 일본의 모더니즘 문학을 대표하는 신감상파는 당연히 프롤레타리아처럼 현실을 대상으로 삼았다. 라이벌이기는 하더라도 각자의 모던한 착안점이나 표현법을 익히고, 때로는 서로를 인정하기도 했다(『클라르테』 시절에 그랬던 듯 하지만, 야마노 치에는 다키지가 요코미쓰 리이치 등의 작품을 읽고 '유감스럽지만 나에게는 요코미쓰와 같은 재능이 없다.'며, 눈물 젖은 눈으로 이야기한 적이 있다고 「고바야시 다키지를 회고하다」[54]에서 전하고 있다. 가와바타 야스나리는 『게잡이 공선』 이후의 다키지의 작품들을 종종 호의적으로 언급하며 절필된 「지구의 사람들」에 대해서는 '나를 밝게 만들어 주는 유일한 것'이라 하며 「인상적이었던 3월 문단」[55]에서 평했다). 틀림없이 문학청년이었고 영화팬이기도 했던 다키지는 근대생활의 속도감과 표층의 단편화 그리고 기계가 인간보다도 생명체처럼 세상을 움직이는 모습에 당연히 민감하게 반응했다. 영화평도 남긴 그가, 작품들에 영화 기법을 도입한 것 또한 이상한 일은 아니다.

정치와 문학이 공존할 수 없다고 믿으면서도 다키지를 버리기는 싫은 논자라면 그의 '모더니즘적 요소'를 어떻게든 믿어 보려 할 것이다. 앞서 한 번 말했으나 다키지는 참신함을 노리고 이미지나 기법을 갈고 닦은 것이 아니었다. 모두가 기계의 매력에 푹 빠지기 시작했던 시절에(「겐」에서 숙모가 전기 제빵기가 보여주는 마술을 선전하고 다녔던 것은 사소한 예시) 다키지는 「'기계의 계급성'에 대하여」에서 '공장의 창문을 통해 훔쳐'보는 것과, '기계를 조작하는 노동자의 입장에서' 기계의 '특성에 감탄하는' 일의 차이를 지적하고 있다.[56] 어떤 일이든 관계 속에서 파악하려 했던 것이다. 그렇게나 좋아하던 채플린에 대해서도 '사회관계에 눈을 감고', '남성과 여성의 일방적인 센티멘털한 운명극'을 만들었다며 비판한다.[57]

1930년 전후에는 프롤 vs 부르, 즉 프롤레타리아파와 부르주아 혹은 예술파라는 도식이 있었다. 당사자들의 용어이자 현실을 브랜드화시키지 않고선 못 견디는 매스컴의 용어였고, 불행한 도식이었다. 유일하게 남겨진 다키지의 시키시(色紙, 시나 표어 등을 쓰기 위한 네모난 모양의 두꺼운 종이)에는 '우리들의 예술은 배곯은 사람들에게 요리책처럼 보여서는 안 된다.'(1931년 11월 10일)라고 했다. '예술'을 부정하지 않았음은 확실하다.

다만 이것은 일반적으로 이해되는, 예술을 위한 예술을 말하는 것은 아니었을 것이다. 동시에 일반적으로 이해되는 '정치주의'도 아니었다. '정치'와 '예술' 모두 기성개념으로부터 해방시키지 않는다면, 다키지의 시키시가 뜻하는 바에 다가갈 수 없다.

문예가의 예찬과 노동자들의 반응

그렇다면 개인을 묘사하지 않은 『게잡이 공선』이 얼마나 농밀한 소설인지 다시 한번 생각해 보자. 이 작품은 일종의 여행기로 볼 수 있는데 출발 부분부터 서술이 시작되어 독자가 이야기 속에 참여하기 용이하다. 또한 '무조직' 집단(그룹)이 등장하기 때문에, 게잡이 공선에 처음으로 몸을 실은 자들도 꽤 있다. 그러므로 노동자든 부르주아든 독자들은 그 옆에 자리를 잡기만 하면 되는 것이다. '캄차카'의 파도처럼 밀려드는 자극은 오감을 압도하고, 공포와 흥분에 의해 독자들은 어느새 개인이 아니게 된다.

그러나 연속되는 충격만으로는 인물들이 평면화되고, 감각이 마비되어 등장인물들이 일어서거나 어떤 행동을 취할 수 없다. 여기에서 다키지는 '기묘한 이야기'를 전개시킨다. '말더듬이'로 통하는 어부는 돌풍 경계에도 불구하고 가와사키선을 내보내려 하는 감독이 사실 자신들을 인간으로 생각하지 않는다는 이야기를 듣고 항의하러 나선 순간부터 말을 더듬게 된다. 그의 '말더듬이' 증세가 다 나은 것은 밤새 각기병을 앓다 죽은 27세 남성의 시신 옆을 지키던 날의 일이다. 며칠 동안 걷지 못하던 남성의 몸은 담담하게 묘사된다. 배꼽은 때와 먼지로 보이지 않으나 '항문 주변에는 똥이 말라 점토처럼 달라붙어 있었다.' 뜨거운 물을 아까워하는 감독을 거스르고, 입관 전 목욕을 정중하게 실시한다. 선장과 선의(船醫)가 나간 후 '말더듬이'는 시신 곁으로 다가가 일어선 다음, 모두를 향해 '경은 욀 줄 모르지만' 하고 말을 꺼낸다.

> 나는 계속 고민하며 이런 생각을 했습니다. 야마다 군은 얼마나 죽기 싫었을까, 하고요. 아니, 진짜 이야기를 해 보자면 얼마나 죽임당하기 싫었을까 하고.

죽은 남성의 이름을 말하는 '말더듬이'는 더 이상 말을 더듬지 않는다. 모두 조용히 귀를 기울이는 엄숙한 조사는 투쟁 선언처럼 보인다. 그리고 누군가가 경을 외는 것을 듣는 것이 아니라 자신들이 죽은 야마다의 복수를 갚겠다고 맹세하며 그들은 '우리들'이라는, 즉 능동적인 집단(그룹)으로 다시 태어난다. 독자가 개인의 부족함을 느낄 여지는 없는 것이다.

『게잡이 공선』이 커다란 반향을 일으켰다는 사실은 여러 곳에서 확인할 수 있는데, 예를 들면 『요미우리신문』에서 1929년 7월부터 8월에 걸쳐 49인의 문예가들에게 '인상에 남은 상반기 예술 기타'에 대해 물었을 때 『게잡이 공선』을 추천한 사람이 가장 많았다.

'신감각파'라는 말을 만들었던 지바 가메오는 『신초』(1929년 6월호)에서 『게잡이 공선』이 '갑자기 일어난 이론적 규환 소설'이 아니라

> 자본계급의 착취 형태나 노동자 계급의 비참한 양상이 추위가 숨어들 때처럼 바싹바싹 독자의 가슴을 억누른다. …… 이것은 이 작품이 폭로하는 데에 열을 올리고 있으면서도 한편으로는 예술적인 내용 통제와 철저한 표현욕도 빼놓지 않고 있기 때문이다.

라고 예찬했다.

그렇다면 가장 중요한 노동자들의 반응은 어땠을까. 이것을 알아내는 것은 그리 쉽지 않다. 사실 프롤레타리아 문학 독자의 대부분은 노동자가 아니다. 그렇기에 운동 내부에서도 '예술의 대중화'에 대해 격렬한 토론을 벌였던 것이다. 대중에게 호소하기 위해 대중에게 통하는 엔터테인먼트 기법을 도입해야 할 것인가. 과연 이데올로기 없이 가능할 것인가.

어쨌든 게재지 『센키』의 「전열에서」 란에 남겨진 노동자들의 반응을 살펴보자. 우선 작품은 5월호와 6월호에 나눠 게재되었고, 6월호는 발매 금지 처분을 받았으나 독자들에게는 확실하게 전달되었음을 알 수 있다.

> 『게잡이 공선』은 역작이지만 약간 어수선하다. 조금 더 간단했다면 얼마나 좋았을까 싶다. 우리들이 따라가기에 조금 어려운 부분들이 있다. (스미다 인쇄1 소년공, 1929년 7월호)

동지들이여!!

우리는 홋카이도의 거친 바다에서 게잡이 공선의 생활을 보내고 있다. …… 내지에서 온 또 다른 노동자가 이 잡지 『센키』를 우리에게 보여 주었는데, 그 속에 있던 동지 고바야시 씨의 『게잡이 공선』이 얼마나 감동적이었던가. 우리 같은 사람이 고바야시 씨의 글에 대해서는 뭐라 할 수 없다. …… 고바야시 씨의 작품이 문예 분야에서 이렇다 저렇다 하는 말은, 우리처럼 배우지 못한 자들이 말할 수 없는 이야기지만 그저 현실을 보여준 것만으로도 이 작품은 우리의 편이다……. 착취당하고 있는 우리들의 리더가 되어줄 만한 사람은 어디 없는가. (오오모토 요시오 XX마루 호, 1929년 10월호)

마지막으로 우리는 동지 고바야시에 대해 더 알고 싶다. 그의 투쟁 경력이 담긴 사진 등을 가능한 한 자세히 게재해 주었으면 좋겠다. 사진은 책 첫머리에 넣어 주었으면 좋겠다. (후카가와 나카야마 신이치로, 1929년 12월호)

노동자들의 작품평은 그리 많지는 않지만 노동자들에게 이 작품의 의의는 좌익과 '부르'인 지식인 독자들이 느낀 것과는 전혀 다르다는 것을 확실히 느낄 수 있다.

어찌 되었든 『게잡이 공선』은 빠르게 무대화되었고, 번역을 통해 세계로 뻗어 나갔다. 1933년까지는 중국어, 러시아어, 영어로 번역되었고 전후에는 체코, 폴란드, 베트남 등에서 번역되었다. 스페인어 번역본은 쿠바에서(1983년) 출판되었고, 한국어는

1987년 번역본과 재번역된 2008년 번역본이 있다. 이탈리아어로는 2006년에 번역되었다. 어떤 상황 속에서 작품의 번역이 이루어지고, 망각되며, 또 언제 부활하게 되는 것일까? 그곳에도 세계사가 있을 것이다.

『게잡이 공선』은 1953년에 야마무라 총감독에 의해 영화화되었다. 1974년에는 이마이 다다시의 영화 『고바야시 다키지』가 제작되었다. 그러나 이때부터 이미 망각이 시작되었던 것은 아닐까. 그 과정을 주의 깊게 살펴보다 보면 이 역시 일본의 전후 역사 중 하나가 될 것이다.

부활한 『게잡이 공선』

반대로 지금도 이어지고 있는 '전후'의 역사를 이렇게 파악하는 것도 가능하다. 어째서 2008년 현재진행형인 사회 위기를 파악하기 위해, 최근에 쓰인 소설이 아닌 80년 전의 『게잡이 공선』을 보고 있는가 하는 관점 말이다.

유행이란 만들어지는 것이며 동시에 일어나는 것이기도 하다. 의도적인 행동들과 폭 넓은 상황의 만남이며, 우연과 필연의 융합이라고 볼 수도 있다. 이들의 융합은 때에 따라서 달라지기도 한다. 어쨌든 우연히도 『게잡이 공선』은 시간적 필요성에 응하며 사용되고 있는 것처럼 보인다. 사용되는 것—읽히는 것—에 의해 이 거울에 적어도 반세기 동안 쌓인 먼지들이 닦여 나가고 있는 중이다. 이것이 문학작품으로서의 부활까지도 의미하는 것일까.

문학작품이 사용되는 일, 문학으로서 살아 있는 일, 다키지는 이 두 가지 일이 끝없이 가까워지는 것을 목표로 삼고 있었다. 그리고 그의 작품이 필요하다 느껴진 순간이야말로 이러한 접근이 분명해진다 할 수 있을 것이다. 2008년 아키타시(2월 16일)와 오오다테시(2월 17일)의 다키지 관련 행사에는, 그 전해에 자타니 주라쿠 씨(와라비좌·민족예술연구소 전 소장)에 의해 소재가 확인된 이귀원 씨와 이상경 씨가 초대되었다. 이들은 한국 민주화 투쟁기에 부산에서 다키지의 글을 번역·출판한 인물들이다. 이기원은 오오다테의 강연에서 운동의 일환으로 일본어로 된 마르크스와 레닌의 책을 번역하다가 문학작품의 필요성을 느끼고 다키지에 대해 알게 되었다고 이야기했다. 그런 연유로 『1928년 3월 15일』 『게잡이 공선』 『당 생활자』 등 세 편의 작품이 한국어로 번역되었다. 대화에 나오는 동북지역의 말이 어려워 고민을 하였으나, 비합법 활동이라 의논할 사람도 없고 고심 끝에 번역을 마쳤을 때에 전두환 군사정권이 무너져 이상경 씨가 『게잡이 공선』(1987년 8월)이라는 제목으로 출판하였다. 투쟁을 위해 이론만이 아니라 문학이 필요하다 느꼈다는 이야기를 기억해두고, 그 뜻에 대해 계속 생각해 보고 싶다.

2008년에 실시된 '우리들은 어떻게 『게잡이 공선』을 읽었는가'라는 에세이 콘테스트(오타루 상과대학과 시라카바 문학관 다키지 라이브러리 공동 개최) 입상작 중 인터넷 카페 부분에 23세 남성 T·H의 시가 있다. 그중 다음과 같은 두 행이 나온다.

비계(飛階)를 세워둔 고층 빌딩들은 / 겨울 바다처럼 / 떨어지

면 살아남을 수 없다

그러나 떨어지지 않아도 / 이미 죽은 것과 마찬가지인 나

하나의 이미지로 다키지의 작품과 현재를 훌륭하게 연결하고 있다. 우리들은 이 이미지에 감탄하고, 표현된 상황에 공감하고 그리고…… 그리고, 그 후에는 무엇을 하려 하는가.

제3부

오타루에서 도쿄로

'몸 전체로 부딪치며'

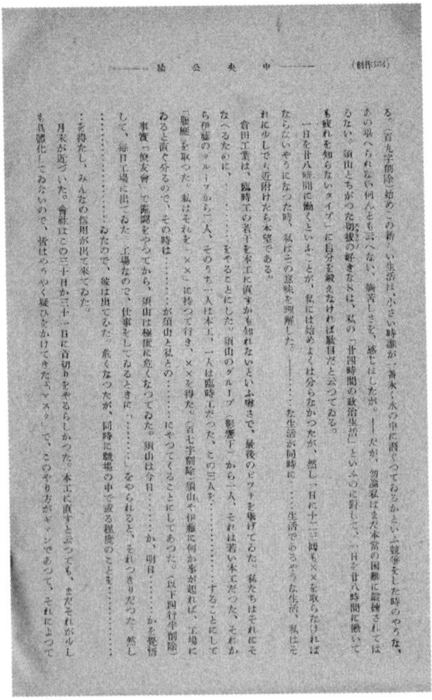

る。(百九字削除)始めこの新しい生活は、小さい時誰が一番永く水の中に潜つてゐるかといふ競争をした時のやうな、あの堪へられない何んとも云へない、胸苦しさを、感じはしたが。——だが、勿論私はまだ本當の困難に鍛錬されてはゐない。須山とちがつた切抜(スクラップ)の好きなSは、私の「廿四時間の政治生活」といふのに對して、一日を廿八時間に働いても疲れを知らないタイプ」に自分を鍛えなければ駄目だと云つてゐる。

一日を廿八時間に働くといふことが、私には始めよくは分らなかつたが、然し一日に十二三回も××を取らなければならないやうになつた時、私はその意味を理解した。——……な生活が同時に……生活であるやうな生活、私はそれに少しでも近附けたら本望である。

倉田工業は、臨時工の若干を本工に直すかも知れないといふ噂さで、最後のピッチを掛けてゐた。私たちはそれにそなへるために、……をやることにした。須山のグループ(影響下)から一人、それは若い本工だつた、それから伊藤のグループから二人、そのうち一人は本工、一人は臨時工だつた、この三人を……することにして「聖庭」を取つた。私はそれを「××」に持つて行き、××を得た。(百七字削除)須山や伊藤に何か事が起れば、工場にゐると直ぐ分るので、その時は……が須山と私との……にやつてくることにしてあつた。(以下四行半削除)

事實「僚友會」で衝鬪をやつてから、須山は極度に危くなつてゐた。須山は今日……か、明日……かを覺悟して、毎日工場に出てゐた。工場なので、仕事をしてゐるときに……をやられると、それつきりだつた。然し……ゐたので、彼は出てゐた。危くなつたが、同時に職場の中で或る程度のことを……を得たし、みんなの信用が出て来てゐた。

月末が近づいた。會社はこの三十日か三十一日に首切りをやるらしかつた。本工に直すと云つても、まだそれが少しも具體化してゐないので、皆はやうやく疑ひをかけてきた。「マスク」で、このやり方がギャンであつて、それによつて

『당 생활자』는 다키지 사후, 『전환시대』라는 제목으로 많은 부분이 검열·삭제된 상태로 『중앙공론』 1933년 4월호, 5월호에 게재되었다(제공 : 시라카바 문학관 다키지 라이브러리)

해고된 후 집필하다

'결국 다니던 곳에서 해고됐어.'

아메노미야 요조에게 보낸 편지(1929년 11월 29일)에서 다키지는 '나는 여전합니다.'라는 인사 다음에 『부재지주』 일도 있고 해서 해고되었다는 이야기를 전한다. 아무렇지 않은 듯 말했으나 아무래도 생계에 불안을 느끼게 되었고, 아들이 월급을 받게 되어 겨우 평온한 나날을 맛보고 있던 어머니에게 이 일을 전하는 것이 괴로워 당분간은 아침마다 양복을 입고 평소처럼 집을 나섰다.

다키지의 해고는 오랫동안 완곡하게 '의원퇴직(依願退職)'이라고 전해져 왔으나 파산한 척식은행 서류를 정리할 때 나온 내부 자료가 2005년 가을, 시립 오타루 문학관에 기증되어 1929년 11월 16일자로 '의원해직(依願解職)' 되었다는 것이 밝혀졌다. 해직 이유로는 '급진 사상을 가지고 『게잡이 공선』 『1928년 3월 15일』 『부재지주』 등의 문예서간을 발간했는데 내용 중 당행의 이름이 명시되는 등 터무니없는 일을 저질렀으므로 곤란하다.'라고 적혀 있었다. 퇴직금은 반액인 560엔으로 삭감되었다. (취업 당시 봉급은 70엔, 해고되던 해의 봉급은 100엔이었다. 그다음 해 집필을 위해 곤부온천에 들어갔을 때 다키에게 보낸 편지를 통해 그곳의 여성 종업원이 아침 6시부터 밤 10시 넘어서까지 일하고 받는 돈이 월 5엔이라고 말했었다.(1930년 2월)

생각해 보면 의원해직 역시 모순된 표현이다. 그러나 경찰이 이따금씩 은행을 찾아오고 그 전해 3·15에 이어 1929년의 4·16 대탄압 때에는 다키지 본인도 구인되어 가택수색을 받았으니 반년 후의 해고는 은행도 피할 수 없는 결단이었을 것이다. 그 시점에도 다키지는 동료들에게 사랑받고 있어, 그의 송별회에 동료들 대부분이 참가했다는 이야기도 있다.[58] 동료이자 집필 작업을 가까이에서 도운 니시키다 가쓰에는 송별회는 두 번으로 나눠져 진행되었으며 이틀째에는 여성들과 급사가 모여 '모두 울며 이별을 아쉬워했다.' 라고 회상하고 있다.[59]

다키지는 은행에서 어떤 존재였을까. 일의 효율이 좋았다는 것은 누구나 다 이야기하는 부분이다. 니시키다에 따르면 보통은 한 달 걸려 할 일을 그는 보름만에 해냈다고 한다. 남는 시간에는 독서와 집필을 하였다. 다키지의 가방은 유명해서 왼쪽 팔로 가방을 끌어안는 포즈는 그를 가리키는 암호이기도 했다. 그 가방에는 항상 쓰다 만 원고와 잡지, 노트, 책 등등이 가득 차있었다(야마노). 니시키다는 직장에서 독서와 집필에 힘쓰는 다키지를 상사의 시선으로부터 지켜주었다. 그리고 본인도 '공부'에 호기심을 느끼고 '어려운 책'을 읽고 싶어 했지만 항상 머리가 아파 꾸준히 읽을 수 없었다며 다키지에게 도와달라 했다. 그러다 다키지는 '좋아하게 될 때까지 읽으면 된다.' 라는 말과 함께 시험 삼아 『신초』를 읽어 보라 했다. 모르는 말이 나올 때마다 옆에 선 다키지를 '따라다니고 또 따라다니며' 물어보다 보니, 그의 시간을 너무 빼앗은 것 같아 독서를 포기하려고도 했다. 그러자 다키지가 '이제 와서 그만둔다니 뭐하자는 거야.'라며 혼을 냈다. 집에서 읽은 후 모르는 말은 노트에 적어오라는 말도 들었다. 그녀는 그 후로 평생 독서를 좋아하게 되었다.

동료든 어머니든 혹은 야마노와 같은 문학청년이 조직한 서클이든 다키지는 아무리 바빠도 누군가에게 무언가를 가르치고 설명하는 것을 괴로워하지 않는 성격이었던 것 같다. 그렇기에 다키에게 가정교사처럼 행동했던 것도 그의 성향으로 받아들여야 하는 일일지도 모른다. 여러 에피소드를 들으면 들을수록, 다키지는 남을 일방적으로 가르치려 했다기보다는 그보다 훨씬 유쾌하며 강인한 열의를 가지고 있었다는 것을 알 수 있다.

어쨌든 니시키다의 헌신적 지원이 없었다면 『부재지주』는 마감일을 절대 지키지 못했을 것이다(다키지 본인도 은행에 다니는 동안에는 계속해서 2시간이나 원고에 매달렸던 적이 없었다고 이야기한다. 그렇기에 운동 지도자이며 지하에 숨어 경찰의 눈을 피하면서도 가족의 생계를 걱정하고 창작을 이어갈 수 있었을 것이다). 회상만으로 판단해 보면 니시키다는 다키지의 성품에 반해 있었기에, '위험한' 사상을 가진 사람이라는 것을 알아채고 한 순간 주춤하기는 했지만 그를 돕겠다는 결심을 더욱더 굳히게 된 듯하다.

이야기를 잘하는 그녀의 말을 통해 그 경위를 살펴보자. 어느 날 그의 선반에서 빌려주었던 보자기를 가져가려 한 순간 '빨간 책'을 발견한다. 그 책이 바로 『센키』다.

나는 가슴이 쿵쾅쿵쾅하고 머리가 멍해져선 어떻게 해야 하나 생각했습니다. 그리고 사나흘 정도 번민을 하였습니다. '다키지 씨, 당신 좌익이에요?'라고 물을 수도 없고 정말 난처했습니다. 그때 진정하고 생각을 해 보았습니다. 이 탄압 속에서 은행 일을 하며 이토록 열심히 살고 있는 다키지 씨에게 되도록 도움을 주자고 결심했습니다. …… 언제 어디로 끌려갈지 모르는 사람이니 할 수 있는 한 글을 쓰게 해야 한다고 생각한 것입니다.

다키지는 니시키다에게 『센키』를 들켰던 일을 알게 되었는지 1931년 발표작 『조직책』에서 공장에 『센키』를 가져가려 해도 "표지가 현란한 것도 그렇고, 그냥 별 생각 없이 펼쳐 보아도 '프롤레타리아'나 '마르크스' 같은 천박한 만화가 나와서 어렵다."는 이야기를 하고 있다.

어쨌든 해고당한 동료와 남아 있는 동료들이 모두 이별을 아쉬워하는 것이 그리 흔한 일은 아닐 것이다. 경찰의 감시를 받는 중이라는 것은 모두가 알고 있었을 것이며, 3·15와 4·16 탄압 이후이기도 했다. 이런 시대 상황에도 불구하고 동료들은 다키지가 자신들의 일상에서 사라지면 허전하다 느끼는 것이다. 그의 사상이 어떻든 신경 쓰지 않았다고는 해도 친하게 지내며 '익숙해졌거나' 혹은 정이 들었다든지, 아니면 그의 사상을 인정했을 가능성도 있다.

다키지는 『부재지주』 원고료 500엔 중 절반을 어머니 이름으로 저금했다. 그리고 나머지는 대출금 상환이라든지 다른 용도로 사용하였다. 니시키다에게는 비단으로 사례했다. 어머니에게 전달한 250엔으로 고바야시 가족묘를 세울 수 있었다.

맹렬한 집필 활동

어머니에게 해고 사실을 어떻게 알려야 할까 고민하던 다키지였으나 여하튼 맹렬한 집필 활동을 시작한다. 정식 해고일은 1929년 11월 16일이었는데, 월말에는 『신초』에 게재된 「폭풍 경계보」의 노트 원고를 완성하였다. 그다음에는 『가이조』에 실릴 중편소설 『공장세포』 원고 집필을 12월 18일부터 시작했고, 12월부터 그다음 해 1월에 걸쳐 평론, 단편 개작, 감상 등 정력적으로 글을 썼다. 게재지는 『센키』도 있었고 앞서 나온 『신초』나 『가이조』 이외에 『요미우리신문』이나 『주간아사히』와 같은 상업 출판을 상대하기도 했다. 직장을 잃은 후였기 때문에 예전에 비해 고료는 더 고맙게 느껴졌을 것이다. 실제로 발표된 작품들을 대강 살펴보면, 프롤레타리아 문학자로서의 의식은 그대로였지만 아이러니하게도 상업지 발표에 관심을 끊지는 않았다. 『부재지주』는 '전국 방방곡곡의 소작인과 빈농들'에게 바치는 글이었다. 그러나 이것을 읽기 위해 80전을 지불할 수 있는 사람은 소작인이 아니라 '호농(豪農)'이었다는 이야기를 「부재작가」(『문예춘추』 1929년 12월호 「송년 수필란」)라는 에세이에서 들려주고 있다.

그렇다면 오타루에서 집필된 작품 중엔 마지막 작품이자 대작인 『공장세포』를 살펴보도록 하자. 노트 원고가 완성된 시점(1930년 1월 30일)에 『가이조』 편집자 사토 이사오에게 보낸 편지에서 『부재지주』가 '신 농민 독본'이었다면 이번에는 '신 직공 독본'을 노렸다고 이야기한다. '신 독본'은 기존 작품들이 문제 삼던 '노골적이고 잔인한 착취'가 특징인 공장이 아니라 근대 최첨단을 달리는 '포드화'된 공장에서 펼쳐지는 '공장세포의 활동'을 그리고 있다. 공장세포란 '공산당원의 공장진출'을 의미한다. 이와 동시에 새로운 주제로서 '스파이(당원 중 스파이)'가 등장하며, 최첨단 공장이기에 '산업 합리화'가 문제시된다. 그리고 다키지는 이러한 말도 하고 있다.

> 예술적인 부분에서도 지금까지 『게잡이 공선』과 『부재지주』가 가지고 있던 결점을 청산하여 '줄거리 변화'와 '여공들 사이의 에피소드'를 시도하여 읽기 어려운 부분을 줄이려 노력했습니다. 앞서 이야기한 여러 문제(공장세포의 활동 등 — 인용자)도 절대 날것 그대로를 보여 주는 것이 아니라 충분히 예술적으로 표현했다고 생각합니다.

원고가 완성된 3월 3일의 편지에는 '공장세포와 공산당을 연결시켜준 〈3·15〉 이후의 일본 좌익운동을 묘사하고 있습니다.'라고 다시 한번 취지를 분명히 밝혔다. 또한 검열을 염려하며 스스로도 검열을 최소한 피할 수 있도록 고민했다는 이야기도 전하고 있다.

노트 원고에는 교정 작업을 대비하여 작성된 흥미로운 주의사항들이 남겨져 있다. '대화가 등장하는 부분에서는 홋카이도를 확실하게 보여줄 것', '여공들의 집회, 남공들의 집회(세포의)가 필요', '문장에선 상식적인 어투를 피할 것' 또한 '스파이가 되는 동기(사상의 차이, 노농파적, 개인의 성격, 생활난)' 등이었다(『전집』「해설」). 다른 원고 수첩에는 다키지답게 주도면밀하게 준비한 흔적들이 남아 있다. '기계 공구 48종' 이라든지 공장 내부 약도 등이 있는데, 해고되기 전까지 북해 제관 공장에서 일을 하던 동료 이토 신지의 도움으로 얻은 정보들이었다.

또한 노트 원고에는 '〈4·16〉 동지 모리 료겐에게' 라는 헌사가 적혀 있다. 간절하게 입당을 원하며, 작가인 것이 방해된다면 그만두겠다고까지 말했던 상대, 바로 그 모리 료겐이다.

공산당 활동을 묘사할 계획이라 표명하는 것을 듣고도 기가 꺾이지 않았던 편집자의 배짱(아무리 검열을 한다고 해도, 또한 도발적인 상품 가치에 대한 기대가 있었다 해도)에는 감탄할 수밖에 없다. 이러한 일련의 작품 속에 드러난 당에 대해서는 어떻게 이해해야 할까.

명확하게 살펴보는 것은 녹록치 않다. 다키지도 자세히 알지는 못했던 것일지도 모른다. 일본공산당 전 의장인 후와 데쓰조는, 당시 당원이 아니던 다키지는 행동방침서를 읽을 수도 없었으며 '세포' 라는 것이 어떤 것인지 정확히 파악하지 못했다고 이야기한다.[60] 결국 공장 내의 당원들이 세포를 조직해야 하는데 그 중요한 역할을 맡은 당원이 아직 존재하지도 않은 상태에서 세포 조직을 묘사했다는 것이다. 그러고 보니 『공장세포』는 일본공산당이 1922년 야마카와 히토시, 도쿠다 규이치, 사카이 도시히코 등에 의해 결성된 지 7년이 지난 후에 집필된 작품이었다. 그 사이에 당은 해산과 재건, 대탄압을 겪었다. 끈질기게 조합을 만들고 신문을 발행하기는 하였으나 오늘날 '조직'이라는 말에서 느껴지는 것과는 꽤 거리가 있는 존재였다. 이 이야기는 운동사 연구가 야마베 겐타로가 한 것으로, 호소오 고사쿠는 이 말을 빌려 지적하고 있다.[61)]

그러나 일반 독자는 조직 문제보다도 이 시기 다키지의 작품들에서 어째서 사회민주주의자가 관헌과 같은 것인지, 질적으로는 그 이상으로 공산당원이나 공산당계열의 조합위원에 의해 적대시되었는지 이상하게 생각하지 않았을까. 상대적으로 가까운 가치관을 공유하고 있는 집단 간에 일어나기 쉬운 '분파주의'의 표출이라 할 수 있을 것이다. 실제로 『일본공산당의 80년 1922~2002』은 1928년 코민테른(각국의 공산당을 지부로 삼은 국제조직) 제6회 대회가 합법적인 노농정당의 '진보적 의의를 원칙적으로 부정하는 입장'을 취한 것을 '분파주의적 오류'라고 하고 있다.

작품에 묘사된 사회민주주의 반대를 막연하게 '분파주의'로 정의내리기 전, 조금 더 구체적으로 검토해 보면 두 가지 측면을 찾을 수 있다. 하나는 운동의 측면으로 다키지의 1930년 단편「폭풍 경계보」[62)]에도 나온다. 수면 아래에서 꾸준한 활동을 이어가는 이가 합법주의를 내건 사회민주주의자가 이끄는 신노농당 결성에 찬반 의사를 밝혀야 하는 일은, '반대' 표명에 의해 공산당원이냐 조합관계자냐를 밝혀내는 것과 다름없는 일이다. 또 다른 한 가지는 이후의 작품에서 분명해지는데 이념 문제다. 세계대공황이 일본에도 영향을 주어 국민들의 생활이 힘겨워진 가운데 만주와 몽고의 땅에서 생명선을 찾아내는 것이 얼마나 매력적인 일이었는지 상상하는 것은 어렵지 않다. 결국 처음에는 저항을 보이던 사회민주주의세력의 일부도 침략을 지지하는 방향으로 돌아서고 만다. 즉 무산정당 중 일본공산당만이 아시아 진출을 제국주의라며 계속 반대한 것이다.

『공장세포』에 대해 말하자면 '분파주의'적 요소를 인정한 후 그것을 넘어서는 문제를 제기했다는 데에 주목하고 싶다. 그 한 가지는 최첨단 공장의 실태를 선구적으로 폭로했다는 것이며 다른 한 가지는 여공들을 바라보는 시선이다. 편집자에게 보낸 편지에서 다키지가 '예술적인 부분'으로서 '줄거리 변화'와 '여공들 사이의 에피소드'를 예로 든 것에 주목한 시마무라 데루는 「고바야시 다키지와 『가이조』 『공장세포』부터 『지구의 사람들』까지」[63]라는 논문을 통해 당시 『가이조』와 라이벌이었던 『중앙공론』 지면에 등장하는 기사 제목들을 검토하고 있다. '에로·그로·넌센스'가 가장 번창하였던 시기의 제목에는 '모던 계어'(마루키 사도), '모던 생활과 변태 기호성'(곤다 야스노스케), '모던 상업 왕래'(오바마 도시에) 등등 '모던'이 키워드였으며 누구든지 예상할 수 있는 '플래퍼', '카페', '재즈' 등도 드문드문 눈에 들어온다. '에로틱', '에로티시즘'도 자주 사용되었고 '100% 모던 걸'(오오야 소이치)이나 '여성은 향기'(마루키 사도)라는 제목이 드러내듯 역시 여성이 주목의 대상이 되고 있었다. 참고로 '여급들의 생활'(구보카와(사타) 이네코)이나 '무산 부인과 연애'(히라바야시 다이코)와 같이 무산운동과 관련된 제목들을 통해서도 여성이 클로즈업되고 있었다.

시마무라가 지적한 대로 '에로·그로'의 '에로'란 현재 일본어에서 사용되는 '에로'와는 다르다. 그러나 육체적·정신적 측면이 교차되는 '에로틱'과 무관한 것은 결코 아니다. 이러한 지면에 실리기 위해 집필된 『공장세포』는 여공들이나 '에로티시즘'을 어떻게 다루고 있을까.

『공장세포』가 묘사한 시스템

그것을 검토하기 위해서는 다키지가 어떤 '모던함'을 투영시키고 있는지 살펴볼 필요가 있다. 우선 무대가 된 'H·S 제관 공장'의 모델에 대해 말하고자 한다. H·S 제관 공장은 오타루 운하 근처의 돌로 이어진 창고를 뒤로 하여 1922년에 북해 제관 창고 주식회사로 창립된 곳이었다. 니치로 어업(미쓰비시 계열)의 자회사로 종업원 800명인 오타루 최대 규모의 공장이었다. 이곳에서 만든 캔은 게잡이 공선으로도 보내졌다. 그러나 『공장세포』 속에서 H·S 제관 공장에서 일하는 직공들은 자신들을 노동자로 보는 것을 싫어한다. 이들에게 '노동자'란 항구 일을 하는 인부와 짐꾼들이었고, 그중에서도 특히 30%를 차지하는 조선인들을 가리키는 말이었다. 회사 측에서도 업무 후에 여공들이 작업복을 벗고 '아가씨'나 카페의 '웨이트리스'가 되고, 남공들은 '학생'이나 '회사원'으로 변신하기를 바라고 있었다. 그들을 우대해 주는 것처럼 굴며, 노동자 의식이 등장하지 않도록 저지하기 위해서였다.

포드화된 공장에서는 컨베이어 벨트를 이용한 작업으로 제조

공정을 단순화시키고 숙련공의 수를 극단적으로 줄인다. H·S는 포드화된 데다 공장장 보좌 '가사하라'가 테일러 시스템('과학적 관리법')을 공부해야 했다. 이러한 부분을 보면 관리가 더욱더 '과학적'으로 강화되어 간다는 것을 예상할 수 있다. 이는 노동자의 작업 동작이 하나씩 '효율적으로' 계산되어, 인간을 더욱더 기계화시키는 것을 의미한다. 『공장세포』는 그 과정을 훌륭하게 보여 주고 있다.

여기서 인용한 부분은 모두 조직책의 지도에 따라 '공장세포'를 조직하려는 금속공 모리모토의 눈을 통해 묘사된 것으로, 사물을 보는 그의 힘이 심화되는 부분도 함께 이야기하고 있다.

> 일하고 있는 직공들은 마치 자신을 옭아맨 기계로부터 열심히 발버둥치는 것처럼 보인다. 허리로 힘껏 버텨서고 두터운 어깨를 고정시킨 그들은, 강철 끌의 뒷부분을 누르고 있는 팔에다 온몸의 힘을 살짝 싣는다. 살아 있는 뼈에 그대로 줄을 갖다 대는 것 같은 불쾌함이 팔을 통해 곧장 전달된다.

캄차카 주변의 바다는 아니지만 죽음은 삽시간에 찾아들곤 한다. 이러한 광경이 작업 중이던 모리모토의 뇌리를 스친다.

> 발판에 올라서는 시간이 1분 틀렸다고 생각해 보자. 체인이 풀리고……. 그 커다란 와이어 플레이가 아무 소리도 없이 휙 하고 앞으로 넘어올 것이다. 직공 네 명의 갈비뼈가 장지문의 문살보다 시시하게 짓눌릴 것이다. 단 1분의 차이 때문일 뿐인데. 2엔도

되지 않는 그저 그런 일당을 받기 위해, 직공들은 너무나도 쉽게 목숨을 걸고 있다.

이렇게 작업 공정이 직공과 자본가에게 서로 얼마나 다른 의미를 지니는지 파악한 모리모토는 '테일러 시스템'의 원리를 구체적으로 설명하기에 이른다.

> 그곳에서 인간의 동작을 결정하는 것은 인간 스스로가 아니다. 컨베이어로 돌아가는 제관부에서 그들은 1분 동안 몇 십 번 손을 움직이는지, 기계를 하루 몇 번 회전시키는지, 어떤 속도와 어떤 범위로 걷는지 마음대로 정할 수 없다. 이러한 것들은 기계 회전과 컨베이어의 속도에 의해 무자비하게 결정된다. 공장 안에서 '직공'이 일하고 있다고 말하곤 하지만, 이 말은 지나치게 인간답게 들릴 뿐이고 정확하지도 않다. …… 일을 하는 것은 기계일 뿐이다. 컨베이어 옆에 서서 월경 혈을 흘려대면서도 기계의 일부가 되어 버린 '여공이라는 부품'은 그곳에서 벗어날 수가 없다.

모리모토가 다른 직공들, 즉 '노동자'에게 이러한 이야기를 들려주면 당연한 일이지만 달가워하지 않는다. '인간이 되고 싶어하기' 때문이다. 다키지는 이 작품과 앞서 다룬 「기계의 계급성」이라는 평론을 같은 시기에 썼는데 『공장세포』에서 '예술화'되어 표현된 고찰 쪽이 더 인상 깊다.

전쟁을 끌어들이는 것도, 여공에 대해 크게 다루는 것도 자의적인 행위는 아니다. 애초에 공장세포를 조직하는 목적 중 하나는 3·15나 4·16 사건을 반성한 후 전쟁 저지를 준비하는 데에 있었다. 이러한 탄압들은 일본의 좌익 운동이 대공장에 전혀 뿌리내리지 못했다는 것을 드러냈다. 그러므로 저항은 '뿔뿔이 흩어진 여기저기서' 시작되어 끝난 후엔 그곳으로 돌아가고 마는 것이었다. 『공장세포』에 나오는 지도자들의 기대는 겉으로 드러나지 않고, 탄광이나 광산을 포함한 대공장을 조직적으로 연결하면 (꼭 자본가들이 그렇게 하듯) 전쟁이 일어났을 때 군용품 제조를 멈출 수 있지 않을까 하는 것이었다. 그렇게 광범위하고 확실한 조직을 구성하기 위해서 여공의 참가는 필수적이었다. 점점 여공이 늘어나고 있는 현실은 불가피했기 때문이다. 테일러 시스템의 확대와 심화는 기계 조직을 더욱더 분업화시켜, 결과적으로는 숙련공을 줄이고 '부녀자들로 일을 해치워' 자금을 더 줄이는 데에 목적이 있었기 때문이다.

이야기는 두 가지의 세력에 의해 절정부인 '공장 대회'까지 이어진다. 한쪽은 이야기의 중심이기도 한, 모리모토와 그 주변인들이 고심하여 키워 낸 공장 내 조직이다. 그들은 Y(오타루) 시내의 다른 공장 노동자들과 연대(대표자 회의)하는 것도 게을리 하지 않는다.

또 한쪽은 경영자 측, 아니 H·S보다도 커다란 세력인 은행이었다. 원래 H·S의 감독권을 실질적으로 쥐고 있던 것은 미타은행이었다. 그런데 정부가 금융기관 통일화를 진행시키며 미타는 '가나비시'에 흡수된다. 가나비시는 이미 두 개의 제관 회사를 갖고 있었고 H·S는 당연히 그들과 합병되어 '합리화 과정', 즉 정리해고를 겪게 될 수밖에 없었다. 전무 또한 자기 자리를 보전하기 위해 초조해 한다.

절정부에서 직공들이 경영자에게 직공들 전원이 참여하는 대회에서 선거를 통해 대표를 선출하자는 결의를 들이댄다. 직공들은 주저하는 전무에게 파업의 가능성을 넌지시 비친다. 이때 전무가 놓인 상황과 심경은 이렇게 표현되어 있다. '금융자본가에게 완벽하게 좌지우지되어, 몰락할 수밖에 없는 산업자본가의 비애가 그의 뼈를 세차게 때려 댔다.'

다키지다운 표현이다. 직공들이 '과학적 관리법'에 의해 자신의 몸으로부터 소외되어 가는 중이라면, 관리자는 산업자본으로부터 금융자본으로 옮겨가는 역사적 전이에 의해 자기상실 상황으로 내몰리고 있는 것이었다. 둘 다 추상적이고 눈에 보이지 않는다. 막연한 힘에 의해 침식되어 가고 있는 것이다. 다만 전무는 '몰락'하게 되더라도 먹고 사는 데에는 어려움을 느끼지 않을 것이다. 이것이 거의 80년도 더 전에 쓰인 이야기라는 사실에 한 번 놀라고, '근대적 공장' 하나로 이 정도의 드라마성을 이끌어 낼 수 있다는 점에서 다시 한 번 놀라게 된다.

이때까지는 작품의 구조적 측면(자본주의의 변천·과학적 관리·지하활동)에 대해, 즉 다시 말하자면 강경파의 축에 주목해 왔다. 그러나 구조라는 것은 그 속에서 살아가는, 그리고 그것을 살리고 있는 인간 없이는 존재하지 않는다. 『공장세포』를 구성하는 인간관계 중 여공과 연애의 축에 대해 살펴보도록 하자. 만약 이것을 온건파의 축이라고 한다면, 이 작품이 앞서 말한 『가이조』의 지면에 딱 들어맞았는지에 대해서도 염두에 두고 살펴보고자 한다.

'보통 여성', '여공', '매춘부'

주인공 오키미는 쾌활하고 남공들의 주의를 끄는 것을 즐기는 '모던한' 여성이다. 그러나 미리 주의해 두고 싶은 부분은 그녀의 존재 의의가 남녀관계로 환원될 수는 없다는 것이다. 오키미는 '여린 어깨'에 안색이 좋지 않은 오요시라는 여공과 친하게 지내며 본격적으로 독자들의 관심을 끌어당긴다. 오키미는 오요시가 공장 내에서 몸을 팔고 있다는 소문을 듣고 잠시 놀랐으나, 바로 분개하며 오요시를 변호하기 시작한다. 모리모토에게 여공들에 대한 이러저러한 이야기를 설명하고 공장 내의 성희롱에 대해서도 설명한다. 그러던 중 이름은 말하지 않고 홀로 네 가족을 먹여 살리는 오요시의 이야기를 꺼낸다. 오키미에게 '요시짱' 이야기를 고자질하러 왔던 친구는 그녀를 '행실이 나쁘다'고 표현했었지만, 오키미는 '행실이 나쁜 사람이 돈을 받을 리가 없잖아. 나쁜 건 혼자서 넷을 먹여 살려야 하는 여자가 아니라……, 하루에 60전도 안 주는 회사 아니야?'라고 모리모토에게 호소한다. 오키미는 성을 파는 행위는 불순하다는 상식을 역으로 이용하고 있다.

오키미의 논리는 오요시를 변호하기에는 효과적이다. 그러나 여성의 관능 그 자체를 '음란'한 것으로 결정짓기에도 쉽다. 또한 나중에 언급할 운동 중의 '애정 문제'와 관련하여 일종의 금욕주의를 암시한다. 실제 오요시의 일을 알게 되었을 때, 오키미 역시 제품 창고에서 남성 직공과 시시덕거리고 있던 중이었다. 누군가의 발소리를 듣고 멈췄을 뿐이기에 오요시에 대한 고자질이 괜히 더 와닿았던 것일지도 모른다. 운동에 몸을 던진 후, 오키미는 이러한 유흥은 즐기지 않게 된다. 예전의 자신에게 '오해받기 쉬운 부분'이 있었던 것을 인정하며 '예전처럼 쓸데없는 짓을 하는 건 깔끔히 그만두었다.'고 모리모토에게 선언한다. 이후 모리모토의 사랑 고백이 이어지는데, 이에 대해서는 나중에 이야기하겠다.

대회를 앞두고 오키미는 오요시에게 여공 대표로 단상에서 이야기하라 설득한다. 대담하고도 날카로운 선택이다. 자신의 이야기에는 아무도 놀라지 않을 것이다. 요시짱이 그런 일을 맡을 것이라고는 그 누구도 예상하지 못할 것이므로 진지하게 들어 주지 않을까.

오키미의 계산은 훌륭하게 적중했다. 고개를 숙인 채 띄엄띄엄 이야기하는 오요시의 말이 끝나자, 박수갈채가 시작되며 한동안 멈추지 않았다.

공장 내에서 몸을 판다는 사실을 들키는 것은 아닐까. 오요시는 언제나 안절부절못했을 것이다. '자신에 대해 알고' 있을 지도 모르는 사람들 앞에 서서 이야기를 하는 데에는 엄청난 결심이 필요하다. 그러나 그리 길지 않은 그녀의 이야기를 주의 깊게 읽다 보면, 매춘에 의해 지탱되는 생계를 부정하는 것이 아니라 오히려 '돌려 말할지언정 드러내려 한다는 점'이 느껴진다.

'여기 올라오는 데에 얼마나 많은 각오를 했을까요…….'라는 도입부는 그녀 자신을 가리키는 것처럼도 느껴진다. '건방진 것일지도 모릅니다.'로 이어지는 것을 보면 건방진 여자로 보이게 될지도 모른다는 각오가 필요했다고 생각할 수 있다. 다음으로 나오는 '우리는 남성들로부터 또 사회로부터…… 언제나 특별대우를 받아 왔습니다…….'는 말은 표면적으로 여공을 가리키는 것처럼 보이나, 같은 공장에서 일하는 여공이면서도 매춘을 할 수밖에 없었기에 특별했다는 것으로도 해석할 수 있다. 그러나 그 후에 '여자가 이러한 자리에 나와'로 다시 이어지는 것을 보면 '특별대우'는 다시 한번 건방진 여자니까로 일반화된다. 이렇게 보면 오요시가 이야기한 '우리들'이 가리키는 '여자'란, 여공←여성→매춘부라는 여성관의 차이를 내포하고 있으면서도 그것을 넘어서는 연대를 시사하고 있다.

긴박한 분위기가 흐르는 행사장에서 낮은 목소리로 말하는 오요시의 이야기는 그 자체로 감동적이었을 것이다. 그녀에 대해 구체적으로 모른다고 하더라도, 청중들은 그녀의 긴장한 모습에서 모든 것을 다 내걸고 이야기하고 있다는 것을 감지했을 것이다. 모리모토는 오키미에게 '듣다 보니 눈물이 나온다.'라고 말한다. 그 자리에 선 오요시는 대단하며 그렇게 이끌어 낸 오키미도 대단하다. 이때까지 다키지의 작품 속에서 계속해서 몸을 파는 여성에게 이해를 표현하는 것은 남성이었다. 이 작품에 와서 여성이 그 역할을 이어받은 것이며, 뿐만 아니라 자기해방의 표현까지 촉구하고 있다. 『히가시굿찬행』이나 「폭풍 경계보」에서도 매춘이 정치의식에 의해 순화되어가는 것을 시사하고 있으나 『공장세포』에서는 그것을 훨씬 적극적이자 여성의 연대가 가능한 것으로 내세우고 있다.

그렇다면 오요시가 묘사하는 운동에서, 여공들은 어떠한 역할을 맡고 남공과는 어떻게 다른 위치를 차지하게 되는 것일까. 이야기의 마무리는 '우리들 중 한 명도 빠짐없이 하나가 되어…… 돕고 싶습니다. 여러분도…… 부디…….'로 끝나는데, 조금 숙녀

적이다(좋아하는 남성에게 애정을 고백하지 못하는 오요시를 두고, 오키미는 농담 반 진담 반으로 '아가씨'라며 비판했었다). 오요시는 고상한 분위기를 풍기는 것이 지니는 의미에 대해 너무나도 잘 알지만 운동의 관점에서는 허용하지 않는다. 그러나 이 말을 앞부분에서 그녀가 이야기한 '누군가가 앞장 서서 건방져지지 않는다면, 우리는 어떻게 될까요…….'와 함께 읽는다면 여성이 남성을 '돕는' 것에 그치는 것이 아니라, 『1928년 3월 15일』의 오요시가 이야기한 개미들처럼 남자와 여자가 함께 선두를 끊고 강을 건널 준비가 되어 있다는 것이 느껴진다.

운동 속에서의 '애정 문제'

이어서 동지로서의 남성과 여성에 대해 주목해 보자. 오키미가 말괄량이에다가 '오해받기 쉬운' 여성으로 소설에 등장한다는 것은 앞서 언급했다. 그러나 모리모토 역시 '음담패설 담당'이었다. 남공과 여공이 쓰는 세면대 사이에는 '생색내기에 불과한 칸막이'뿐이어서 남공들은 근무가 끝난 후 '허리 아래만의 모양'으로만 구분할 수 있는 여공들과의 만남을 낙으로 삼고 있었다. 운동에 전념하게 되면서 변한 것은 모리모토나 오키미만이 아니었다. 모두가 진지한 태도를 갖추게 되며 남성과의 유희에만 향해 있던 에너지가 직장과 생활 문제로 향하게 되었다. 동시에 남성들과의 관계 역시 관능적인 유흥에서 애정으로 옮겨가는 듯 했다. 모리모토와 오키미는 서로에게 이끌리고 있었으며, 오요시도

조직책인 가와다를 몰래 좋아하며 괴로워한다.

여기서 대두하는 것이 운동 속에서의 '애정 문제'다. 시마무라 데루는 앞서 소개한 논문에서 이 문제가 당시 프롤레타리아 문학을 하는 이들에게 있어 얼마나 중요했는지를 밝히고 있는데, 다키지 역시 이 문제에서 눈을 돌리지 않았다. 『공장세포』에서 가와다는 이렇게 말한다. '여자가 들어오면 신경 쓸 일이 많다. 운동을 이상하게 만들어 버릴 때가 있으니까.'

모리모토 역시 가와다가 어떤 말을 하는지 알 것 같다고 생각한다. 실제로 흔들리기도 한다. 전부터 남공 두 명이 오키미에게 키스를 했다는 소문을 들어 알고는 있었으나 그 또한 '오키미다운' 부분이라 이해하고 따로 신경 쓰지는 않았다. 그러나 스즈키라는 동료가 한 말 탓에 그중 한 명이 가와다가 아닐까 하는 의심이 시작된 순간부터 참을 수 없게 된다. 만약 정말로 그런 것이라면 가와다는 운동 지도자에서 사랑의 라이벌로 전락하고 만다.

사실은 스즈키도 오키미를 좋아하고 있었다. 게다가 특별고등경찰에게 운동에서 겪은 좌절들과 관련된 약점을 잡혀 스파이가 된 자신의 비참한 상황을 생각해보니 괜히 더 오키미를 차지하고 싶어진 것이었다. 관헌에게 가와다와 모리모토 관련 정보를 넘기는 한편, 모리모토가 가와다와 오키미의 관계를 의심케 함으로써 오키미를 자신의 것으로 만들고자 했다. 또 모리모토와 가와다를 갈라 놓아 운동을 내부에서부터 붕괴시키려 하고 있었다. 자신이 스파이 행위를 한 덕에 가와다도, 모리모토도 빠른 시일 내에 검속될 예정이란 걸 알았을 텐데 어째서 이렇게까지 정성을 들이고 있는 것일까. 사랑의 배신과 운동의 배신이 서로를 상쇄시킬 수 있다고, 잠재적으로 생각했던 것일까.

모리모토는 한 여성을 사랑하는 일과 운동에 몰두하는 일 사이에서 어쨌든 모순은 느끼지 않는 듯하다. 운동을 배신함으로써 사랑하는 여성을 얻으려 드는 스즈키와는 대조적인데 그 무엇과도 바꿀 수 없는 한 명의 여성이라는 공통항목을 가지고 있다. 이는 속편『조직책』에서 전개되는 과제다.

공장대회의 가장 큰 목적은 '공장 위원회' 위원을 직공 전원이 참여하는 투표로 정하자는 것으로, 이 권리를 획득하며 대성공으로 끝난다. 오키미와 모리모토는 대화를 나누며 스즈키의 역할을 확실하게 밝히고 두 사람은 굳은 악수로 서로의 애정을 확인한다. 그러나 직후, 가와다에 이어 모리모토 역시 체포되고 스즈키는 목을 맨다. 소설은 오키미와 오요시가 서로를 격려하는 장면으로 끝난다.

『조직책』으로 이어진 문제

약 1년 후『가이조』(1931년 5월호)에 발표된『조직책』에서는 계속해서 지하활동을 기초로, 공장노동자 조직 운동에 내재된 제반 문제 중 하나인 '애정 문제'를 심화시킨다. 우선 도입부부터 '공장대회'의 성과가 무너져가는 모습이 등장한다. 경찰이 회사에 전달한 정보를 통해 모리모토가 사실은 공산당이었다는 것이 알려진다. 그러자 모리모토와 친하던 사람들, 선거에서 선출된 '공장 위원회' 위원들이 차례로 경찰에 끌려가게 되고 오키미 역시 해고된다.

어째서 이렇게나 많은 이들의 이름이 오르내리게 된 것일까. 모리모토가 안에서 이야기를 흘리고 있다는 소문이 돈다. 그리고 가와다를 뒤로 하고 나온 모리모토와 오키미가 재회하는 순간, 오키미는 모리모토의 입에서 그 소문이 사실이었다는 것 그리고 그녀를 너무나도 사랑한 나머지 어떻게 해서든 빨리 나오고 싶어 그랬다는 이야기를 듣게 된다. 그녀는 흥분하여 울음을 터뜨리며 모리모토에게 말한다. '나는 모리 씨를 죽을 만큼 사랑해. 하지만 우리의 사랑이 이…… 우리들이 하고 있는 운동과 별개의 일이 될 수 있어?' 오키미는 동료를 배신하는 사랑은 가짜라고 단언한다. 이후 모리모토는 오키미를 계속해서 연모하지만, 오키미는 뒤도 돌아보지 않는다. 그리고 이시카와라는 지도책 아래에서 운동에 더욱 전념하고, 나중에는 교통상의 편의와 안전을 위해 함께 살기에 이른다.

『조직책』에는 종종 오키미와 이시카와가 애정에 대해 이야기하는 장면이 나온다. 예를 들면 오키미가 오요시를 상대로 애정의 분류에 대해 설명하는 구절이 있다.

> 부자의 사랑과 연애는 역시 넘쳐나는 돈으로 향락을 즐기는 것일 테고, 월급쟁이나 인텔리들의 사랑은 아담하고 좁지만 즐거운 우리 집과 같은 사랑일 것이고, 우리 같은 노동자들의 사랑은 프롤레타리아 운동에 따르는 전투적인 사랑일 테지.

오키미의 천진난만하고 성실한 관념과 달리, 이시카와의 이야기는 굉장히 구체적이다.

> 여자 때문에 훌륭한 동지들 사이에서 분쟁을 일으켜 일을 방해하거나, 연락처를 알게 된 여자에게 푹 빠져 외출하기만을 기다리는 것처럼 굴다가 잠복 중이던 스파이에게 잡혀서는 조직의 중요한 한 요소를 덜컥 무너뜨린다든지, 중요한 임무를 맡은 동지가 성적으로 칠칠맞게 굴다 그냥 잡혀가 버린다든지, 여성 동지에게 차인 후 그 뛰어난 여성 동지를 괴롭힌다든지, 보이콧을 하게 된다든지 더 심할 경우는 관헌한테 그 여성 동지를 팔아넘기는 경우도 실제로 있었다.

오키미의 마음을 감지한 이시카와는 이러한 예시들을 머릿속에 떠올리고는 자신을 억제하려 한다. 운동가의 애정이란 '개인적인 일'로 넘어갈 수 없는 일이라는 것을 잘 알고 있었기 때문이다. 오키미도 이에 대해 잘 이해하고 있다. 그러나 '헤어질 수 없는 사람', '죽음을 각오하고서라도' '지켜야만 하는' 사람이 된 이시카와의 금욕적인 태도에 전부 수긍하는 것은 아니다. '이 사람은 꼭, 마치 로봇 같은 사람이야!'라고 느끼는 한편, '프롤레타리아 동지'는 이래야 한다고까지 느낀다. 결국 소설의 클라이맥스인 '무장 메이데이' 후, 잡힐 뻔 했던 이시카와는 위험을 알리는 신호로 보자기가 창에 내걸어진 것도 잊은 채 집을 나간다. '사랑하는 동지에게'라고 적힌 오키미의 연락 메모를 읽은 듯 안절부절못하며 일단 돌아갈까 하지만 단념한다. 자신 역시 오키미를 사랑하지만 '조직을 사수'해야만 했다. 이 지상명령은 추상적

임과 동시에, 구체적으로는 자기 자신을 소중히 하는 것과 오키미와 가까운 오요시를 지키는 일까지도 의미한다. 그렇기에 오키미는 희생되어야 했다.

오키미가 이야기하는 '애정'이란 굳이 나누자면 정신적인 것이며, 이시카와는 그와는 반대로 '참아야 하는' 성욕을 의미하고 있는 듯하다. 그러나 둘 다 일과 생활을 함께 하면서, 깊은 애정을 품게 된다.

『공장세포』에서 모리모토는 노동자들이 부품화되어가는 모습을 관찰했었다. 남공과 여공 사이의 유희는, 이러한 환경 속에서 찰나적으로 그들이 살아 있다는 것을 느끼게 해 주었다. 그에 비해 운동은 오키미와 모리모토에게 인간해방을 전망하며 거기에 쏟은 노력의 보람을 체험하게 해 주는 것이었다. 이는 경쟁과는 반대로 동지애를 키우는 것이었다.

그러나 다수의 동지를 향한 박애와 특별한 한 사람을 향한 애정을 동시에 느끼는 일은 지극히 자연스러운 일일 것이다. 운동이 야기한 고양감과 동지에게서 발견한 매력이 상승효과를 발휘하더라도 이상하지 않다. 또한 노동의 괴로움과는 다른 운동의 혹독함, 특히 지하활동의 끊임없는 긴장 속에서 특별한 누군가에게 의지하며, 그것을 사랑이라 해석하며 때로는 우연한 사랑을 통해 휴식을 꾀하고 싶어하는 것 또한 이해가 된다. 그러나 이시카와가 자신에게 늘어놓았듯이, 여러모로 운동을 위험하게 만든다. 이는 실로 괴로운 아이러니가 아닌가.

시마무라 데루가 「고바야시 다키지와 『가이조』」에서 지적한 대로 에마 슈라든지 가타오카 뎃페이의 작품에 묘사된 좌익 활동가의 정신적·육체적 성욕과 활동의 요구가 낳는 모순에 대해 사회가 관심을 보이고 있다는 것을, 다키지 역시 크게 의식하고 있었다. 「소설작법 소설 짓는 법」[64]은 자신이 집필에 임할 때 준비를 '보고'하는 것에 지나지 않는다고 단언하고는 있으나 『조직책』을 사용하여 꽤 구체적으로 자신의 소설관과 방법론을 전개하고 있다. 그중에서 애정에 대해서는 이렇게 말했다.

> 내가 이시카와와 오키미의 생활을 묘사한 것은 평소 지하에 숨어 생활하는 우리들의 전위생활을 올바른 모습으로 보여 주는 것에 큰 주안점이 있었다. 특히 이 애정 문제가 여러모로 왜곡되어 악의적인 소문의 근원지가 되어 있다는 것을 보고 그 필요성을 느꼈던 것이다.

성적으로 '단정치 못한' 부분이 심각한 결과를 초래하기 쉬우나 『공장세포』나 『조직책』을 읽다보면 온몸과 마음을 다 바친 사랑이야말로 더욱더 위험한 것일지도 모른다. 애정을 부정하고 있는 것은 아니나 집단은 결국 위기에 처할 수밖에 없다. 이 혹독한 면모를 비인간적이라고 규정하고, 지하활동이 과오의 시작이라고 결론짓는 것은 과연 가능한 일인가. 바로 판단을 내리기 전에 역사 속에서 그리고 현재까지도 금욕을 요구하는 사상이나 조직·집단을 검토해봐야 할 것이다.

그러나 …… 또 여기서 '그러나'라고 말할 수밖에 없다. '전위생활을 올바른 모습으로 보여준다.'라는 부분과 '어영부영 손을 들어올려' 택시를 잡은 이시카와가 '침을 삼킬 때처럼 꿀꺽하고

목에서 소리를 냈다…….' 부분에서 독자들이 받은 인상은 서로 전혀 다를 것이다. 이시카와가 오키미를 검속의 위기에 처하게 내버려 두어도, 가나비시의 조직을 지키겠다는 결단은 「소설작법」에 의하면 '올바른 것'이나 마찬가지지만 소설 그 자체는 올바른 것보다는 어영부영한 결단과 실행의 괴로움을 거의 반사작용처럼 인상에 남기고 있다. 독자는 이 이야기가 앞으로 어떻게 될지 모르는 상태로 책을 내려놓아야만 한다.

다키지의 장편 작품들은 대부분 미완성이다. 『조직책』은 후기에 이 이야기가 『공장세포』의 제2부라고 명시하고 있다. '미완'이라고 하기는 어렵지만, 닫힌 결말의 작품은 아니다. 이시카와와 오키미가 느끼는 불안과 의문은 너무나도 자연스럽고, 둘의 묘사는 '올바른 모습'의 조건을 충족시키고 있다. 그러나 위압적인 느낌은 아니다. 또한 운동의 요구를 부정하고 있는 것도 아니다. 서로를 향한 오키미와 이시카와의 마음과 운동을 향한 마음이 발생시킨 긴장감 그 자체야말로 독자를 붙들고 놓아주지 않는 것은 아닐까. 이 긴장감을 개인 대 운동, 나아가서는 개인 대 사회의 도식으로 해석해 보고도 싶어지나 그것은 너무 단순화시키는 일인 듯하다. 왜냐하면 오키미에게도, 이시카와에게도 운동은 중요하기 때문이다. 운동이란 눈에 보이지 않는 이념을 의미하는 것만이 아니라 소중한 주변 사람들의 행복을 걸고 하는 일이라 믿고 있기 때문이다. 소설에서도 운동에서도 이러한 긴장은 간단히 해소되지 않으며, 또한 그래서도 안 되는 일이다. 다키지는 이 점을 깊이 이해하고 있었으리라 생각된다.

이미 습작을 통해 보아 왔듯, 다키지는 한 인물을 다양한 각도에서 파악하는 재주를 가지고 있었고 자신과 비슷한 인물을 객관화시켜 묘사하는 것도 가능한 사람이었다. 이러한 특징은 『조직책』처럼 '분파주의'가 비판받기 쉬운 작품에서도 발휘되었다. 독자는 합법주의 인물에게서도 매력을 느끼고 스파이의 투덜거림을 듣고도 일리가 있다고 느낄 것이다. 다키지는 독자를 반대파로 돌리는 일이 될까 두렵지는 않았을까. 어쩌면 소설을 재미있게 하기 위해 또는 반대파가 지닌 유혹들을 보여줌으로써 면역효과를 얻으려 했던 것일지도 모르겠다.

현실을 파악하기 위해

그렇지만 이것으로 모든 것이 다 설명되었다면 그야말로 시시하지 아니한가. 다키지는 '당파성'을 강하게 내세우기를 주저하기는커녕 임무로 삼고 있었다. 그 사실은 「'문학의 당파성' 확립을 위해」(『신초』 1932년 4월호)라는 표제에서도 알 수 있다. 이러한 종류의 논문들이 내리고 있는 개개의 판단에 동의하지는 않더라도, 지금 읽어도 날카로운 분석과 박력 있는 논의에는 감탄을 하게 된다.

앞으로 고려해야 하는 것은 다키지가 운동의 일환으로서의 '당파성'이 어떤 모습이어야 하는지에 대해 계속해서 검토해 왔다는 것, 그리고 그 검토의 장이 평론보다도 소설이 된 경우가 많았다는 부분이다. 「독방」(『중앙공론』 1931년 7월 하계 특집호)은 『조직책』 후에 쓰인 옥중체험을 '나'가 이야기하는 12편의 소설풍

에피소드로 이루어진 작품인데, 여기에는 특히 재미있는 예가 등장한다.[65)]

『조직책』 절정에 등장하는 '무장 메이데이'는 1930년 가와사키에서 일어난 메이데이 사건을 모델로 삼고 있다. 당시 도요타마 형무소에 수감 중이던 다키지는 그것이 '모험주의'라는 비판을 받고 있다는 사실만 알고 있었다. 즉 오류라는 것을 알고 있었으면서 그 에피소드를 『조직책』에 썼던 것이다. 「독방」의 노트 원고에는 「이봐, 뭐 하는 거야?」라는 제목과 함께 주인공 다구치가 감옥의 서신실에 남겨진 낙서를 통해 프로핀테른(적색노동조합 국제조직)의 결정에 대해 알게 되는 내용이 등장한다. 거기서 그는 꽤 많이 고민한다. 오류가 오류임을 아는 상태에서 일을 저질러서는 안 되는 일이지만, 이미 일을 저지른 후라면 얘기가 또 다르다. 그리고 이 부분이 중요한데 다키지는 다구치의 입을 빌려 이런 이야기까지 한다.

> …… 그러나 당이든 전협(일본노동조합 전국협의회)이든 그것이 전지전능한 '신'인가. 실패할 것이 두려웠다면 아무것도 하지 않는 편이 좋았을 것이다. 그러나 그와는 반대로 우리는 아주 조금 실패했을 뿐이다. 이는 우리가 정말 조금밖에 일을 하지 않았다는 증거다. …… 그것을 더 두려워하자.

이렇게 결심한 다키지는 '나, 는, 괜, 찮, 다!'라고 혼잣말을 한다. 그리고 '갑자기 흥을 내고 싶어졌으므로' 휘파람을 불며 데모라도 하듯 독방 안을 걸어 다닌다.

어쨌든 다키지의 작품세계는 갑갑하지 않다. 어디에서든 누구에게나 사랑받던 다키지는, 모든 인물에게 제각각의 타당성을 부여했다. 이러한 인물들이 북적이는 세상을, 공식적으로는 전부 다 파악하기 어려운 것도 당연한 일이다. 그러므로 창작이란 현실을 파악하는 데에 최고로 좋은 현장인 것이다. '현실을 파악'하는 일은 리얼리즘의 근본이지만, 이것은 외부세계에서 작품 안으로 무언가를 끌어오는 것이 아니다. 그런 일은 애초에 불가능하다. 오히려 리얼리즘은 상상과 창조를 요하는, 평범한 시선으로는 아무리 응시해도 눈치채지 못하거나 내다볼 수 없는 일들을 소설이 가진 언어의 힘을 통해 보이게 하는 것을 목표로 하는 문학관이며 세계관이다.

다키지의 리얼리즘이 복잡하고 입체적인 세계를 파악하려 하고 있다고 해서, 결과적으로 상대주의에 빠진 것은 결코 아니다. 이것도 현실, 저것도 현실이니 뭐든 용납된다는 것은 아니라는 이야기다. 평론에서 '○○의 옳은 모습'을 지적하더라도, 실제 쓴 소설은 오히려 형태가 보이지 않는 '옳은 모습', 아직 보이지 않는 옳은 부분을 추구하고 있는 것처럼 느껴진다.

여기에서 확실히 밝혀 둘 것이 있다. 이렇게 평론에서 보여 주는 의도나 방침과 작품 사이의 괴리를 지적하는 것이 흔히 얘기되는 '유망한 작가 고바야시 다키지는 당의 정치주의에 의해 희생되었다.'는 식의 논의에 동조하는 것은 아니다. 또한 '희생되었다.'라고까지 표현하지는 않더라도 어쨌든 작가를 이데올로기(사상)와 운동으로부터 분리시키는 편이 작품을 문학답게 살릴 수 있는 일이라고 보는 것과도 또 다르다. 다키지의 운동과 창작은 서로를 자극하며 지탱하는 관계였다. 창작은 그때그때 인식되는 '옳은 모습'에 얽매이게 되는 것을 거부하였으며, 운동은 '옳은 모습'의 탐구를 잊지 않게 해 주었다.

『공장세포』에도 『조직책』에도(생각해 보면 『게잡이 공선』 역시 이미) '에로·그로'적 요소가 있든 없든, 그러한 기호를 지닌 저자가 쓴 작품은 『가이조』의 작품들과는 다른 작품이라는 것이 명백할 것이다.

'시골 출신' 신진작가

강연회에서 '사인 요청 쇄도'

『공장세포』 완성된 지 약 1개월 후, 다키지는 드디어 상경한다. 1930년 4월 초순에 다키 역시 상경한다. 둘은 나카노구 카미초의 방을 빌려 처음으로 둘만의 생활을 시작한다. 다키는 5월부터 요요기 미용 학원에 입학하여 기숙사에 들어간다.

두 사람의 도쿄 생활은 어려운 시기에 시작되었다. 전년도의 세계대공황 여파가 일본에도 들이닥쳐 실업자는 계속 늘어났다. 폭락하는 생사(生絲), 쌀 가격과 산업제품의 가격차, 도호쿠·홋카이도 지역의 냉해에 의해 농촌도 공황의 영향을 받았다.

1929년의 4·16 사건 이후, 좌익운동에 대한 탄압도 더 강화되었다. 그럼에도 불구하고 나프(조직 개편 후 전일본무산자예술단체협의회)의 기관지인 『센키』의 판매부수는 1930년 4월, 2만 2000부에 달했다(데즈카).

다키지는 이미 전년도에 결성된 일본 프롤레타리아 작가 동맹의 중앙위원으로 선출된 상태였다. 상경하자마자 쓰키치 소극장에서 열린 제2회 작가동맹 대회에 참가했는데, 대회 행사장에 모인 사람들은 처음으로 모습을 드러낸 그를 따뜻하게 환영하였다. 참가자 중 한 명인 다케다 린타로는 나중에 시영전차 파업 현장에서 그와 만나 잡담을 나눈다. 그리고 집에 돌아와 『공장세포』를 읽었는데 '그 힘에 압도되어 한동안 무서울 정도로 소설이 써지지 않았다.'는 이야기를, 다키지 사후의 회상을 통해 들려주었다(「고별」『프롤레타리아 예술』 1933년 4~5월호).

아무리 발행 부수가 많다 해도 매번 발매금지 처분을 받는데다 『센키』를 들고 다니기만 해도 검속될 수 있는 상황이 이어졌기에, 지속이 어렵다는 판단에 '『센키』를 지키는 3000엔 기금 모집 운동'을 시작하게 되었고 순회강연회도 기획되었다. 거기서 다키지는 에구치 간, 나카노 시게하루, 가타오카 뎃페이, 기시 야마지, 오오야 소이치 등과 간사이 지방으로 향한다. 제1회 강연은 교토 산조 청년회관에서 진행되었는데 약 800명의 인파가 모여 강연장은 만석이었다. 3·15 이후로 오랜만에 열린 좌익 강연회였기 때문이다.

『시사신보(時事新報)』(1930년 5월 3일) 「문단향토지 프롤레타리아 문학편」 시리즈에 사사모토 쓰요시가 이 강연을 취재한 기사 「고바야시에게 사인 요청 쇄도, 『센키』 강연회에서」를 게재했다. '여학생이나 모던 걸'들이 많이 왔는데 그중 예닐곱 명은 맨 앞줄에 진을 치고 다키지의 강연에 몸을 앞으로 쭉 내밀고 푹 빠져서 듣고 있었다. 강연이 끝난 후에는 변사 대기실로 사인을 받으러 달려갔지만 다키지는 "난 싫어."라며 틀어박혀 있었다는 내용이었다. 이외에도 다키지와 관련된 몇 가지 재미난 에피소드가 소개되어 있는데, 이 시리즈는 1933년 고진쇼보로부터 연재분과 동일한 표제로 출판되었다. 다키지 관련 기사는 시립 오타루 문학관에 있는 스크랩을 통해서도 읽을 수 있다. 이 스크랩은 다키지의 오타루 시절 이후, 그의 작품을 논하고 있는 것이나 그의 사망 기사 등을 척식은행 동료 시바타 도쿠아키가 정성 들여 모아서 보관한 것이다. 앞서 나온 다케다 린타로의「고별」에는 다키지의 강연에 관한 잊기 어려운 한 구절이 등장한다.

> 나는 그의 연설을 정말 좋아했다.
>
> 조금 발돋움을 하는 듯한 자세로 처음에는 '저, 저어, 저어기'라는 감탄사를 섞어가며 말을 더듬지만, 점차 열기를 띠게 되면 홋카이도 사투리가 섞인 말들이 멈출 줄을 모르고 흘러나온다. 그러면 나는, 청중들은 약간 취한 듯한 좋은 기분으로 귀를 기울인다. 잘 들어 보면 같은 이야기를 두세 번씩 반복하고 있는데, 그것은 청중이 이해할 때까지 얘기하겠다는 의미인 것 같았다. 그는 크게 흥분한 상태였다. 그 흥분은 청중들에게까지 옮겨 가 모두 얼굴에 열을 올리고 듣고 있다가, 그의 연설이 끝나면 괜히 뜨거운 숨을 내뱉게 되는 것이었다. 그는 연설을 잘하는 편도 아니었고, 또한 선동가들이 흔히 그러듯 그 자리에서만 뜨겁게 이야기하고 열기가 식으면 평범한 말투로 떠드는 편도 아니었다. 그럼에도 불구하고 그의 연설은 가슴속에서 뜨겁게 뛰는 것에 대해 말하고 있었다. 그의 연설을 들은 후에는 머리가 좋아진 것 같은 느낌이 드는 것도 기묘한 일이었다. 그 느낌은 단순한 잡담 후에도 들었다. 그럴 때면 이상하게도 그의 처녀성(이렇게 표현하면 애매할지 모르겠으나, 앳된 느낌의 꾸미지 않은 정직함 혹은

시골 사람들이 가지고 있는 매력 같은 것들)이 반영되어, 그가 열의를 가지고 쓴 감상문이나 논문들보다도 더 알기 쉽게 가르침을 들려주는 것이었다. 순수함을 지니고 있는 힘, 확신과 그가 가지고 있는 특유의 정력. 가끔은 그러한 것들이 영웅주의처럼 나타났던 것 같다. 좋은 의미로든, 나쁜 의미로든.

동시대의, 게다가 가치관의 많은 부분을 공유하는 작가들이 쓴 작품 비평도 함께 볼 수 있다. 다케다뿐만 아니라 다른 집필자들도 쓰러진 동지를 기리고 있으면서도 동시에 그의 작품을 제각기 비판하고 있는 부분이 당시의 운동 분위기를 보여 주고 있다.

그나저나 다케다는 정감 있게 부른 거라 하더라도, 얼마나 많은 이들이 다키지를 '시골 놈' 취급을 했던 것일까. 당시 신세를 지고 있던 다테노 노부유키는 책의 속표지에 사용된 은행원 시절의 사진을 보고는 '피부가 하얗고 훤칠한 〈도련님〉과 같은 문학청년'을 상상했었다고 한다. 그러다가 작가동맹 제2회 작가동맹 대회에 모습을 드러낸 다키지를 보고는 '이 얼마나 볼품없는 사람인가…….'라고 생각했다.

양복은 너덜너덜한데다 허벅지 사이에 커다랗게 색이 다른 천으로 기운 자국이 있는 바지를 입고 있었다. 머리는 부스스했다. 새하얗고 키가 크기는커녕 햇볕에 까맣게 탄 작은 남자였다. 그리고 아키타 사투리로 꽥꽥 열심히도 떠들었다…….이렇게 볼품없는 작은 사람에게서, 잘도 그런 대작이 탄생했구나.

나중에 도쿠나가 스나오가 다테노의 집에서 다키지와 처음으로 만났을 때에도 같은 느낌을 받고는 "당신 가짜 아냐?"라고 물었다고 한다. 「고바야시 다키지에 대해」(『료쿠큐』 42호)라는 글에서는 다테노가 다키지를 얼마나 경애하게 되었는지 인상 깊게 이야기하고 있는데, 다키지가 오타루와 가족들에 대해 맹렬히 이야기하던 모습까지도 '도쿄의 작가'(다키지의 표현)들은 이상하게 생각했었다고 이야기한다.

구라하라 고레히토가 시켜서 『1928년 3월 15일』의 '단정한, 한 글자도 지우지 않은 원고'에 검열·삭제·편집을 '난폭하게' 실시한 사람은 바로 이 다테노 노부유키였다(『청춘 이야기·그 시대와 인간상』).

오타루에서 다른 이들로부터 '애어른'이라는 소리를 듣던 특징이, 도쿄에서는 '시골 놈'이라 불리게 만들었던 것이다.

옥중서간의 주제, 독서

그러나 '시골 놈' 취급을 하든 말든, 다키지는 그런 것에 신경 쓰고 있을 시간이 없었다. 강연여행 중 체포되며 시작된 수감 생활이 그를 기다리고 있었던 것이다. 1930년 5월 23일 오사카에서 붙들려 보름 동안 시마노우치 서에 유치된 후 처음으로 고문을 당한다. 죽도로 얻어맞고 엎어치기를 당했으며 '무언가 과학적 취조법'도 당한다(1930년 6월 9일, 사이토 지로에게 보낸 서간에서). 이때 공산당원에게 자금 원조를 했다는 이유로 붙잡힌 작가나 학자들은 서른여섯 명에 달한다(데즈카). 다키지는 도쿄로 돌아온 후 6월 24일에 검거되어 경시청 경찰서에서 '더 매서운', '출소한 후에 안면근육 일부가 경직'될 정도의 취조를 받는다.[66] 7월에는 『센키』 발행인인 야마다 세이자부로와 함께 불경죄로 기소된다. 『게잡이 공선』에 조공으로 바치는 게살 캔에다가 '돌멩이라도 넣어 놔'라는 천황의 존엄을 모독하는 표현이 들어갔다는 이유 때문이었다. 8월에는 치안유지법 위반으로 추가 기소되어 도요타마 형무소에 보내진다.

다키지가 보석으로 도요타마에서 나온 것은 이듬해인 1931년 1월 22일의 일이었다. 그다음 해인 1932년 봄부터는 탄압이 더 광범위해져 실질적인 지하생활에 돌입한다. 살해당한 것은 그로부터 10개월 후이므로, 다키지가 오타루에서 도쿄로 옮겨온 후 자유롭게 돌아다닌 것은 1년 반도 되지 않는다는 이야기가 된다.

지금까지도 종종 다키지의 서간에 대해 언급하였으나 자료로서의 가치는 물론이거니와 그 무엇보다도 읽을 가치가 있는 요소는 그 독특한, 상대에게 열정을 다해 이야기하고 있는 부분일 것이다. 『게잡이 공선』만을 알고 있는 독자들이 그의 서간들을 읽는다면 다키지의 인간미를 볼 수 있을 것이다.[67] 그중에서도 옥중 서간은 각별하다. 일상의 시공으로부터 격리된 이러한 체험은, 다키지의 생애에서 특필할 만한 것이었다. 그때까지 이 정도로 '느긋한' 시간을 보낸 적이 없었다. 앞으로도 다시는 없을 것이다. 외롭기도 하고 창작 활동도 금지되어 있으므로 초조함을 느낄 때도 있었다. 그러나 대체로 정말 힘차게, 시간을 유용히 사용했다는 것을 알 수 있다. 물론 가족을 부양해야 한다는 데에서 해방된 것은 아니며, 상경한 동생 산고의 바이올린 지도자를 찾아준다든지 다키의 정황에도 세세하게 신경을 쓰고 있었다. 그런 일들은 그림 공부를 위해 상경한 사이토 지로가 힘을 써주었기에 그에게 보낸 옥중 서간이 가장 많다. 가족들이나 다키를 잘 부탁한다는 말과 동시에(이것이 얼마나 다키지다운가) 회화계 경향 등을 이야기하며 질타와 격려를 반복했다.

상대가 누구든 그는 정성을 들였고 봉함엽서에 작은 글씨를 채워 넣었다. 편지를 보내 달라 조르는 일도 잊지 않았다. 다나베 고이치로에게는 이렇게 요구한다. '네가 차를 마시는 5분 동안, 혹은 누군가와 대중화 문제에 대해 이야기하는 10분 동안 단 한 장이라도 엽서를 써준다면 그걸로 충분해. 네가 5분 동안 쓴 걸, 나는 여기서 일주일 동안 계속 읽는다는 걸 알아주면 좋겠어.' (1930년 11월 4일)

편지의 주제는 뭐니 뭐니 해도 독서였다. 푸시킨, 발자크, 디킨즈의 작품들과 만난다. 형무소에 디킨즈의 대역본이 들어왔는데, 8년 동안 영어 공부를 하며 번역을 했었던 다키지는 매일 두 시간씩을 원문을 읽는 데에 할애한다. 그가 새로이 '발견'한 작가는 자신의 작품에 결여되어 있던 부분을 깨닫게 해줄 뿐 아니라, 운동을 생각할 때에도 반성의 씨앗이 되어준다며 편지에다 열정적으로 설명한다. 푸시킨과 세르게이 예세닌은 시라는 것은 무엇인가를 다시 한번 생각하게 하고 기쁘게 해 주었다. 가끔 프롤레타리아 시를 읽어온 자신은 '그 과장된 언어나 한껏 으스대는 모습들은 언제나 잘 모르겠단 느낌이었다.'라고 했다. 게다가 평소에 거의 사용하지 않는 말들만 늘어놓는 것이 문제라고 했다. 푸시

킨도 예세닌도 프롤레타리아 작가는 아니지만

> 여기서는 그런 거만을 떠는 사람의 시라는 것이, 소학교의 짧은 문장처럼 명료하게 적혀있는데 …… 나는 어리석게도 이것은 시가 맞는가 하고 생각했을 정도였다. 예세닌의 작품을 읽으니 간결하고 명료하며 수사법도 없고 '마음에 스며드는' 것과 같이 적혀 있었다.

'수다쟁이' 푸시킨도 거만을 떨지 않았다. '노란 분이나 파란 분으로 꾸미면 시가 아니라고 생각한다. 또 국어사전이나 옥편의 가장 구석에 있을 법한 글자를 나열하지 않으면 프롤레타리아의 비분강개한 시가 되지 않는다.'라던 사람들에게 읽히고 싶어 한다. 이것은 나카노 시게하루의 부인 하라 마사노(하라 이즈미)에게 보낸 편지(1930년 12월 6일)에서 말한 것인데 꽤나 인상적이었던 듯 다른 사람에게 보낸 편지에서도 이야기했다.

대중 종합지 『킹』을 처음으로 집어 들고는 '대중화'를 주창하는 운동이 이것을 중요한, 이른바 필수 교재로 사용하지 않았다는 것을 깨닫는다. 『킹』은 다키지에게 '적'을 알게 해 주었을 뿐 아니라 옥중에서 생활하는 그를 정말 즐겁게 해 주었다. 무엇보다 12월 4, 5일쯤에는 신년호를 받아볼 수 있었는데 그 신년호는 시간이 '빨리 지나가게' 해 주었다. 다키지는 야마다 세이자부로에게 '외부'에 있으니 『킹』 따위 보지 않겠지라고 하면서 책 앞부분에 실린 사쿠마 쇼잔의 말이나 육군대신인 우가키 가즈시게가 인용한 사이고 다카모리의 말을 일부러 옮겨 적었다. 특히 사이고 다카모리 말에 대한 다키지의 반응이 흥미롭다.

> 목숨도 필요 없고, 이름도 필요 없고, 벼슬도 돈도 필요 없는 사람은 처치곤란한 사람이다. 처치곤란한 사람이 아니라면 가시밭길을 함께 걷고 국가의 대사를 이룰 수 없다.

다키지는 '처치곤란한 사람이 아니라면'이라는 부분에 통감한다. 그는 "과도기를 지내는 뛰어난 사람은 언제나 진실을 말하고 있다. 우리들은 아직 그럴 수 없으니 아쉽다."고 했다(1930년 12월 23일).

물론 재발견한 것도 있다. 가장 큰 예시는 체호프이다. 동지 가지 와타루에게 '〈완전히〉 2개월' 동안 체호프를 손에서 놓아서는 안된다고 말한다. 상대가 이미 '체호프 정도'는 읽고 있다 답을 보내올 일을, 또 체호프의 '달달하고 슬픈 느낌'이 '믿음직스럽지 못한 지식계급의 더할 나위 없이 편안하고 섬세한 도피처 혹은 자기위안'이기까지 하다는 점을 가지가 잘 알고 있을 거라는 것도 예상했으면서 '그럼에도 불구하고 그것이 체호프의 뛰어난 정서를 통해 표현되었을 때, 우리는 거기서 엄청난 감동을 느낀다.'라고 하며 가지의 작품에는 그러한 체호프적 요소가 결여되어 있다고 '집요하게' 말한 것이다(1930년 10월 22일).

옥중 서간을 통해서는 가장 느긋한 다키지의 모습을 볼 수 있다. 그중에서도 특히 세 명의 여성에게 보낸 편지에 그런 모습이 잘 드러나 있다. 앞서 말한 나카노 시게하루의 부인 하라 마사노, 여동생인 나카노 스즈코 그리고 무라야마 도모요시의 부인인 가즈코였다. 각각 운동과 연관이 있는 사람들이었고, 도모요시와 시게하루 역시 같은 시기에 도요타마에 수감되어 있었으므로 다키지에게 물건을 가져다 줄 수도 있었고 면회를 오기에도 편했으리라 쉽게 상상할 수 있다. 그녀들은 외부 세계에서 지내며 바쁜 상황이었으므로, 그에게 얼마만큼 답장을 보냈을지는 모르는 일이다. 원래부터 사람을 잘 따르던 다키지지만, 알고 지낸 지 얼마 되지 않은 그녀들의 마음을 어떻게 그렇게까지 열 수 있었던 것일까.

화제는 독서에서부터 고향에 대한 생각, 가족 이야기 등 다양했다. 내용 자체는 남성들에게 보낸 편지와 큰 차이가 없었으나 말투가 달랐다. 특히 스즈코와 가즈코에게 보낸 편지에는 부드러운 기운이 감돌고 있다. 생각해 보건데 형무소 벽에 의해 가로막혀 그 어떤 경제적 책임도 없이 지적인 주제에서 감상적 기분까지 자유자재로 표현할 수 있는, 게다가 자신을 신경 써주고 있는 세 명과의 대화는 다키지가 경험해 본 것 중 가장 행복한 일이자 또한 가장 즐거운 여성들과의 만남이었을지도 모른다. 나이와 관계없이 '누나'에게 어리광을 부린 것이라 볼 수 있지 않을까(숫자로는 다키에게 보낸 편지가 훨씬 많다. 그의 의식 속에서 그녀가 열어진 것은 결코 아니었다). 마사노와 스즈코에게는 시게하루의 작품에 대해 솔직하게 이야기한 적도 있었다. 마사노에게는 '헤겔이라는 녀석, 어쨌든 대단한 놈이야.'라고 했을 정도로 '열심히' 책을 읽고 즐거워 하는 자신을 보여 주기도 했다(1930년 10월 20일).

그가 가장 마음을 터놓은 상대가 구라하라 고레히토의 임명으로 『소년센키』 편집자 자리를 맡기도 했던 독창적인 아동문학자 무라야마 가즈코였을까. 누나 지마가 어머니에게 다키지의 수감 사실을 이야기했다는 편지를 받자마자, 다키지는 가즈코에게 "당신은 '곤부마키(청어 등을 다시마로 말아 익힌 요리)'를 알고 있습니까."하고 묻는다. 어머니도 누나도 힘들겠지만 자신 역시 그녀들로 인해 곤부마키처럼 둘둘 말려 숨을 쉴 수가 없다고 호소한다(1930년 10월 7일). 11월이 되자 어머니로부터 '매우 두텁고 폭도 넓고 까슬까슬한 이불'을 받았는데, 잡역이 '이런 불효자한테도…… 이런 두꺼운 이불을 보내주는 건가.'라는 소릴 했다는 이야기를 가즈코에게 전한다. 그 이불은 무거워서 자다 뒤척이는 것도 어려웠다. 그것이 '무엇의 무게'인가에 대해 생각하고 있다는 말이 있는데, 이것은 그 유명한 '겨울이 가까워지면 나는 그 그리운 땅에 대해 생각하며…….'의 바로 뒤에 붙는 문장이다(1930년 11월 11일). 어머니의 사랑은 무거운 것인지 모르나, 독방의 창을 통해 같은 별과 달을 보며 어머니와 이어질 수 있다 생각한 것도 다키지였다. 옥중에 있는 상황이었기에 앞으로 더욱더 운동에 힘을 쓰겠다는 자각과 끊어낼 수 없는 가족과의 인연에 대해 이야기할 여유가 있었을 것이다. 그리고 거듭해서, 반복적으로 가족과 운동과 모든 것을 다 포함하는 냉엄한 '북쪽 땅(홋카이도)'에 대한 애착까지. 가즈코에게는 그 모든 것들을 고백할 수 있었다(가즈코는 훨씬 훗날까지도 다키지를 돕는다. 지하생활에 들어갔을 때의 마지막 거처는 그녀가 소개한 곳이었다).

보석으로 나온 다키지가 다키에게 결혼을 거절당했다는 이야기는 앞서 나온 대로다. 1930년 말 양아버지가 사망하자 그녀의 부담은 결정적으로 가중되었다. 다키지의 옥중 생활을 보살피는 일에 대해서도 마사노나 스즈코, 가즈코처럼 익숙하지 못한데다가 환경도 다른 다키에게 그것이 얼마나 곤란하며 괴로운 일이었을까. 이렇게 보면 그녀가 다키지와의 결혼을 포기한 것도 이해가 간다.

나나사와 온천의 후쿠모토 여관에서

보석 후, 다키지는 재빠르게 『조직책』 집필에 돌입하였다. 노트 원고를 완성한 3월 초순부터는 가나가와현 산 속에 있는 나나사와 온천에 머물며 원고를 완성했다. 전편인 『공장세포』 역시 맛카리누프리(요테이산)의 산기슭에 있는 곤부 온천에서 집필한 것으로 쌍을 이루는 공장 작품들이, 다키지에게는 전혀 예외적인 온천 체류의 산물이라는 것은 기묘한 일이다. 다키지가 나나사와의 어떤 온천에서 한 달 가까이 지냈는지는 그로부터 69년이 흐른 2000년 3월에 밝혀졌다.

이 발견은 다키지의 생애만이 아니라 사후 모습에도 빛을 비추는 것이었다. '후쿠모토 관'을 알아낸 것은 일본민주주의문학회(당시 '일본민주주의문학동맹') 토요 강좌에서 마쓰자와 신스케의 프롤레타리아 문학 강좌를 듣던 가키자키 스미코 씨였다. 이 수업에서 사와치 히사에의 「고바야시 다키지를 향한 사랑」(1981년, 『완본 쇼와사의 여자』 수록)에 다키지가 나나사와 온천에서 『조직책』을 썼을 때, 파트너였던 이토 후지코에게 러브레터를 보냈다는 이야기가 적혀있는 것을 알게 되었다. 가키자키 씨는 나나사와 온천이 집에서 아주 가까웠으므로 철저하게 조사를 하기로 결심한다. 우선은 아쓰기시 관광협회에 문의를 해 보았으나 "고바야시 다키지가 누구입니까."라고 질문이 되돌아오는 경우가 대부분이었다(이후 다키지의 연고지라며 얼마나 많은 관광객이 모여들었는지를 생각해 보면 재미난 일이다). 여기서 가키자키 씨는 오래된 곳부터 순서대로 여관들에 전화를 걸어 보기로 한다. 그리고 두 번째로 전화를 걸었던 후쿠모토 관에서 답을 얻었다.

그토록 꽁꽁 숨겨져 왔던 비밀이 어떻게 그때 그렇게 밝혀졌던 것일까. 전화를 받고 곧장 '그건 우리 여관입니다.'라고 말했던 것은 젊은 여주인 고네무라 하루요 씨였다. 하루요 씨는 곧 여주인인 기요코 씨에게 수화기를 전달했다. 가키자키 씨가 정리한 「나나사와 온천과 고바야시 다키지―〈다키지와 지금〉 강연으로부터, 오사카시중앙공회당 2003년 8월 30일」[68]에서 자세히 전하고 있는데, 전화 타이밍이 절묘했던 듯하다. 막 장례를 치른 후였는데, 다키지가 후쿠모토 관에서 지내던 때 여학교를 졸업하고 집에 돌아와 있던 고네무라 하쓰코 씨(고인)가 다키지가 목욕 중에 부르던 노래를 기억해 내고 89세 고령의 나이에도 노래를 불렀던 일도 있었고, 다키지를 맡았던 비밀에 대해서도 마음을 쓰고 있었다. 그가 지내던 별채는 1919년에 신사 등을 짓던 목수가 지은 것으로, 그야말로 못 하나 박히지 않은 건물이었다. 게다가 꽤 낡은 상태였다. 장례 후, 젊은 여주인이 슬슬 그 건물을 철거한 후 다시 지으면 어떨까 하고 이야기를 꺼냈다. 그러자 여주인 기요코 씨가 선대 고네무라 야에 씨에게서 들은 다키지의 이야기를 하며, 철거는 할 수 없다고 설명한다. 젊은 여주인 하루요 씨는 그렇다면 누군가가 이 일에 대해 물어보러 오겠거니 하고 생각했지만, 여주인은 반신반의의 상태였다(2004년 12월 9일, 2005년 4월 11일 인터뷰). 그때 가키자키에게 전화가 온 것이니 둘 다 어느 정도 예상은 했던 일일 것이다. 가키자키 씨는 자신이 '직함도 없는' 여성이었기에, 이야기가 더 잘 진행되었던 것 같다고 했다(2004년 12월 9일, 인터뷰).

누가 다키지를 위해 후쿠모토 관에 이야기를 해두고 숙박비를 내주었는지에 대해서는 후보는 몇 있지만 확실히 밝혀진 바는 없다. 섬세한 주의를 필요로 하는 손님이라는 것은 2대 여주인이던 야에 씨(당시 57세), 아들이자 여관 주인인 겐지 씨(39세), 부인 후쿠 씨(41세)는 잘 알고 있는 상태였으며 그들은 용기 있는 결단을 했다. 여 종업원 한 명을 붙여 식사와 편지를 전달하도록 하였다. 다키지는 목욕 시간 외에는 별채에서 나오는 일이 없었다. 안채와 이어진 초인종이나 비단으로 된 고급 실내복도 보존되어 있었다. 종업원 우메 씨가 다키지에게 유카타를 입혀주다가 고문 때 입은 엄청난 상흔(앞서 서술하였던 『도쿄 아사히』의 호외 기사에 나왔던 경시청 경찰서 취조의 결과일 것이다.)이 있었다고 야에 씨에게 말한다. 그러자 석산(石蒜)과 계란 노른자, 식초, 밀가루를 섞어 바르도록 하였다.

책상은 툇마루에 놓여 있었다. 지금도 아름답게 피어 있는 매화 고목이 있는데, 절벽 위 별채의 툇마루에 앉아 원고를 쓰다가 아래에서 특별고등경찰처럼 보이는 수상쩍은 사람이 올라오는 게 보이면 쓰던 것들은 변소에다 버리고 뒷산으로 도망갈 수 있었다. 기요코 씨는 지역 경찰이 오면 야에 씨가 '손님이라니 있을 리가 없지. 차 한 잔 마시고 가시구려.'라며 내쫓았다고 얘기한다. 가키자키 씨는 이 지역이 메이지 시대에 자유민권운동이 활발했었고, 뒤편의 다마가와 관을 운영하던 증조부는 활동가였던 것을 생각해 보면 후쿠모토 관과 직접적인 관계는 없다 하더라도 이러한 배경들이 다키지를 받아들인 요인 중 하나가 되지 않았겠냐고 추측한다.

어쨌든 다키지는 이렇게 이름이 알려지지 않은 보통 사람들의 힘을 빌려 몸을 숨기고 작품을 완성시킬 수 있었다. 그 외에도 알려지지 않은 사연들이 분명 더 있을 것이다. 후쿠모토 관과 다키지의 역사가 보도된 후부터, 다키지에게 관심을 가지고 있던 사람들이 많이 방문하였다. 또한 여관 관계자도 연극 『고바야시 다키지—이른 봄의 시』(작자 쓰가미 다다시, 연출 핫타 미쓰호, 1972년) 무대를 찾는다든지 영화 『시대를 쏴라, 다키지』(감독 이케다 히로오, 2005년) 상영회에 참가하거나 오타루를 방문하는 등 풍부한 교류를 이어 갔다. 별채 또한 소중하게 보존되었다. 여주인 기요코 씨는 야에 씨에게 다키지가 모란병(보타모치)을 좋아했다는 이야기를 들었던 것을 떠올리고는, 방문한 사람들에게 직접 만든 보타모치를 대접하여 좋은 반응을 얻어왔다. '젊은 나이에 학살당한 다키지 씨를 공양하는 일'을 '삶의 보람'으로 여기고 있다고 했다.[69]

다키지가 후쿠모토 관에서 지내던 시절, 당시 젊었던 고네무라 하쓰코 씨가 매일같이 들으며 평생 잊지 못하던 노래의 가사는 다음과 같다.

> 꺾지 않고 내버려 두고 왔다/ 산그늘에 피어 있던 백합/ 다른 사람은 보자마자 손을 대겠지/ 바람에 흔들리면 이슬이 떨어지겠지/ 꺾어올 것을 그랬네, 너무 배려만 했네

원곡은 브람스의 가곡 「일요일」인데, 일본어 가사로도 꽤 유행했던 듯하다. 다키와의 결혼을 포기한 직후이기도 했기에 노래를 좋아하던 다키지가 언제나 목욕 중에 불렀다는 이야기는 납득할 만 하다.

신문소설 『야스코』

'더 없이 유쾌한 사람'

옥중 독서체험을 통해 다키지는 운동이 배출한 문학에 대해 불만을 가지게 되었고, 자신의 문학에 대해서도 "결국 '작문문학' 일 뿐이었다."고까지 말하였다.[70] 다키지는 열심히 새로운 방향을 모색한다. 8월에는 최초이자 마지막이라고도 할 수 있는 신문연재소설 『신여성의 기질』을 쓰게 되었는데, 이것에 대해 언급하기 전에 전후 배경에 대해 조금 더 살펴보도록 하자.

우선 이 시절의 다키지는 창작 외에도 평론이나 감상문을 몇 번이나 발표했었다. 제목을 몇 개 열거해 보자면 「우리 방침서」 「문예시평」「벽소설과 '짧은' 단편소설」「계급으로서의 농민과 프롤레타리아 아트」「〈문예전선〉의 타도에 대해서」「읽히고 싶은 책과 읽고 싶은 책」「'조용한 두목'의 교훈」「홋카이도 동지들에게 보내는 편지」「공산당 공판 방청기」「우리들의 '프로 전시회'를 보다」「코스의 변천」 등이 있다. 주로 운동의 격렬한 움직임을 반영한 작품들이다.

3·15와 4·16 탄압에 의해 거의 괴멸 상태였던 공산당과 전협(일

본노동조합전국협의회의)은 지하조직을 재건하는 것이 큰 과제였다. 그 외에도 해외로부터 제기된 문제들에 대해서도 대응해야 했다. 1930년 8월 프로핀테른 제5회 대회라든지 11월 제2회 국제혁명작가회의(하리코프 회의) 등의 결의를 반영하여 새로운 대중화정책으로서의 문화 운동을 공장과 농촌에 침투시키기 위한 준비를 시작하게 된다. 또한 농촌과 공장에 서클을 만드는 데에도 큰 힘을 쏟았다. 탄압하에서 합법활동을 계속 이어가려 하던 작가동맹의 임무는, 더욱더 냉혹한 현실과 마주할 뿐이었다.

1929년 전일본무산자예술단체협의회(나프) 조직 개편 시, 일본프롤레타리아작가동맹(나르프)과 일본프롤레타리아연극동맹(프로토), 일본프롤레타리아음악가동맹(P-M), 일본프롤레타리아영화동맹(프로키노), 일본프롤레타리아미술가동맹(야프)이 가맹단체로 조직되었다. 1931년 11월에는 나프가 일본프롤레타리아문화동맹(코프)의 조직 개편에 합류하여 앞서 나온 동맹단체들 외에도 일본프롤레타리아사진가동맹(프로포토)과 일본프롤레타리아에스페란티스트동맹, 프롤레타리아과학연구소, 신흥교육연구소, 무산자산아제한동맹, 프롤레타리아도서관, 일본전투적무신론자동맹 등이 가맹단체로서 조직되거나 혹은 대표가 준비회를 출범시키게 되었다. 각각 서클을 조직하였고 신문도 발행한다.

그러나 9월에 만주 침략이 시작된 이래로 반전·무산운동에 가해지는 탄압은 강화될 뿐이었다. 이들의 새로운 시도가 얼마나 힘겨운 투쟁이었는지 쉽게 상상할 수 있으나 이 시기에 이만큼의 활동을 일으켰다는 것은 상상하기 어렵다. 각각의 방침을 매일 실행으로 옮기고자 했던 사람들은 어떤 생활을 보냈을까.

만약 여기서 덧없다는 생각만 든다면 그것은 이 직후에 찾아올 비참한 역사를 알고 있기 때문이다. 그뿐만이 아니라 '무엇을 해도 시작되지 않는' 시대를 오래 살아왔기 때문이다. 실제로 각각의 운동에 관여하였던 사람들은 활동하는 것 자체에서 느낄 수 있는 보람, 동료와 결의를 공유하며 얻는 희망을 느끼고 있었을 것이다.

예를 들어 프롤레타리아 작가 마쓰다 도키코(고인)는 다키지 사후 70년이 흐른 후에도 1931년에 쓰키지 소극장에서 개최되었던 작가동맹 대회를 이렇게 회상하고 있다. 다키지를 포함하여 남성들은 대부분 넥타이를 매고 '평범한 직장인 차림새'로 왔었지만 여성들은 아직도 기모노를 입고 오는 경우가 많았다.

> 히라바야시 에이코 씨나 나처럼 아이가 있는 동맹원들은 아이를 업고 와서는 대회 중에는 기모노 무릎 위에 앉히고 앞사람과 자리를 함께 쓰며 참가했다. 직장을 가진 부인 동맹원들(버스나 시영전차 여성차장)은 유니폼 그대로 왔었던 것 같지만.

마쓰다는 그 당시 장검을 든 쓰키지 경찰서의 감시역손이 그 자리에서 갑자기 다키지를 검속해 가지 않을까 걱정했던 것도 기억했다. 어떤 안건을 이야기했었는지는 기억나지 않지만, 불안했던 기분과 대회의 분위기, 다키지의 모습은 확실히 기억하고 있다고 했다.

이 대회가 얼마나 활기로 가득 차 있었던지, 다키지가 '연설 중'일 때에도 우리 참가자들이 얼마나 자주 그의 타고난 유머에 웃음을 터뜨렸었던지, 또 그러다가도 갑자기 조용해져서는 귀를 기울이고 얼마나 열심히 이야기를 들었었던지.

회상 당시 97세였던 마쓰다는 다키지의 유머에 대해 언급하며, 대회와는 관계가 없는 이야기라 단언한 후 도쿠나가 스나오에게 들은 이야기를 전해주었다. 다키지와 처음 만난 자리에서 '당신 가짜 아냐?'라고 물었던, 인쇄공·문선공이었던 도쿠나가의 걸작 『태양이 없는 마을』은 『게잡이 공선』과 같은 해인 1929년에 『센키』를 통해 발표되었다.

그 고바야시라는 사람 말이에요. 대단한 작가였다는 건 당연한 이야기고 더없이 유쾌한 남자지요, 마쓰다 씨. 사실은 인쇄공 시절에 사이가 좋았던 친구들을 모아서 우리 집에서 하루 쉬었던 적이 있는데요, 그는 정말로 만담을 잘해서 왔던 사람들이 밤새 눈물을 흘릴 만큼 웃으며 아침을 맞이했습니다. 술은 조금밖에 들어가지 않았는데 그 젊음으로, 그 고바야시라는 남자요. 정말 어디 견줄 데가 없는 천재일지도 몰라요.[71)]

상경하여 계속해서 작가동맹에서 일을 맡게 되었어도, 아무리 정세가 어려운 상황이었다 하더라도 다키지는 남들을 웃음으로 해방시키는 무언가를 가지고 있었던 듯하다. 동시에 마쓰다가 말한 '활기'란 혼자서 만들어 낼 수 있는 것도 아니었다.

다키지는 1931년 10월 드디어 입당을 하여, 작가동맹의 당 그룹에 참가하게 되었다. 이미 몇 가지 합법 활동의 책임을 맡고 있었기에, 사실 이전에 비해 많이 바빠지진 않았다. 그러나 데즈카 히데타카에 의하면 상경한 후부터 양복은 거의 입지 않았던 다키지는 반드시 옷 주머니에다가 노트를 넣어서 다녔다고 한다. 회의 사이사이라든지 사람을 기다리는 사이에 노트에 원고를 썼고, 매일 원고용 종이 두 장을 잊지 않고 채웠다고 한다. 척식은행에 다니던 시절부터 쌓아 온 훈련을 잘 활용하고 있던 것이다. 화가이자 미술가동맹이던 스야마 게이이치는 그가 "요즘 너무 바빠서 그런지 나도 모르게 바쁜 게 재미있다고 느껴."라고 했었다는 이야기를 전한다.[72] 나라에서 지내던 시가 나오야를 방문했던 것도 이 시기였다.

당시에는 스기나미구 마바시에 빌린 집에서 지냈다. 7월에는 오타루에 있던 어머니를 데려왔고, 나중엔 사이토 지로에게 부탁했던 동생 산고까지 합류하여 세 사람이 함께 살았다. 다다미 8장, 6장 그리고 3장 넓이의 방이 있는 단층집으로 앞에 공터가 있었다. 데즈카는 다키지의 어머니 세키가 거기에다 야채를 심으며, 다키지가 좋아하는 화초 모종도 심었다고 이야기한다. 어수선한 도쿄 생활의 여유가 되었을 것이다.

모든 과제를 가져오다

연재소설의 이야기로 돌아와 보자. 이 작품의 제목이 언제 『야스코』로 바뀌게 되었는지는 알려지지 않았으나 『신여성의 기질』은 1931년 8월 23일부터 10월 31일까지 69회에 걸쳐 『미야코신문』(1942년에 『국민신문』과 합병되어 『도쿄신문』이 되었다.)에 연재되었다. 나카가와 시게미는 「다키지·여성·노동—『야스코』와 대중 미디어」[73]에서 이 작품과 삽화, 게재지에 대한 시사적인 고찰을 펼쳤다. 이에 따르면 『미야코신문』은 1면에 문예란을 두고 있었으며 다른 신문에 비해 새로운 저자와 저명한 서양화가들을 기용하였고, 독자층은 도시 중산계급이었다고 한다.

이 문예란을 이끌던 사람은 가미이즈미 히데노부로, 그가 다키지에게 연재를 의뢰했던 것이었다. 그러자 다키지는 삽화는 프롤레타리아미술가동맹에 가입되어 있던 화가 오오쓰키 겐지에게 맡기자고 추천했다. 다키지가 청립 오타루 상업학교에 다니던 시절, 겐지는 오타루 중학교의 학생이었다. 그 시절부터 그림을 통한 교류가 있었다. 청립 오타루 상업학교와 오타루 중학교의 인연이니, 이토 세이와 마찬가지로 언덕길에서 마주치곤 했을 것이다. 그런데 재미난 것은 다키지를 묘사할 때에 세이는 반드시 언덕을 올라오는 모습을 언급하고, 겐지는 내려가는 모습을 회상한다는 점이다.[74] 겐지는 가미이즈미를 설득하기 위해 『센키』에 들어간 삽화와 『도쿄 팩』에 보냈던 만화를 지참하였고 '좋다'는 승낙을 받게 되었다.

다키지와 겐지는 사전 회의를 자주 했지만, 운동도 탄압도 격렬해지는 상황 속에서는 다음 달 줄거리만 듣고 그림을 그려야 할 때가 많았다. 다키지가 강연에서 검속되었을 때, 신문사가 경찰서로 차를 돌려 그의 신병을 인수받아 회사 응접실에서 기다리던 겐지에게 데려다 주었던 일도 있었다. 또 겐지가 미술가동맹 도쿄지부총회에서 총검속된 것을 알고 간발의 차로 피하는 등 신문사도 조마조마했을 것이라고 겐지는 회상한다. 가장 기념해야 할 부분은 이 연재소설이 검열도, 삭제도 당하지 않고 전쟁 전에 독자들에게 읽혔다는 것이다. 이렇게 실린 작품은 다키지의 프롤레타리아 소설들 중 처음이자 마지막이었다.

『야스코』(『신여성의 기질』 쪽이 훨씬 더 잘 어울리지만 편의상 『야스코』라고 한다.)의 이야기는 삿포로 법원의 대기실에서부터 시작된다. 이시카리 평야의 이소다무라에서 온 오케이와 어머니 오카네가 오빠 다구치 산고의 공판을 기다리고 있다. 산고는 지주의 아들에게 달려든 혐의를 받고 있다. '요시미네의 겐짱' 과는 어린 시절부터 친구였으며 어른이 된 후에도 마을의 모범청년으로서 함께 행동을 해 왔다. 이웃마을 쓰키가타무라에서 소작쟁의가 일어났을 때에도 청년단 선두에 서서 '건전한 사상의 입장' 을 취하며 쟁의가 빨리 끝나도록(소작인들이 쟁의를 멈추도록) 분주히 행동했었다. 그러다가 내내 좋아하던 기요를 요시미네에게 빼앗겼다고 느낀 순간, 산고는 요시미네를 공격한다.

산고의 순간적인 행위(물론 순간적인 것으로 보이는 행위지만)는 『다키코 그 외』의 다키코나 『방설림』의 겐키치의 방화 행위를 떠올리게 한다. 산고는 겐키치와 『부재지주』의 겐의 계보를 잇고 있다. 그리고 누나를 연모하는 「동지 다구치」 속에서 정치·사상범이 된 다구치와도 대비적으로 연결되어 있다. 애초에 다구치와 누나의 관계는 『방설림』의 겐키치와 임신을 하여 삿포로로 돌아온 후 목을 맸던 오요시, 『부재지주』의 겐과 오키누의 관계의 변형은 아니었을까. '모범청년'에서 조합원으로 변신하려는 겐에게 응원을 보내며 죽은 오키누의 여동생은 『공장세포』나 『조직책』의 오키미로 성장할 수 있었다. 생각해 보면 오키미의 격려를 받고 공장회의의 많은 이들 앞에서 연설을 했던 오요시는, 죽은 오요시나 오키누, 『히가시굿찬행』의 미즈사와 노인의 딸, 나아가 다키코의 가능성까지도 보여 주고 있는 것처럼 보인다. 그리고 『야스코』에서는 산고의 여동생들인 오케이와 야스코가 이러한 여성들의 문제를 이어받고 있는 것이다.

이렇게 작품들이 서로 이어지는 부분이 복잡하게 느껴지지만 다키지는 그때까지 다루어 온 작품들의 과제를 모두 이 작품 속으로 가져와 재편성을 하고 심화시켰다. 오오쓰키 겐지가 언급했던 작품 연재 당시의 정황을 생각하면, 정말 어떻게 이렇게까지 집중을 할 수 있었나 싶다. 여기에서 나오는 과제들은 크게 농촌과 도시, 연애와 성과 생활, 활동과 가족 등이다. 중요한 것은 각 항목 간의 관계이며, 그보다도 더 중요한 것은 그 관계들이 구체적인 인간을 통해 독자 자신의 과제로 표출되고 있는 부분이다. 개별적으로 검토를 해 보자.

사법주임의 질문

우선 산고의 사건에 대해 살펴보자. 『방설림』의 겐키치와 『부재지주』의 겐은 자신들이 좋아하던 오요시와 오키누가 마을을 떠나 도시로 가서 부유한 남성의 노리개가 되었던 일을 그녀들의 허물로 해석한다(젊은 다키지 역시 다키에 대해 뿌리 깊은 가부장적 정조 관념을 가지고 고민했던 일을 생각해 보자). 여성들이 죽은 후에야 처음으로 그녀들이 겪은 괴로움과 자신들이 벌이고 있는 지주와의 투쟁을 동일선상에서 생각하게 된다. 산고의 경우는 다른 요소가 더 많이 등장해 이것을 쉽게 자각하지 못한다. '건전한 사상'의 소유자인 산고는 연인 문제를 운운하기 전에, 여동생 야스코에게는 아주 짜증나는 존재였다. 학교에서 1등을 할 정도로 영리했던 야스코는 상급 학교로 진학하지 못했다. 야스코 대신 상급 학교에 진학한 사람은 공부는 그다지 잘하지도 못하면서 『수험공부법』 같은 책을 과시하고 다니는 지주의 딸이었다. 쓰키가타무라 쟁의에서 지주의 집 앞에 '인분'이 뿌려진 것을 알게 된 야스코는, 자신이 인분을 들고 얄미운 친구들에게 인분을 던지는 꿈을 꾼다. 쟁의 덕에 지주들이 괴로워하는 모습을 보는 것으로 그나마 복수를 했다고 느꼈는데, 오빠는 쟁의를 빨리 끝내려 애쓰고 있으니 미운 것을 넘어서 경멸할 만도 하다.

그런 산고는 취조 중 사법주임에게 요시미네를 칼로 벤 것은 여자를 빼앗긴 것 말고도 지주에 대한 증오가 있었기 때문은 아니냐는 질문을 받는다. 그 말은 그에게 청천벽력처럼 다가왔다. '시간을 아무리 들여도 풀리지 않던 산술식'을 그 한 마디가 풀어주었다. 예전에 마을의 한 여자아이에게 '연애에는 사치와도 같은 여유'가 필요하다는 말을 들었는데 그 말이 맞았다. 밭일과 일용직 노동, 겨울에는 나무를 베어 와야 하고 봄에는 오타루의 청어잡이 현장으로 일을 하러 가야 했다. 그런 산고에게 여유 같은 것이 있을 리가 없었다. 가끔 기요를 만나기는 했어도 언제나 미래 걱정만 하던 그녀는 산고가 '어떤 행동을 보이든 결코 과도하게 달라붙거나 하지는 않았다.' 어째서 자신들의 '연애'는 소설이나 가끔 본 적 있는 활동사진(영화)처럼 즐겁지 않았던 걸까, 산고는 사법주임의 질문을 통해 그제야 그 이유를 깨닫는다. 그리고 여유가 없었기에 야스코가 상급학교로 진학하지 못했다는 것도 알게 된다. 그럼에도 산고는 소작료 경감을 요청하려는 생각은 해 보지도 않았던 것이다.

지금까지 다키지 작품 속에서 여성들이 가족의 생계를 위해 어쩔 수 없이 매춘을 하게 되는 구도를 많이 보아 왔는데 『야스코』에도 확실하게 등장한다. 산고가 주재소에서 조사를 받고 있을 때, 오케이는 '풋내기 매춘부'가 끌려온 것을 목격한다. '산 위에 사는 요시짱'이라는 그 아이는, 아버지가 쓰키가타무라 쟁의에서 패배했기 때문에 강제로 매춘을 할 수밖에 없었다고 했다. 실제로 산고의 사건 덕에, 여동생들 역시 같은 운명에 놓이게 되었다는 암시가 숨어 있다.

이는 매우 간단명료하게 정리한 성과 생활의 관계지만 산고의 경우, 시간에 주목을 하여 연애가 전부 금전의 문제가 아니라는 것처럼도 보인다. 그러나 동일하게 경제에 영향을 받는다는 부분 역시 확실하게 드러나 있다. 『방설림』이나 『부재지주』에서처럼 여성들이 마을을 떠났다가 부자의 노리개가 된 것이 아니라, 눈앞에서 지주의 아들에게 기요를 빼앗기고 직접 반발했기 때문에 산고의 '산술식'은 먼 길을 돌아온 끝에야 풀린 것이었다. 요시미네의 겐짱은 친구였고, 거만하게 굴지도 않았기 때문에 산고는 그 구조적인 배후를 쉽게 깨닫지 못했다. 『부재지주』의 문제 제기에 따르면 '건전한 사상'이 문제가 되어 자신이 '어째서 비참한지'를 알아볼 수 없었던 것이다.

그런데 다키지는 이 중요한 인식(경제가 심신의 가장 깊은 곳에까지 침투하고 있는 것)을 어째서 국가의 대리인인 사법주임의 입을 빌려 밝힌 것일까. 사실 엄밀히 말하자면 그렇다고는 말하기 어렵다. 사법주임은 '지주를 향한 증오'라고만 말했을 뿐이며, 시간 문제에 대한 부분은 마을의 여자아이가 보여준 날카로운 시사점 덕분에 부상할 수 있었던 것이다.

오케이와 야스코

그렇다면 오케이와 야스코는 어떨까. 상급 학교로 진학한 친구들이 삿포로나 오타루로 떠난 것과 비슷한 시기에, 야스코는 오타루의 저렴한 식당에서 일을 시작하게 된다. 그곳은 야스코에게 있어 완전하게 색다른 교육의 장이었다. 단골손님 중 '코르덴 옷'이 잘 어울리는 '조합사람'이 있었기 때문이다. 그 사람이 놓고 간 책에는 모르는 말들만 가득했다. 손톱으로 표시를 해두었다가 그가 '고급 정식'을 먹으러 올 때마다 설명을 해 달라고 했다. 오거나이저, 공장회의, 산별, 아지트, 세포, 분회, 테제 등등이었다. 이러한 말들을 알게 된 후, 신문을 볼 때도 전혀 다르게 느껴졌다. 오타루로 나와 콩 선별 공장에서 일하게 된 오케이에게도 재빠르게 새로 배운 지식들을 가르쳐 준다. 그뿐만이 아니다. 야마다라고 하는 '코르덴 옷'이 어울리는 조직책에게 부탁을 받은 대로, 그들의 비밀 집합을 위해 종종 언니에게 방을 빌려 달라고도 한다.

정보나 지식, 행동 등 그 모든 새로운 것들에 대해 오케이와 야스코는 전혀 다른 반응을 보인다. 동생 쪽은 순식간에 도시에 적응했지만, 오케이는 그런 야스코의 모습에서 두려움을 느낀다. 그것은 '공, 산, 당'의 그림자다. 오케이의 '두려움'은 신중하게 다뤄진다. 그녀는 산고의 사건을 겪은 후로, 자신들의 고된 노동에 대해서도 고민을 했고 여러 가지를 알게 되었다. 그러나 일가의 기둥이자 그저 20살일 뿐인 오케이는, 야스코처럼 모든 일을 단순히 생각할 수 없었다. 이것은 그녀 혼자만의 문제가 아니었다.

> 농사꾼들이든 노동자들이든 아슬아슬한 괴로운 생활을 하고 있는 자들은 이렇게 바꾸고 싶다 생각이 들어도, 또 그것이 옳다고 말은 하더라도 곧장 그렇게 태세를 바꾸지는 못한다.
>
> …… 매일 이어지는 생활이 족쇄가 되는 것이다.

야스코는 언니의 기분에 둔감하다. 그러나 그녀도 '열심히' 생각한 것을 말한다.

> '노동자나 농민들을 위해 일해 줬던, 이름은 까먹었는데 세계적으로 유명한 여자가, 언니, 그 사람이 이런 말을 했었어.' ……
>
> '있잖아, 우리들은 짓밟혀 뭉개진 개구리처럼 살아서는 안 돼라고!'

그 말을 하고 바로 이어서 로자 룩셈부르크라는 이름을 떠올리지만, 그것은 오케이에게는 아무런 의미가 없었다. 왜냐하면 자신들이 짓밟혀 뭉개진 개구리처럼 살아가고 있다는 말을 들은 기분이라서, 동생이 괘씸하게 느껴졌기 때문이다. 그리고 참지 못하고 이렇게 말한다. "…… 야스짱은 우리 집에 대해 생각은 하고 있어?"

야스코는 언니가 '평범한 사람'의 사고방식밖에 가질 수 없는 사람이라 결론을 내린다. 독자들은 이 결론에 반드시 동의하지만은 않을 것이다. 야스코도 신중하긴 하다. 그러다가도 로자 룩셈부르크가 자신과 같은 여성이었다는 걸 떠올리면 '가만히 앉아 있기 어려울 정도의 부끄러움'을 느낀다.

방을 조합 사람들에게 빌려준 후부터, 오케이의 일상에는 기묘한 탄력이 붙기 시작한다. 그 자리에 모인 남성들의 분위기가 싫지 않았다. 그녀는 야마다의 여성 해방과 프롤레타리아 해방에 대한 이야기를 듣다 흥분하기까지 한다. 그러던 어느 날, 야스코가 갑자기 일을 그만두고 와서는 '야마다 씨네 집으로 들어가려 해.'라는 말을 한다. 그것은 오케이에게 이중 삼중의 타격으로 다가온다. 우선 야스코의 수입이 사라진다. 그리고 야스코가 야마다와 '함께' 지내게 되는 것은, 입 밖으로 내뱉지는 않았지만 오케이의 성적 결벽에 어긋나는 일이었다. 동시에 그녀 자신도 야마다에게 '어렴풋하게 어떤 마음을 품고 있었다는 것'을 깨닫는다. 이 부분에서는 사상적 흥분과 이성을 향한 마음이 겹쳐지는 부분에 주목했으면 좋겠다.

그뿐만이 아니다. 야스코는 오케이에게 자신의 결단을 어머니에게까지 이해시키라고 강요한다. 누워 지내기만 하는 자매의 어머니는 어두컴컴한 방에서 '넝마조각의 뭉치처럼' 있었다. 오케이는 자신은 짓밟힌 개구리가 아니라, 겨우 고개를 조금 내빼 보았을 뿐인데 곧장 껍질 안에 틀어박혀야만 하는 달팽이와 같다고 비유한다. 결국 그녀는 전보다 일을 더 하며 야스코에게 돈을 가져다 주고 빨래를 해 주는 등 있는 힘껏 동생을 돕는다.

운동의 초점은 계속해서 오오야마 이쿠오 등 사회민주주의 세력과의 투쟁에 있다. 야스코는 모든 것을 전부 다 이해하지는 못하지만, 야마다를 따라다니며 변사가 되기도 한다. '임금 인하 반대' 연설회에서는 아이를 업고 온 노동자 부인들이 단상에 올라와 가난에 대해 호소하기로 되어 있었는데, 그들이 아무 말도 하지 못하자 야스코가 그들을 대변하기도 한다. 그러다 체포되고 만다.

유치소에 들어가기 전, 취조를 받기 위해 허리끈과 속옷 끈도 풀어야 한다는 말에 주저하자 '부끄러워 할 상황도 아니지 않느냐. 너는 운동하는 놈들한테 계속 몸을 대줬을 것 같은데. …… 공산주의라는 게 그런 거지.'라는 말까지 듣게 된다. 이러한 고정관념은 관헌들이 여성 운동가를 굴욕적으로 다루는 데에 편리한 수단이었으나 운동 측에서도 역으로 활용하기도 했다.

예를 들어 1930년의 단편 「폭풍 경계보」에서 활동가 노구치는 같은 건물에 살며 매춘으로 생계를 꾸리는 다마에가 우울해 하는 것을 보고는 3·15 때 잡혀간 여성 동지가 어떻게 고문·강간을 당했는지 이야기를 들려준다. 그러다 다마에는 '나는 성관계를 파는 노동자다.'라고 인식한다. '결국 다 비합법인 셈이네. 나는 손님을 데려오면 그 밤부터 아침까지 공산당원이 된 기분으로 꾸벅 꾸벅 졸고 있는 거야.'라는 말까지 하며 친근감을 느끼기도 한다. 이것은 『히가시굿찬행』에서 늙은 활동가 아버지를 매춘으로 먹여 살리는, 말 없던 딸의 대사로 적절하지 아니한가. 또한 마지막 작품인 『지구의 사람들』에서는 창부가 손님을 찾는 행위와 조직책이 동지를 기다릴 때의 동작이 절묘하게 닮았다는 이야기가 유머러스하게 묘사되어 있다. 그러나 '애정 문제'와 함께 혁명운동이 성산업노동을 어떻게 정의하는가에 대한 이야기는 어떤 방식으로든 모순을 내포하고 있는, 복잡하기 짝이 없는 문제다.

인간 전체를 상대로

다시 한번 시선을 오케이에게로 돌려보자. 왜냐하면 『야스코』의 주축은 그녀이기 때문이다. 실망감을 느끼고 자신을 '달팽이'로 비유했던 오케이. 야마다 역시 이 시기의 그녀를 바라보면서 노동자가 궁핍한 상황 속에 지나치게 몰리게 되면 반동할 힘을 상실하고 '빈민다운 비굴함에 빠져들' 가능성이 있으며, 오케이에게서도 그러한 징후가 보인다며 걱정한다. 그리고 이렇게 말한다.

> 오케이가 이러한 상황에서 빠져나와 저항하는 것은, 야스코가 지금처럼 변하게 된 것의 백배는 어려운 일이다. 그러나 그런 상황 속에 있기 때문에 더더욱(오케이만을 이야기하는 것이 아니다. 오케이와 닮은 몇 백 만의 여성들을) 일으켜주지 않는다면 …… 일으켜줄 수 없다면 이 운동은 진짜 뿌리를 가진 강한 것이

될 수 없다고 생각한다.

오케이는 사사키라고 하는 조직책에게 고백을 받고, 자신 역시 그를 좋아한다는 것을 깨달았을 때 일어서기 시작한다. 사사키는 오케이의 아름다운 면모를 발견하고, 그녀에게도 확실하게 전한다. 그러나 그것도 한 순간의 일. 한번 끌어안고 좁은 방 안을 빙글빙글 돈다. 어머니가 언제 목욕탕에서 돌아올지 모르는 일이다. 그뿐이었다. 얼마 지나지 않아 총검속이 시작되었고 야마다는 잡혀간다. 야스코와 사사키는 이제 오타루에서의 활동은 어려울 것이라 판단하고 상경하기로 결심한다. 그 뜻을 오케이에게 직접 전하지는 못한 채 말이다. 사사키가 괴로워하며 기다리는 사이 야스코는 몰래 눈물을 훔치며 편지를 놓아둔다. 그리고 두 사람은 방을 떠난다.

야스코와 사사키는 '같은 목적을 가진 두 사람'이었지만 오케이는 홀로 남겨지고 만다. 그때 오케이는 다시 한번 깨닫는다. 어두운 '일상' 속에서 여동생을 통해서는 '활기'와 '목적'을 얻었고, 최근에 알게 되었을 뿐이지만 그 누구도 아닌 자신을 원한다고 말해주는 남자의 품에 안겼던 일은 '생활의 길잡이'기도 했다. 오케이가 경험한 것들은 정치의식과 실천과 애정이 상승효과를 발휘하면, 땅을 기는 듯한 생활에서 일어서기 위한 의욕을 일으킬 수 있다는 이야기다.

'어째서 비참한 것인가'라는 지성을 향한 호소, 동료를 발견하는 놀라움, 서로 사랑을 나눌 때(정신적으로든, 관능적으로든) 피어오르는 근원적 존재감, 모든 것이 필요하다. 오케이를 뒤로 하고 떠나는 야스코의 눈물과 사사키만이 아니라 야스코를 잃는 일이 어떤 의미를 지녔는지 자각하게 된 오케이의 모습에 독자는 일순 멈칫할 수밖에 없다. 서로 대조를 이루고 있는 듯 보이던 자매에게도 연속성이 있었던 것이다. 앞으로 달려 나가는 야스코의 뒤를, 오케이는 다섯 걸음 혹은 열 걸음 정도 늦게 좇는다. 독자들은 오케이에게 주의를 기울이다가 야스코의 행동을 신중하게 재확인하게 되고, 독자들의 감정이입은 더욱더 심화된다. 그리고 독자들은 오케이를 통해서 운동에 관여하는 일이 얼마나 힘들든 간에, 둘도 없이 소중한 일이라는 것을 느끼게 될 것이다.

다시 한번 정리를 해 보자. 다키지는 『야스코』에 이르러 드디어 초기에 '인도주의적'이라 평가되던 작품의 과제들과 프롤레타리아 문학으로 평가되던 작품의 과제들을 하나의 작품 속에서 추구하는 데에 도달하게 된 것이 아닐까. 여기에는 여성 등장인물의 역할이 결정적이었다.

『야스코』에서 가장 강조해야 하는 점은, 운동이란 인간 전체를 상대로 해야 한다는 인식이 싹트기 시작했다는 것이다. 그것은 서글픈 경애로 가득 찬 오케이를 묘사한 부분에서 잘 드러나 있다. 생애 동반자로 두고 싶던 다키를 포기했던 다키지의 마음이 어느 정도는 반영된 것이 아닐까.

그러나 그렇다고 해도 『야스코』의 말미는 너무나도 괴롭다. 사사키와 야스코가 도쿄로 떠나는 날, 오케이는 반대 방향인 삿포로행 기차에 몸을 싣는다. 중병을 앓게 된 오빠를 형무소에서 데려오기 위해서였다. '눈앞에는 빛이 하나도 보이지 않는다. 그저 어깨를 파먹는 듯한 무거움에 몸부림을 치며, 암흑 속을 손으로 더듬으며 조금씩 조금씩 나아가는 생활'로 되돌아오게 되는 것이다.

산고가 '어째서 비참한 것인가'를 제대로 분별하지 못한 영향이 이렇게까지 꼬리를 끌고 있는 것이다. 가족을 버릴 준비가 되어 있지 않다면, 오케이는 이 운동에 계속적으로 참가할 수 없다. 그것은 불가능한 일이다. 그러나 야마다가 생각했던 것처럼 그녀 같은 사람들을 '일으켜줄 수 없다면' 운동은 뿌리를 내릴 수 없다. 이 어두운 결말 때문에 『야스코』는 프롤레타리아 문학으로서 무효한 것일까. 그렇다고 할 수는 없다. 운동이 픽션이 아닌 이상 작가에게 픽션으로서 장밋빛 거짓말을 써야 하는 의무는 없지 않은가. 그리고 다키지의 결말은 결국 그렇게 되었다는 것을 이야기하지 않는다. 『야스코』의 「부기」 역시 전편(前篇)만이 끝났음을 알리고 있다. 전체 구상은 그의 노트에 남겨져 있는데, 속편 내용을 보면 야스코는 카페에서 일을 하며 '근대적인 경박한 여성'이 되어 있다. 오케이는 공장에서 일을 하고 있으며, 야스코를 신뢰한다고 말한다.

전력질주—『당 생활자』

지하 생활을 시작하다

1932년 작가동맹은 국제혁명작가동맹(몰프)에 가입하며 화려한 스타트를 끊은 것처럼 보인다. 그러나 국내 정세는 더욱더 악화될 뿐이었다. 봄에는 다키지 역시 어쩔 수 없이 지하 생활을 시작하게 된다. 거의 같은 시기에 지하 생활을 시작한 데즈카 히데타카는 당원과 청년 동맹원 중에 검속을 피해 지하 활동을 할 수 있었던 숫자는 매우 적었다고 기록했다. 지하로 숨어드는 이유는 물론 체포를 피하기 위해서였지만, 체포를 피하는 이유는 운동의 재건과 지속을 위함이었다. 변장, 도망 그리고 반복되는 이사. 또한 거기에 동반되는 긴장감을 생각하면 지하 생활이라는 것이 얼마나 혹독한 일인지 조금은 상상이 간다. 데즈카에 의하면 다키지는 건강 걱정에 좋아하던 담배까지도 끊었다고 한다. 그는 문화단체당 그룹의 책임자를 맡게 되었고 또한 일본반제국주의동맹의 집행위원을 맡는 등 새로운 임무도 부여받았다. 오타루에서 『해상생활자신문』 일을 함께 했던 가자마 로쿠조도 4·16 때 삿포로 형무소에 들어갔었으나, 상경하여 다키지와 오타루의 운동 재건에 대해 이야기를 나누곤 했다. 필시 기쁜 재회였을 것이다.

이때 다키지는 보고와 평론, 소설도 계속 쓰고 있었다. 그러면서도 어머니와 산고의 생활, 여동생의 학비를 걱정하기도 했다. 다키에 대해서도 변함이 없었다. 여름 편지 중에 이러한 것이 있다.

> 같이 보낸 돈은, 돈이 생명인 내가 보내는 돈이라고 생각하고 (왜냐하면 가끔은 가지 절임만으로 사흘을 버틸 때도 있으니까 말이야.) 한여름을 잘 참고 지내신 너희 어머니를 모시고, 하루 정도 시원한 곳에서 쉬게 해드리는 데에 써.

『전집』에는 이 편지가 1932년 8월 20일, 산고에게 보낸 편지라고 나와 있다. 실제 편지는 보존되어 있지 않으며, 날짜 역시 소인의 날짜로 추정된 것으로, 정리하던 때에 내용과 봉투가 서로 분리되었을 가능성도 있다. 내용으로 미루어 보아 다키에게 보낸 편지라 보는 편이 자연스러울지도 모른다(오기노 후지오의 가설). 같은 편지에는 보러 가고 싶지만 돈도 시간도 없다는 이야기, 또한 얘기하고 싶은 게 많아 외출을 한다 해도 요즘은 "다키짱과 만나면 어쩐지 얘기를 할 수가 없어."라는 말도 적혀 있다. 격무에 시달리던 다키지가 집을 비울 때가 많은 다키와 만나려 했다는 것은 역시 꽤나 좋아했다는 증거일 것이다.

9월에는 어머니, 지마와 그의 첫째 딸, 그리고 산고와 간단한 식사를 함께 한다. 산고는 그 이후로 한 번 더 만나지만, 어머니나 지마와는 그날이 마지막이었다. 산고와는 12월에 바이올리니스트 요제프 시게티의 두 번째 일본 공연이 열렸을 때, 그의 콘서트 장에서 만난다. 연주곡은 베토벤의 바이올린 협주곡이었는데, 산고는 형이 시게티의 연주를 듣다가 눈물을 띄우고는 "살아가는 기쁨을 느꼈다."라고 말했다고 한다. 다키지 사망 두 달 반 전의 일이었다. 20년 후, 그때와 같은 히비야 공회당에서 시게티의 공연이 있던 때 산고는 오케스트라의 일원이 되어 있었다. 같은 협주곡을 연주하다 보니 눈물 탓에 악보가 제대로 보이지 않았다고 회상했다.[75]

이러한 정황 속에서 다키지는 소설을 네 편이나 썼는데 대부분 미완성 형태로 발표되었다.

항구에서 시작되는 도입부 묘사가 장대한 구상을 보여 주는 『전형기의 사람들』[76]은 1920년 중반 이후의 오타루 노동운동과 사회운동을 묘사하려 했던 작품이었다. 아키타에서 보낸 소년기나 또 다른 자전적 요소들, 그리고 이전에도 시도했던 과제들을 숙달된 필력으로 농밀하게 그려내고 있다. 『누마지리무라』[77]는 다시 한번 흉작에 고통 받는 농민들과 근처 탄광과의 관계, 생활에 침투한 전쟁과 사회민주주의를 향한 저항을 그리고 있으나 검열과 삭제가 엄청났다.

『지구의 사람들—불을 계승하는 자』[78]는 다키지의 사망 직전에 발표되었다. 지하로 숨어든 이의 작품이 신문 광고로 공표된 탓에 특별고등경찰이 더욱더 격분했다는 이야기가 있다. 배경은 오타루의 노동자 마을인 데미야 지구로, 4·16 탄압으로 인해 '지구의 정신'은 무너진 것처럼 보인다. 만주 침략전쟁이 사람들의 생활 속으로 파고드는 사이, 똑부러진 여성 버스 차장과 학생 출신의 조직책, 장기화된 실업 탓에 부인이 집주인에게 몸을 팔며 생계를 유지하는 노동자 등이 '불을 계승하는 자'로서 등장한다. 이 작품 역시 검열·삭제된 부분이 어마어마했다.

'형태로부터 벗어나자.'

그렇다면 여기서 전작인 『당 생활자』에 대한 이야기를 해 보자. 다키지가 『게잡이 공선』으로 명성을 얻었다면, 『당 생활자』는 전쟁이 끝난 후 다키지의 업적을 전부 부정하게 만드는 논쟁의 불씨가 된다. 이 경위에 대해서는 뒤에서 설명할 예정인데, 우선 발표 당시의 상황을 살펴보자.

1932년 '8월 하순' 날짜로 다키지는 『중앙공론』의 나카무라 메구미에게 편지를 보낸다. 원고료는 되도록 빨리 가족에게 보내 달라는 이야기, 내용이 길더라도 두 번으로 나누지 말고 발표해 주었으면 좋겠다는 이야기와 함께 (타협의 여지를 보여 주면서도) 『당 생활자』라는 제목이 가장 적절하다고 생각한다는 이야기 등이 담겨 있다.

『당 생활자』라는 제목으로 발표될 수 없다는 것을 다키지도 잘 알고 있었을 것이다. 그런데도 어째서 그 시점에 거기에 집착했던 것일까. 어쨌든 다키지 사망 이후 해당 원고는 『전환시대』라는 제목으로 『중앙공론』 1933년 4월호, 5월호에 게재되었다. 원제는 '시대 상황상 허용될 수 없는 것'이어서 가제가 붙여졌다는 말이 명기되어 있었다. 작품의 6분의 1에 달하는 1만 4059자(『전집』 해제)가 검열 혹은 삭제의 대상이 되었고, 전혀 뜻이 통하지 않을 정도로 지워진 부분도 많았다(163쪽 참조). 그러나 무참한 모습으로 발표되었다고는 해도 비합법 활동을 이어가던 저자의 원고를 받아들인 편집자와 중앙공론사의 용기, 그리고 신문 광고에다 '역사적인 걸작'[79]이라 했던 것은 감동적이다. 또한 편집부와 문화연맹, 작가동맹 사람들이 뜻을 모아 검열이나 삭제를 거치지 않은 교정본을 전쟁 이후까지도 나눠서 보관하고 있었다는 것 역시 살해당한 작가에 대한 마음이 엿보이는 대목이다.

앞서 나카무라에게 보낸 편지에서 다키지는 『당 생활자』에 대한 포부를 설명하고 있다. 자신이 쓴 그때까지의 작품들을 포함해 기존의 프롤레타리아 문학의 '형태로부터 벗어나자'는 뜻을 담은 작품이라는 것, 그리고 '단순한 실패를 두려워하지 않고 쓴' 작품이라는 이야기였다.

『당 생활자』는 다키지 작품 중에서는 매우 드물게도 1인칭 시점의 작품이다. 내용은 다음과 같다.[80] '나'는 사사키 야스지라고 하는 등장인물이다. '나' 사사키는 '구라타 공업'에서 일을 하며 공산당원으로서 노동운동과 반전운동을 조직하려 한다. 중국대륙 침략이 진행됨에 따라 전선을 제조하던 구라타 공업은 급하게 독가스 마스크나 낙하산 등을 만들고 있었다(다키지는 실제로 구라타 공업의 모델이 된 고탄다의 후지쿠라 공업 노동자와 한때 연관이 있었다). '나'가 어디에 살고 있는지 알고 있던 동료가 체포되자 '나'는 공장을 그만두고 지하의 비합법 생활을 시작할 수밖에 없었다. '나'와 연락을 취하는 동료 스기야마와 이토가 그 뒤를 잇는다.

지하로 숨어들면 누구나 그렇듯 '나'는 안전한 주거지를 찾는 데에 고생을 한다. 그러다가 운동과는 전혀 관계가 없는 가사하라라는 여성과 '동거'를 하게 된다. 그녀가 상회에서 일하며 벌어온 자금으로 두 사람은 생계를 이어간다. 그러나 '빨갱이'라는 소문이 퍼져 그녀는 해고를 당하고 생활이 핍박해지자 두 사람의 사이는 험악해진다. 너무나도 괴로운 나머지 가사하라는 찻집에서 일을 하게 된다. 그러는 사이 '나'는 시종 운동에 소극적인 가사하라를 불만스레 생각한다. 아름답고 유능한 조직책, 이토 요시와의 비교를 자제하고는 있으나 독자들의 눈에는 두 사람의 대비가 명백히 보인다. 또한 나아가서 '나'가 활동만이 아니라 여성으로서도 이토에게 매료되었다는 것 역시 잘 나타나 있다. '나'와 이토와 스기야마는 구라타 공업의 임시공이 해고되기 전에 결정적인 행동을 보이려 준비한다. 그런데 회사가 선수를 치는 바람에 이토와 스기야마도 해고당한다. 그러나 그것은 결국 '조직의 포자를 퍼뜨리는' 일이 되었다며 「전편」은 끝을 맺는다.

전후의 논쟁

전후의 논쟁이란 이 작품을 계기로 '정치와 문학' 논쟁이 부활한 것을 이야기하는 것이다. 아라 마사히토와 함께 논쟁의 계기가 된 일련의 논문을 작성했던 히라노 겐은, 작품 속 가사하라의 취급을 공산당의 하우스키퍼 '제도'의 예시라며 비난했고 '목적을 위해 수단을 가리지 않는다'는 것과 '정치의 우위성'을 문제삼았다. 히라노의 주된 상대는 나카노 시게하루였는데, 논쟁이 거듭되는 사이 각각의 의견은 수정되어 결국 원래 문제를 제기했을 때의 전제나 논리를 신중하게 점검하지는 못했다. 이쯤에서 간략하게 비판하는 측의 논리를 따라가 보자.

가사하라라는 한 명의 여성을 통해 다키지 본인이 여성에 대해 어떤 의식을 가지고 있었는지가 표출되고 있으며, 이러한 의식은 일본공산당의 여성관까지도 반영하고 있다는 것이다. 가사하라를 다루는 방식은 '목적을 위해 수단을 가리지 않는' 당의 진짜 모습을 드러낸 것이며, 그것은 모든 상황에서의 '정치의 우위성'을 주장하는 것과 같다. 따라서 당원이었던 다키지의 문학은 '정치주의'에 빠진 것이며, 문학으로서의 정당성이 결여되어 있다.

이러한 비판에는 몇 가지 비약과 함께, 한 가지 커다란 결함(작품의 한 줄기인 군수공장의 노동·반전 투쟁이 완벽하게 무시되었다는 것)이 현저히 드러나 있다. 동시에 논자 각각의 운동 경력(특히 전향체험)과 그것에 대한 의미 부여를, 다키지의 소설을 빌려서 논의했다는 느낌 역시 부정하기 어렵다. 그러나 그렇다고 해서 가사하라 '문제'에 의미가 없다고 말하기는 어렵다.

오늘날 『당 생활자』에 대해 논의를 할 때에는, 최근 행해진 몇 가지 뛰어난 조사와 논문들이 도움이 된다. 그중에서 가장 오래된 것이 사와치 히사에의 「고바야시 다키지를 향한 사랑」이다. 여기에서 사와치는 다키지와 지하 생활을 함께 하며 헌신적으로 도운 이토(결혼 후의 성은 모리쿠마) 후지코에 대해 자세히 조사를 한 끝에, 그녀는 작중에서 부정적으로 묘사된 가사하라가 아니라 이토 요시의 모델이었을 것 같다는 주장을 한다.

사와치에 의하면 후지코는 고후의 여학교를 졸업하고 상경 후,

메이지 대학과 긴자의 도안 회사에서 일을 하며 프롤레타리아 미술연구소 연구생이 된다. 또한 '문전(文戰)극장'의 배우로서 무대에 섰고, 당원은 아니었지만 당의 말단조직을 위해 전단지 붙이는 일을 돕기도 한다. 그러다가 다키지와 알게 되었다(그렇다는 것은 이 시점에서 다키지는 전단지 부착까지 하고 있었다는 이야기다). 경위는 불분명하지만 후지코는 경찰에 붙들려 고문을 받았다(소설 속 이토 요시도 고문 체험이 있으며, 상처를 본 어머니는 충격을 받지만 딸의 운동을 이해하게 된다). 그리고 도안 회사의 수입으로 다키지의 지하 생활을 지탱한다. 둘은 실질적인 부부 사이였으며, 후지코의 어머니인 기시도 불러 함께 생활한다. 그러나 1933년 1월, 후지코는 검속되었고 결국 해고당한다. 그때 두 사람은 뿔뿔이 흩어지나 후지코는 사람을 시켜 얼마 되지 않는 해고 수당을 다키지에게 보낸다. 다키지는 눈물을 흘리며 이 이야기를 데즈카 히데타카에게 전했다고 한다. 후지코는 다키지가 사망한 다음 해, 프롤레타리아 문화운동 참가자이자 정치만화가인 모리쿠마 다케시와 결혼한다.

사와치의 조사를 통해 부상한 후지코는 실로 매력적인 여성이었다. 짧은 기간이었다고는 해도, 다키지는 자신을 매료시킨 두 명의 훌륭한 여성들과 함께 생활할 수 있었다. 그러나 후지코가 가사하라가 아니라 이토 요시의 모델이었다고 보는 설은 별개의 문제로, 뒤에서 검토해 보겠다.

획기적인 논문을 두 편 더 이야기 해 보자. 2003년 시라카바 문학관 다키지 라이브러리가 주최한 고바야시 다키지 탄생 100년·사후 70년 기념 심포지엄에서 미야모토 아키는 「다키지가 그려낸 새로운 여성상—리얼리즘 심화에 입각하여」라는 논문을 통해, 다키지의 초기 작품부터 만년 작품까지를 살펴보며 등장하는 여성들에 대한 깊은 고찰을 보여 주었다. 또한 시마무라 데루는 「『당생활자』론 서론—'정치'와 '문학'의 교차점」[81]에서 기본적으로 작가와 화자를 구별한 후에 작품에 내포된 비판을 파악해야 할 필요가 있다고 말한다.

작중에서 '나'는 가사하라를 호의적으로 묘사하지는 않는다. 낮에는 그녀가 일을 하느라 바쁘고, 밤에는 '나'가 연락을 받고 나가야 하므로 두 사람은 서로 전혀 다른 생활을 이어간다. 그러다가 그녀가 마침내 '우리가 함께 살게 된 이후로, 당신은 하룻밤도 집에 있었던 적이 없고 같이 산책해 준 적도 단 한 번도 없어!'라며 화를 낸다. '나'의 입장에서 이 말들은 '이미 잘 알고 있는' '어리석은' 소리다. 그녀를 자신이 하는 일로 끌어들이려 하다가도 그녀가 '감정의 깊이가 얕고 끈질기지 못한 여자'이기에 적절하지 않다며 빠르게 포기하고 만다. 가사하라는 자신들이 위장부부인 것을 주변 사람들에게 들키지 않을까 불안하기도 하고(생각해 보면 '나'도 이 부분을 신경 써야 했다.), '동거'를 하게 된 이상 실제적인 관계 역시 조금은 원했을 것이다. 반면 '맞벌이'의 부담은 그녀를 짓누르고 있었다. '퇴근하고 와서도 밥을 지어야 하고 일요일에도 두 명분의 빨래로 힘들어' 하는 가사하라를 보며 '나'는 '불쌍하다'고 바라보다가도, 그녀가 '스스로 확 돌아설 수 있을 만한 기력과 의식'을 가지지는 못했으며 '나'가 그녀를 돕는다 해도 따라오지 못할 거라며 비판하기에 이른다. 가사하라에게 도대체 무슨 대안이 있을 수 있었겠는가.

실제로 가사하라가 해고를 당하고 두 사람의 생활이 이러지도 저러지도 못할 만큼 궁지에 몰리게 되자, '나'는 그녀에게 찻집 여급이라도 되라며 말을 꺼낸다. 침묵 후 그녀는 '창녀라도 되어 드리겠습니다!'라고 외친다. 결국 찻집에서 일을 하게 된 그녀지만 마음고생도 많았는지 하루종일 서서 일을 하고 '다리 붓기' 때문에 힘들어 한다. 그 모습을 본 '나'는 '오랜만에 책상다리를 한 자신의 위로 앉은 자그마한' 그녀의 몸을 '끌어안았다.'라는 부분이 나오는데, 이 구절은 특히나 독자들의 반감을 사지 않았을까.

가사하라의 노동에(가사노동에까지도) 전면적으로 의존하면서, 그녀의 태도에 대한 잔소리를 멈추지 않는 '나'의 태도야말로 너무나도 염치가 없다. 다키지가 이것을 자각하지 못했을 거라고는 생각하기 어렵다. 가사하라의 '소극적인 면모'가 일종의 저항이 아니라, 단지 지하 생활의 어려움을 보여 주기 위한 예시 중 하나였다면 이렇게까지 묘사할 필요는 없었을 것이다. 소극적이면서도 활동가의 지하 생활을 도우려는 가사하라는 이 소설 속에서 어떠한 역할을 담당하고 있는 것일까.

당연히 그 답은 『당 생활자』를 어떻게 해석하느냐에 달려 있다. 결론부터 말하자면 『당 생활자』는 혁명운동에 관계하는 한 인간이, 개인의 생활을 어디까지 버릴 수 있는가를 극한까지 탐구하려 했던 작품이었다. 이것은 개인의 생활과 당 생활이 완전하게 일치하는 것으로 이해하려 하던 '나'를 날카롭게 관찰하며 성립된다. 극한까지라는 것은 관찰 작업에 상상도 필요하다는 의미다. 그리고 '나'의 생활을 추구하며 개인의 생활이 어디까지 버려질 수 있는가와 함께, 반드시 버려져야 하는가를 이야기하고 있다.

'당 생활'과 개인의 생활

우선 그들은 어떤 목적을 위해 '평범하고 자유로운 생활'을 희생했던 것일까('희생'이란 '나' 스스로가 한 표현이다). 이 질문에 대한 답으로 『당 생활자』는 구라타 공업의 투쟁을 보여준다. 구라타 공업에서 이토와 스기야마 그리고 '나'가 펼쳐온 운동은 힘든 일이었지만 그만큼 의미가 있고 보람찬 것이었다. 원래 200명 정도의 본공들이 일하는 시설에, 독가스 마스크 제조를 위해 갑자기 600명이나 되는 임시공들을 투입시킨다. 노동현장은 당연히 모두에게 열악해진다. 임시공과 본공 사이, 또 남공과 여공 사이의 임금에도 격차가 있다. 게다가 회사는 600명의 임시공들 중 200명은 본공이 될 수도 있다는 분위기를 풍긴다. 이 상황에서 노동조건 개선과 해고 반대라는 큰 뜻으로 모두를 단결시키는 것은 매우 어렵다. 여기에다 반전까지 이야기하려 했으니 엄청난 일이었다.

준군수공장으로 변한 구라타는 '국가를 위해' 장기간 노동을 강요했으며 헌병까지 배치한다. 본공들은 자신의 자리를 지키고 싶어 한다. 임시공들은 어쨌든 전쟁 덕에 직장을 얻었다고 생각하며, 자신들의 어려운 생활과 전쟁은 별개의 문제라고 생각한다. 이런 상황 속에서 이토는 그야말로 세심하게, 그리고 탁월하게 의식 변화를 촉구해 나간다.

반복적으로 전쟁이 경기회복 대책 혹은 최근의 미국처럼 직접 지배자의 이익 수단, 노골적인 지배욕을 보여 줬던 역사를 돌아보면, 구라타 공업 투쟁은 너무나도 당연한 것처럼 보인다. 그러나 그 '당연함'을 실행으로 옮기는 일이 얼마나 어려운 일인지를 생각해 보면 이 투쟁은 숭고하게 보이기까지 한다. 이를 위해 자신의 모든 생활을 희생시켜도 괜찮다 생각했던 '나'가 이해되기도 한다.

그러나 그렇게 생각해 보더라도 실제 '당 생활자'로서 살아가는 일이 그다지 편하지 않기에 이 소설이 존재하는 것이다. 우선 희생해야 하는 것 중 인간관계가 있다. 이때까지도 다키지는 가족을 생각하며 운동을 시작하는 것을 주저하는 인물들(늙은 어머니를 모시고 있는 은행원 사타, 야스코의 언니 오케이)을 등장시켰다. 다키지 본인이 무라야마 가즈코에게 보낸 옥중 서간에서 자신은 어머니와 누나로 인해 '곤부마키'처럼 둘둘 말려 숨을 쉴 수 없다고 말했던 것이나, 어머니가 보내준 이불의 무게가 지닌 뜻에 대해 고민 중이라 했던 말을 떠올려보자. 다키지가 지하 생활 중에 어머니, 누나, 남동생과 함께 식사를 했던 적이 있다는 이야기는 앞서 말했다. 『당 생활자』의 '나'도 스기야마의 도움으로 어머니와 만난다. 헤어지던 순간 어머니는 자신이 죽더라도 '나'에게는 알리지 않기로 결심했다는 뜻을 밝힌다. 장례를 치르러 왔다가 잡힐 수도 있기 때문이었다. 나중에 '나'는 이렇게 술회한다. '나는 단 하나뿐인 어머니와의 관계도 끊고, 여동생과 남동생에게는 행방불명인 몸이 되었다. 그리고 지금은 가사하라와의 생활도 희생시키는 꼴이 되었다.'

가사하라의 역할 이야기로 돌아가 보자. 어머니나 형제자매와의 관계를 끊어 낸 것과는 반대로 가사하라와의 관계는 필요에 의해 지속되고 있다. 즉 그녀에게 의존하는 일(이용하는 일)을 통해 운동을 이어갈 수 있었던 것이다. '이토 후지코는 이토 요시의 모델이 아니었을까' 라는 사와치 히사에의 가설을 앞서 소개했었으나 이토 후지코가 다키지의 생활을 지탱했던 것을 생각해 보면 가사하라에도 그녀의 요소가 투영되어 있다고 보는 편이 자연스러울 것이다. 이토 후지코의 요소들을 이토 요시와 가사하라에게 분담시켰다고 생각하면 많은 질문들이 더 분명하게 답을 얻을 수 있다(단 이토 후지코가 해고된 것은 『당 생활자』가 완성되고 몇 달이 흐른 후였다. 소설이 현실을 예측했던 것처럼도 느껴진다).

만약 가사하라가 이토 요시처럼 뜻을 함께 할 수 있는 여성이었더라면 일방적 이용(희생) 관계는 되지 않았을 것이다(남녀 사이라서 성 문제 혹은 연애 관계가 발생할 경우 『조직책』의 오키미와 이시카와처럼 동지 간의 연애에 대한 고민은 남는다). 가사하라처럼 운동에 대해서는 '소극적' 이면서도 도와주는 여성을 이용해야만 하는 것은, '나' 가 양심의 가책을 느껴야 한다는 의미는 아닐까. 노골적이고 염치없는 그의 말들은, 자신의 멋쩍음을 숨기려는 괴로운 모습으로도 느껴진다. 전편에는 이들의 희생이 정당화되었는지 어떤지에 대한 답은 나와 있지 않다.

개인적 생활을 당 생활과 일치시키기 위해서는 다른 희생도 필요하다. 다키지가 묘사한 '나' 의 지하 생활과 데즈카 히데타카가 평전의 마지막에 회상했던 다키지의 지하 생활을 비교해 보자. 다키지가 운동을 위해 얼마나 바삐 움직였는지는 앞서 이야기했는데, 창작 의욕은 더더욱 고양되어 갔고 독서욕도 여전히 왕성했다. 주머니에는 반드시 메이지·다이쇼 시대의 대표작들을 문고본으로 들고 다녔으며 여러 번 읽어도 재미있다고 했다. 이 시기에 톨스토이의 『전쟁과 평화』도 읽기 시작했다. 가족과 다키에 대한 걱정도 멈추지 않았다. 데즈카는 다키지와 이토 후지코의 생활을 목격한 몇 안 되는 사람 중 한 명이었으며 두 사람이 서로를 걱정하는 모습에 대해서도 증언했다. 또한 다키지와 환담을 나누었던 일도 이야기했다. 처음에는 오타루를 떠오르게 하는 장어집에서 만났지만, 생활이 힘들다 보니 날씨가 좋을 때에는 바깥을 걸어 다니거나 벤치에 앉아서 이야기를 나눴다. 그러다가 10전으로도 맛있는 커피를 마실 수 있는 가게를 발견하면 기뻐하기도 했다. 다키지에 비하면 '나'의 '당 생활'은 극단적으로 제한되어 있다.

이제 와서 말할 필요도 없을지 모르지만 '나', 즉 사사키 야스지는 다키지 본인이 아니다. 가사하라나 이토 요시도 이토 후지코 본인이 아니다. 다키지는 예전부터 등장인물을 복합적으로 형상해 왔었다. 그렇게 함으로써 그의 소설은 평론이나 서간과는 다른, 가장 좋은(그의 의도까지도 초월하는) 실험의 장이 될 수 있었던 것이다.

남들보다 정이 많은 편이었던 다키지였기에 어머니가 보내온 '이불의 무게'에 대해 고민을 했을 것이다. 가족만이 아니라 인간관계 대부분을 운동을 위해 희생한다는 것이 어떤 일인지 구체적으로 상상하고 이해할 수 있는 것은 소설밖에 없을 것이다. 지금까지 써온 소설에도 이 문제가 등장하지 않았던 것은 아니지만, 이 작품에는 철저한 의욕이 엿보인다.

가사하라가 아예 찻집으로 들어가 일을 하게 된 후 '나'의 생활은 이토와 스기야마의 보고를 듣는 것으로 더 제한된다. 다키지는 마치 『1928년 3월 15일』의 와타리가 고문을 당한 후에 계급의식을 확실하게 느꼈던 것처럼 '나'로부터 평범한 생활 요소들을 가능한 한 박리시킴으로써, 또한 소설의 스토리적인 재미를 억제시킴으로써 '당 생활'의 근본을 보여 주려 했던 것은 아니었을까.

잡담을 하고 싶은 욕구

이를 위해 소설에는 또 한 가지 희생이 들어가 있다. 그것은 '잡담'이다. 아직 지하에 숨어들기 전 '나'는 이러한 이야기를 한다. 유치장에서 갑자기 단 음식이 먹고 싶어지는 것처럼, 동료와 만나서도 작은 목소리로 용건만 이야기하는 '일면적'인 생활이 잡담을 하고 싶은 욕구를 낳는다고 말이다. 데즈카의 회상을 통해서도, 다키지 역시 30분간의 잡담에 큰 기쁨을 느꼈다는 것을 알 수 있다.

잡담이란 무엇인가. 어떠한 목적을 정해두지 않고 말을 섞는 일이다. 그 과정에서 자신과 상대에 대한 무언가를 인식하거나 아니면 어떤 일에 대한 정보를 얻고 이해를 심화시킬 수도 있겠지만, 그 무엇보다도 핵심이 되는 것은 말을 섞는다는 것이다. '나'에게는 평범한 사람들이 가지고 있는 깊은 관계 대신 당이 구현하고자 하는 이념과 그 이념을 공유하는 동지들과 맺은 깊은 관계가 있다. 그러나 관헌이 눈을 빛내는 상황 속에서의 운동, 특히 지하로 들어가 가족과 연을 끊고 지내며 '아내'와 얼굴도 못 보게 되었을 때 '나'는 '잡담'을 더더욱 필요로 하게 되었을 것이다. 그것이 신체적 충동처럼 드러난 것은 개인의 생활과 당 생활이 완전히 일치하지 않았다는 것, 혹은 불가능하다는 것을 시사하고 있는 것은 아닐까. 이것은 '당 생활'이 잡담을 나누는 여유를 가져야 한다는 호소로도 들린다.

혹시나 해서 한 마디 더 덧붙여 본다. '나'는 실존 인물 고바야시 다키지가 아니고, '가사하라'도 '이토 요시'도 이토 후지코가 아니다. 그렇다면 여기에 묘사된 '당' 역시 전전의 비합법일본공산당 그 자체는 아닐 것이다. 그렇다고 해서 이 당과 무관하다는 이야기는 아니다. 리얼리즘이 실제 존재하는 것들을 그대로 문자화한다는, 그러니까 애초에 불가능한 행위의 결과물은 아니라는 이야기는 앞서 말한 대로다. 등장인물들이 그러하듯 '당' 역시 다키지의 체험과 사고, 상상의 복합적 산물이다.

나아가 '당'에는 그의 꿈도 걸려있었을 것이다. 외골수인 다키지였기에 비합법일본공산당에 온몸을 바치는 일에는 아무런 망설임도 없었다. 동시에 이리저리 살펴보고 고민할 여유는 없었을 듯 하지만 공산주의의 가능성, 당의 실태와 가능성을 추구하고 싶었던 것은 아닐까. 관념적으로가 아니라 소서의 구체성을 통해서 말이다. 상황을 생각해 보면 '희생'이 부각된 것도 당연한 일일 것이다.

다키지가 이 작품에서 실패를 두려워하지 않고 기존의 프롤레타리아 문학과는 다른 것을 쓰려 했다는 이야기를 떠올려 보자. 그가 청년기 때부터 고민해 온 '혁명이냐, 예술이냐'라는 갈등이 『당 생활자』 속에서는 '혁명이냐, 생활이냐'라는 질문으로 바뀐 것은 아닐까. 당연히 둘 다 포기할 수 있는 일은 아니다. 결과적으로 현존하는 『당 생활자』는 프롤레타리아 문학판 실존소설이 아닐까.

"자네는 어떤가. 소설을 쓸 생각은 없는가."라며 집요하게 물어오는 다키지에게, 데즈카는 쑥스러워하며 적당히 대꾸를 했었으나 언젠가는 어째서 뛰어난 작품이 나오지 않는 것이냐 되물었던 적이 있었다고 한다.

"쓰는 사람은 많이 있지. 그렇지만 다들 손끝이나 몸의 어딘가 한 부분으로 쓰고 있어. 몸은 소중히 잘 놔두고, 머리만으로 달려들고 있다고……. 누구든 몸 전체로 부딪쳐가며 쓰는 녀석이 없을까. …… 죽을 각오로 쓰는 사람은 없는 걸까." (데즈카)

도쿄 겨울 하늘 아래의 죽음

세 시간의 고문 끝에

1933년 2월 20일, 다키지는 동료 이마무라 쓰네오와 함께 공산청년동맹의 미후네 도모키치와 아카사카의 음식점에서 만날 예정이었다. 그러나 그곳에서 그들을 기다리고 있던 것은 쓰키지 경찰서의 특별고등경찰이었다. 미후네가 스파이였던 것이다. 다키지와 이마무라는 열심히 달아났지만 경찰들은 "도둑이다! 도둑이다!"라고 외쳐댔다. 도망칠 수 있을 리가 없었다.

다키지의 '취조'는 경시청 특별고등경찰 나프 담당 나카가와 시게오와 그 부하에 의해 진행되었다. 추운 날씨 속에 알몸이 된 다키지에게 가해졌던 폭력들은 『1928년 3월 15일』에 묘사된 것보다도 훨씬 잔인했다. 다키지는 세 시간 후, 빈사 상태로 마에다 병원으로 옮겨졌으나 곧 사망하였다.

세 시간의 고문이 무엇을 의미하고 있을까. 정보를 털어놓게 만드는 것은 주요 목적이 아니었다. 나카가와와 그 일당이 살의로 가득 차있었다는 것은 말할 필요도 없다. 그러나 빨리 죽이면 목적은 달성되지 않는다. 그들은 다키지를 괴롭히도 싶었던 것이다. 그렇게밖에는 이해할 수가 없다. 여러 끔찍한 고문들이 있었는데, 그중 하나는 다키지의 오른손 집게손가락이 손등에 닿을 때까지 꺾는 것이었다. 작가인 다키지가 더 이상 원고를 쓸 수 없도록 그런 것인데 실제로 이후 다키지는 원고를 쓸 수 없었다.

다키지의 죽음은 다음 날인 21일 오전 3시 경, 라디오 임시 뉴스를 통해 보도되었는데[82] 발표된 사인은 '심장 마비'였다. 일반 미디어들은 패전 후까지 진실을 공표하지 않았다. 소식을 들은 어머니 세키가 두 살짜리 손자를 업고 쓰키지 경찰서를 찾아왔을 때의 사진이 있다. 포대기 속에서 얼굴을 내민 손자의 눈이 확실하게 이쪽을 올려다보고 있는데, 눈을 내리뜬 무표정의 조모와는 대조적이다. 그날 밤 마바시의 집에 모여든 사람 중에는 오타루 시절의 지인인 사이토 지로, 노리토미 미치오, 데라다 유키오 그리고 작가동맹 동료들이 여럿 있었다. 하라 이즈미, 센다 고레야, 기시 야마지는 데스마스크를 만드는 게 어떻겠냐며 한밤중에 석고를 사왔다. 그리고 센다의 친구 중 조각가인 사도 데쓰지를 깨워 급하게 본을 떴다. 다음 날 아침, 경찰이 올까 두려워 석고가 덜 마른 상태에서 벗겨내 마스크는 부서지고 말았으나 사도가 그대로 가지고 갔다. 나중에 세키는 아들의 눈썹이 마스크에 딸려갔다는 것을 눈치 챈다. 현재는 시립 오타루문학관에 기증되어 있다. 화가 오카모토 도우키가 죽은 다키지의 얼굴을 그림으로 그렸다. 우익에 의해 사살된 야마모토 센지의 사촌이자 의사인 야스다 도쿠타로가 시신을 검사했다. 그때 구보카와(사타) 이네코와 주조(미야모토) 유리코가 세키와 야스다를 도와 옷을 벗겼다. 드러난 시신의 처참한 모습에 모두 무의식중에 소리를 내

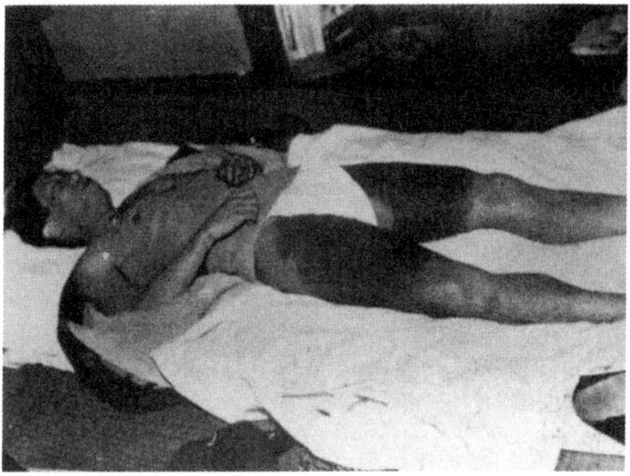
고문 흔적이 생생하게 남겨진 다키지의 시신. 1933년 2월 21일, 마바시의 집에서.

고, 얼굴을 돌렸다. 그러나 세키는 모여든 이들에게 이 상처를 보라며 으름장을 놓으며 옷깃을 헤집어 펼쳤다.

사진을 찍어 두고 전후까지 숨겨 두었다. 다음 날, 해부를 해 달라고 병원 세 곳을 찾아갔으나 거절당하고 만다. 특별고등경찰이 이미 손을 써둔 것이었다.

22일 밤, 하라 이즈미에게 사정을 전해 들은 이토 후지코가 마바시의 집에 잠시 모습을 드러낸다. 세키에게도 인사를 하지만, 다키를 아끼던 세키는 자신이 알지 못하는 이 젊은 여성에게 차가운 태도를 보였다. 다키는 여동생과 함께 밤새 다키지의 시신을 지켰고, 고별식에도 참석했다.

마바시의 집으로 달려온 동료와 지인들 대부분은 검속되었다. 고별식 역시 엄중한 경계 속에서 가족과 몇 안 되는 지인들에 의해 진행되었다. 관은 붉은 깃발로 감쌌다. 화장장까지 가는 사이에도, 또 화장장 안에도 무장한 경관들이 지켜 서고 있었다. 오타루로 돌아간 유골은 『부재지주』 인세로 세키가 지었던 오쿠자와 묘지 고바야시 가족묘에 안장되었다.

2월 20일이 생일이던 시가 나오야는 세키에게 정중한 편지와 부의금을 보냈는데, 일기에는 '절망적인 기분이 든다. 갑자기 그들의 의도대로 살아야 한단 생각이 든다.'라고 적었다. 루쉰은 조전을 보내고, 그가 발기인이 되어 중국의 문학자들이 유족을 위한 모금활동을 시작했다. 프랑스 공산당 기관지 『뤼마니떼』는 항의 운동을 호소했다. 뉴욕 인터내셔널 퍼블리셔즈가 1933년에 출판한 『게잡이 공선과 그 외, 일본 단편집(The Cannery Boat and Other Japanese Short Stories)』은 말미에 고바야시 다키지가 경찰에 의해 살해당했다는 이야기를 전한다. 또한 일본에서는 3월 15일이 노농장의 날로 정해져 있으니 이것을 따라 매년 3월 15일을 '문화의 날'(Culture Day)로 정한 후, 노동자들은 데모를 벌이고 진정한 프롤레타리아 문화를 보급시키는 날로 만들자고 제안하고 있다.

그런데 일본에서 실제로 3월 15일에 노농장이 실시되었을까. 연보 등에는 '실시하였다'고 적혀있기는 하다. 전국 장의위원회가 꾸려지고 쓰키지 소극장에서 개최할 준비가 진행되었다고 한다. 그러나 여러 기록들을 읽어 보면, 참가하려던 사람들과 데모 행진에 참가한 사람들은 거의 다 검속되었다. 물론 다른 지역 어딘가에서 추도 모임이라든지, 집회가 있었을지도 모른다. 전단지가 뿌려졌을지도 모르는 일이다. 그러나 1933년 3월 16일자 『홋카이타임즈』에는 도쿄에서는 전단지들도 인쇄소에서 압수되었다는 보도가 실려 있다. 또한 같은 날짜 같은 신문에는 「오타루 경찰서 전원 철야…… 행사장 거부로 참가자 제로」라는 제목의 기사를 통해 오타루의 소식을 전하고 있다.

그렇다면 실제로는 대부분 개최되지 못했던 3월 15일 노농장에 대해 어떻게 바라보아야 할까. 「고바야시 다키지 추도호」[83]에는 다키지의 소설 『누마지리무라』를 무대에 세운 '유골과 유지를 지키며 투쟁하는 특별공연' 광고가 실려 있었다. 생각해 보면 다키지는 「『1928년 3월 15일』의 경험」에서 소설 속 삭제된 부분 중에는 '옥중 데모로 메이데이 투쟁을 하는' 장면이 있었다고 말했었다. 노농장은 투쟁으로 진행되었다고 보는 것이 가장 적절한 표현일지도 모른다.

누나와 남동생의 이야기

세월이 흐른 후, 다키지의 죽음은 어떻게 받아들여졌을까. 그것은 다키지의 죽음이 당시 얼마나 충격적이었는지, 또 저항에 대한 의욕을 일으켰는지를 살펴보는 데에서 시작되는 것일까. 그러나 충격도 비통함도 잊히기 쉬운 사실들이다.

여기에서 다키지의 형제자매의 이야기들을 참고해 보자.

사후 44년이 지나 당시의 일들을 되돌아 본 산고는, 고통 받은 형의 모습이 아직도 뇌리를 떠나지 않는다고 했다. 또 어머니의 절규도 아직까지 들리는 듯하며, 형보다는 어머니의 정신이 이상해지지 않을까 내내 걱정했었다는 이야기를 했다. 다키지를 잃은 슬픔에서 조금 진정된 유족들을 기다리고 있던 것은 더욱더 깊은 괴로움들이었다. 산고는 이렇게 이야기했다.

> 충격으로 한동안 기억상실 상태였습니다. 이웃들의 차가운 시선, 손바닥 뒤집듯 멀어져 가는 사람들. 우리는 어깨를 움츠린 채, 입술을 꽉 물고 견뎌냈던 것입니다. …… 나는 소속된 악단에서, 내가 다키지의 동생이라는 이야기를 한 적이 없습니다.[84]

소리나 상상도 그렇지만, 사전에서조차 지워버리고 싶은 말이 있다고도 했다.

'형에 대한 추억'을 이야기하는 산고는, 형이 죽은 지 40년이 지났음에도 형에 대해 이야기하는 책들은 읽지 못한다고 했다.

> 학살이라는 말과 마주하고 싶지 않습니다. 다키지의 이야기를 할 때 자주 사용되는 이 단어, 그것이 설령 형의 마지막을 표현하는 데에 적절한 말이라 하더라도 아니 적절하기 때문에, 나는 그 무엇보다도 그 단어를 싫어합니다.[85]

고 오가사와라 마사루(전 오타루 문학관 관장)는 다키지의 누나 지마가 시신 사진을 본 후에 보인 반응을 이야기하며 당사자 이외의 사람들의 감성에 대한 질문을 던졌다. 오가사와라는 1966년 삿포로의 백화점이 기획한 '홋카이도 문학전'의 다키지 코너에 사토 도키치와 지마 부부를 안내했을 때 받았던 충격을 이야기해 주었다.

훈도시 하나만 걸친 채 바로 누워있는 시신 사진을 눈앞에 두고, 누나 지마는 마치 의식을 잃은 것처럼 입을 벌리고 덜덜 떨면서 아무 말도 하지 못한 채 울기만 할 뿐이었다. …… 누나 사토 지마는 30여 년이 지나서야 처음으로 동생 다키지의 시신, 아니 시신 사진을 본 것이었다. …… 그러나 나는 시신 사진을 어떻게 전시할까만 고민하며 눈물 한 방울 흘리지 않고, 표현이 이상할지는 몰라도 나 자신이 우는 모습은 상상도 되지 않았다. …… 말 그대로 눈물도 나오지 않을 만큼 통렬하게 부끄러운 마음으로 누나 지마의 말을 되새길 수밖에 없었다. '언제쯤이면 아무렇지 않게 읽을 수 있을까, 생각하고는 해요.' …… 우리들은 언제부터 아무렇지 않게 읽을 수 있게 된 것일까. '괴로워서 읽지 못하는' 일도 없이…… 이렇게 저렇게 살아가는 사이에 사실과 관련된 지식도 늘고 평가의 여러 가지 측면도 이해하게 된, 아는 일의 퇴폐와 종이 한 장 차이인 객관적인 연구. 인간적 감수성의 둔화·박리·상실.[86)]

'감수성의 둔화'에 대항하여

21세기에 들어선 현재, 다키지의 시신 사진을 보는 것은 무엇을 의미할까. 예전에는 시립 오타루문학관 다키지 코너에 사진 패널이 전시되어 있었으나 2002년에 철거되어 이제 그곳에서는 볼 수 없다. 현재 그의 시신 사진은 『신초 일본문학 앨범』이나 이 책에 실려 있으며, 인터넷에서도 찾아볼 수 있다. 그러나 그것은 공적인 장소에서 보는 것과는 의미가 다르다.

다키지의 처참한 시신 사진이 문학관에 전시된 것은 국가가 이토록 잔인무도한 일을 저질렀다는 사실을 모르는 이들, 알고는 있었더라도 글자로만 접하고 있던 이들에게는 중요한 의미를 지녔을 것이다. 그러나 잔인한 것들은 잔인하기 때문에 사람들은 쉽게 눈을 돌리고 마음속에서 지우려고 한다. 똑바로 바라보는 사람이 있다 하더라도 끔찍한 영상이 범람하는 이 시대에는 잔인한 이미지에 익숙해져 별것 아니라는 생각이 들기도 한다. 어떤 사람은 다른 이의 시신 사진을 보고도 '별것도 아니네'라는 코멘트를 남기기도 했다.

그런 사람들은 문학관을 찾지도 않겠지만, 어쨌든 시신 사진에만 주목하지 않도록 만드는 것이 중요하다. 다키지의 글이나 그를 회상하는 문장들, 소년 시절의 모습 등에서 찾아볼 수 있는 풍부한 문맥을 전체로 두고 그의 죽음과 그 하나의 표상일 뿐인 시신 사진의 위치를 정리할 필요가 있다.

그러나 어떠한 수단을 강구하더라도 오가사와라 마사루가 이야기한 '감수성의 둔화'를 방지하는 것은 어려운 일이다. 다키지 학살의 역사, 그것이 오늘날 지니는 의미에 대해 계속 생각하는 것, 그리고 한 사람의 엄청난 고통에 둔감해지지 않는 것, 모두가 중요한 일이다. 여기에는 끊임없는 대화나 논의가 빠져서는 안 된다. 시신 사진이 전시된 것을 보고 유족들이 가슴 아파하는 일, 다키지가 그런 일을 당한 게 가엾지 않냐고 느끼는 일, 전시를 통해 잔인한 것들에 익숙해지는 것이야말로 무서운 일이라 느끼는 일 등 우리가 생각해야 하는 문제들은 얼마든지 많다. 이렇게 보면 시신 사진을 철거한 것은 그 나름의 효과가 있었던 것일지도 모른다. 그러나 감추기만 하다보면 그 의미도 잊히기 쉽다. 마치 작품 속 검열이 아무런 흔적도 남기지 않고 행해졌던 것처럼 말이다.

문학은 물론이거니와 문학관 역시 '인간적 감수성의 둔화'에 대항하는 장소가 되어야 한다.

에필로그 - 다시 한번 다키지 선생님께

행복한 시간

이렇게 저렇게 반년 동안, 당신이 남겨둔 말들과 당신을 생각하며 많은 분들이 남겨둔 말들 속을 살아왔습니다.

그것은 그야말로 행복한 시간이었습니다. 당신을 회상하는 글들은 정말 재밌었습니다. 그리고 내 마음을 끌어당겼습니다. 당신이 오타루에서도, 도쿄에서도 꽤 많은 사랑들을 받아 왔다는 것을 생생하게 느낄 수 있었습니다. 미움을 사기도 했겠지만, 미워하는 마음은 사람을 끌어당기는 문장을 낳지 못한다는 생각도 들었습니다. 당신은 근본적으로 사람을 좋아하는 타입이지요. 그것은 소설 속 등장인물들을 묘사한 부분에서도 잘 보입니다. 모두들 무언가 하나씩 버리기 힘든 것들을 지니고 있었지요.

이 원고를 쓸 때, 『게잡이 공선』이 유행할 거라고는 상상도 하지 못했습니다. 당신에 대한 이야기를 써도 괜찮은 세상이 온 것은 기뻐해야 할 일입니다. 그러나 불평등사회에 허덕이는 사람들이 늘어나서 유행을 하게 된 것이니 슬퍼할 일이라는 생각도 듭니다.

그건 그렇고 당신이 버블경제 전성기 일본사회를 긍정적으로 바라보았을 거라고는 생각하지 않습니다. 당신도 고도성장 이후로 이어진 풍요로운 분위기가 사람들의 가능성을 키워주는 것은 아니었다고 생각했겠지요. 전쟁에 둔감해진 것도 어제오늘 이야기는 아닙니다. 안타까운 것은 과로사나 집단따돌림 문제에는 떠들썩하면서도, 많은 이들이 빈곤에 대해서 깨닫지 못하는 사회에 대해 의문을 제기하는 단계에는 도달하지 못했다는 것입니다. 가을이 깊어가며 다시 한 번 대공황이 찾아오는 게 아니냐는 불안감이 미국에 퍼져 하룻밤 사이에 사람들의 정치의식이 변한 것처럼 보입니다. 할리우드도 기획을 바꾸고 있다고 하지요.

그러나 나 자신의 미래만을 걱정하며 의식을 변화시키는 것은, 새로운 사회를 창조하는 데에는 '아직 역부족'입니다. 어떤 방향으로 바뀌게 될지는 모르는 일입니다. 소비를 삶의 보람으로 여기는 개인들의 집단인 사회는 이제 곧 끝날 것 같습니다. 그리고 그 뒤를 이을 미래는…….

당신이 지금 여기에 있다면 무엇을 생각하고 어떤 행동을 취할지 실제로 알고 싶었습니다. 지금 독자들이 『게잡이 공선』을 구입하고 실제로 읽고 있다면 자신이 처한 상황을 인식하게 되는 놀라운 실마리를 발견하게 될 것입니다. 그런 후 당신의 다른 작품들과도 만나 사람들이 단결을 위해 갈등하는 모습을 보았으면 좋겠습니다. 연대에 대한 욕구에 눈을 떴으면 하는 마음에서입니다. 희미해진 이 욕구에 숨을 불어넣기 위해서입니다.

'다키지 찾기' 여행은 나의 인생을 바꿔놓았습니다. 우선은 작품 세계 속 사람들, 그들과 그녀들의 이야기, 사물을 바라보는 법과 일하는 모습들 그리고 그 무엇보다도 북쪽 땅의 험준하면서도 아름다운 환경에 정이 들었기 때문입니다. 또한 작가로서의 당신과 활동가로서의 당신을 유행 이전부터, 아니 유행과는 관계없이 소중하게 생각해 온 사람들과 많이 만날 수 있었습니다. 도쿄를 떠나 머나먼 북쪽 땅에서 당신과 신조를 공유하는 사람들과 알고 지내며 나의 세계가 얼마나 풍요로워졌는지 아시나요.

'계속 만나보고 싶었다.'

그리고 몇 명 안 되지만 당신의 친척들과도 만나볼 수 있었습니다. 다키지 선생님. 당신과 혈연관계라는 것이 전후 일본에서 얼마나 힘든 일이었는지 상상할 수 있겠지요. 고바야시 준이치로 씨(산고의 장남, 그는 당시 총리였던 고이즈미 준이치로와 이름이 한자 한 글자 차이라며 쓴 웃음을 지었습니다.)는 어릴 때부터 누가 가르쳐 주지도 않았는데, 자신이 당신의 조카라는 것을 말하면 안 된다고 느끼고 있었다고 합니다. 어른이 되면서 아버지 산고 씨가 친구에게 '형은, 형은' 이라고 입버릇처럼 말하는 것이 한스럽기도 했다고요. 요즘은 조카가 되어서 큰아버지에 대해 아무것도 모르는 것이 부끄럽다고 했습니다.

그러나 이 조카는 당신에 대해서 꽤나 날카로운 직감을 가지고 있었습니다. 당신이 그린 유화를 보여 주며 그는 이렇게 말했습니다. '계속 그림을 그렸더라면 살해당하지 않고 살았을지도 모르는데.' 라며 한숨을 내쉬었지요. 그러나 당신은 화가가 되어서도 운동을 하지 않았을까요. 그런 후 오카모토 도우키가 그린 어머니, 즉 세키 씨의 초상화를 꺼내주었습니다. 재밌었습니다. '잠깐만 먼지 좀 털고'라면서 청소기를 가져와서는 기세 좋게 문지르고는 책상에 세워서 보여 주었습니다. 산고 씨는 준이치로 씨에게도 바이올린을 가르쳐 주려 했지만 실패했다고 합니다. 대신 준이치로 씨는 플룻으로 당신이 좋아한 것으로 알려진 괴테의 시에 차이코프스키가 멜로디를 붙인 「그리움을 아는 사람만이」를 불고 있다고 합니다. 만약 당신이 생존해 있었더라면 함께 음악을 즐기는 시간도 있었겠지요.

어머니 쪽으로는 아키타현 오오다테시의 기무라 유지 씨와 그 가족들을 만났습니다. 유지 씨는 당신보다 열두 살 어린 사촌 동생입니다. 그는 당시에 신문 배달을 하고 있었고, 조간을 펼쳐봤다가 당신의 죽음을 보도한 기사를 발견했다고 합니다. 당신과 만난 적은 없지만 유지 씨는 "큰일이다!"라고 외치며 집으로 달려왔다고 이야기해 주었습니다. 세키 씨와 당신의 시신이 찍힌 사진을 잘라두고 오랫동안 보관했다는 이야기도요.

당신과 관련이 있다는 이유만으로, 그 전부터 집 앞 주재소 순사가 종종 찾아와서 당신한테서 연락은 없었는지 추궁하곤 했다고 합니다. 유지 씨는 전시에는 네무로에서 활주로를 만드는 데에 동원되었습니다. 화차를 끌며 대량의 흙을 옮겼다고 합니다. 당신의 소설 중에 아키타에서 살던 시절의 아버지와 어머니를 연상케 하는 부부가 화차를 타고 빠른 속도로 달리는 장면이 있지요. 전쟁이 끝난 후 유지 씨는 커다란 붉은 깃발을 흔들며 메이데이 데모에 참가했던 기억이 있다고 합니다. 제재소에서 일을 하게 된 후에도 조합 활동으로 바빴다고요. 그러다 병으로 쓰러진 후부터는 양돈을 시작했다고 해요. 못은 하나도 사용하지 않고 직접 지은 돼지우리에서, 돼지들을 돌보는 데에 열심이었습니다. 살아 있는 것들은 잘 보살펴줄수록 은혜를 많이 갚는다더군요. 이것은 당신은 알지 못하는 세계입니다.

유지 씨의 부인인 데쓰 씨는 저에게 "다키지 씨는 사람이 좋아서 공산당에 들어간 게 아닐까."라고 속삭였습니다. 이리로 시집을 와서 그렇게 생각하게 된 거냐 물어보니 "아니, 예전부터 그렇게 생각했어. 사람들을 구하고 싶어서 그랬던 게 아닐까."라는 답이 돌아왔습니다. 데쓰 씨는 여덟 남매였는데, 동생들을 돌보느라 학교에는 오래 다니지 못했습니다. 그래서 요즘에는 읽기 공부와 쓰기 공부를 열심히 하고 있다고 합니다. 마치 세키 씨가 그랬던 것처럼 말이에요. 평일에는 『요미우리신문』을, 일요일에는 『신문 아카하타 일요판』을 빼놓지 않고 읽는다고 합니다.

유지 씨는 올해로 93세, 데쓰 씨는 86세입니다. 두 사람 다 말을 참 잘 합니다. 말수로 따지면 유지 씨보다는 데쓰 씨가 조용한 느낌이지만, 어딘지 모르게 소탈하고 익살스러운 모습은 세키 씨의 분위기와도 닮아 보이는 것 같았습니다. 그러고 보니 고바야시 집안의 밝은 분위기는 어머니의 영향을 받아 형성되었던 게 아닐까요.

유지 씨에게 "다키지 선생님과 만나보고 싶었나요?"라고 물어보았습니다. 그러자 그는 있는 힘껏 힘을 준 목소리로 "계속 만나보고 싶었다."고 말했습니다. 딸 에이 씨 역시 모두들 그렇게 생각한다고 덧붙여 설명해 주었습니다.

세키 씨는 전후 1957년, 다키지 탄생의 땅 비석이 건립된 그 즈음부터 아름다운 산속의 고향 땅을 자주 찾고는 했다고 합니다. 겨울은 도쿄에 있는 산고 씨의 집에서 지내고 '따끈따끈해지면' 오오다테에 들른 후 지마 씨가 사는 오타루시 아사리로 돌아갔다고요. 기무라가를 방문했을 때, 나는 세키 씨의 느긋하고 대범한 성격과 마주한 기분이 들었습니다. 그리고 다키지 선생님, 당신의 작품 속에서도 그런 것들을 느껴왔다는 것을 그제야 깨닫게 되었습니다.

또 한 가지, 깨닫게 된 것이 있습니다. 세키 씨가 도쿄와 오오다테, 아사리 그리고 도마코마이에서 미쓰보시 빵 경영을 이어가고 있는 친척들을 연결하는 인연 그 자체였다는 것을 말입니다. 그렇게 이곳저곳을 돌아다닐 수 있는 모습에서, 당신이 받은 탄압으로부터 해방된 느낌마저 느껴지지 않습니까.

우리가 지금까지 이야기해 온 것들은 지금 『게잡이 공선』을 만난 독자들에게는 상상하기 어려운 세계일 것입니다. 그러나 경제적 핍박뿐 아니라 사상의 탄압 역시 언제든 부활할 수 있습니다. 당신은 그 이야기를 놀라운 생명력을 통해 작품으로 만들어 냈던 것이 아닐까요. 언제나 분주한 생활 속에서 정말로 대단했다고 생각합니다.

다키지 선생님. 나는 진심으로 감사 인사를 드리고 있습니다. 당신이 온몸의 힘을 짜내어 문학과 사회변혁을 함께 추구했다는 일에 대해서 말입니다. 사람들은 누구든 당신처럼 진심을 다해 살아보고 싶다고, 한 번쯤은 생각할 것입니다. 그러한 의미에서 지금의 유행이 한순간의 것이라 할지라도, 당신은 몇 번이든 다시 태어날 필요가 있는 사람입니다.

노마 필드

후기

따지고 보면 당시 유행하던 홋카이도 열풍에 동참한 증조부에게 감사해야 할 것이다. 머나먼 나가노에서 홋카이도로 건너와 오타루에 살게 되면서부터 그는 홋카이도의 전 지역을 대상으로 주식과 미곡, 외환통화, 금융 중개 등의 영역에 손을 뻗었다. 1907년, 네 살이던 다키지를 데리고 고바야시 일가가 아키타에서 홋카이도로 넘어오던 해에 조모가 태어났다. 제1차 세계대전의 호경기 이후 찾아온 불황 탓이었는지, 증조부는 가족들을 데리고 도쿄로 이사를 갔다. 그때 학생이던 할머니는 그 후로 한 번도 돌아간 적이 없는 오타루에 대해 평생 동안 계속 이야기했다.

그러므로 손녀딸인 내가 언젠가는 가 보고 싶다, 가야만 하는 곳이라 생각하며 자랐던 것이다. 꿈이 실현된 것은 1998년으로 딱 10년 전의 일이었다. 가족여행으로 갔다가 우연히 렌터카를 주차시켰던 것이 오타루 문학관 앞이었다. 이왕 여기에 왔으니까, 하지만 시간은 없으니까라며 급히 달려 들어가 바로 앞에 있던 다키지 코너에 들어갔다. 그때 멈춰 서서 읽었던 것이 패널에 전시되어 있던 다구치 다키코에게 보낸 편지 한 구절이었다. 그녀에게 '앞으로 절대' 스스로를 비하하지 말아달라 호소하는 편지였다. 그것이 전혀 예기치 못한, 다키지와의 만남이었다.

예전에 『게잡이 공선』은 읽었다. 일본어를 제대로 읽지도 못하던 때라 처음에는 영어 번역서로 읽었다. 어둡고 쓸데없는 소설이라며 밀어놓았다. 지금 생각해 보면 번역의 문제였을지도 모르지만, 그것 말고도 '소설이란 인간의 마음속 상처'를 그리는 것에 그 본질이 있다는 이데올로기에 잠겨 있던 나에게는 모르는 말로 적힌 작품과 마찬가지로 느껴졌다. 이 소설을 읽을 소양이 갖춰져 있지 않았던 것이다. 다키에게 보낸 편지를 읽었을 때, 사실은 나의 의식이 어마어마하게 좁고 편중되어 있던 것은 아니었을까 하는 의심의 씨앗이 뿌려졌다.

그때부터 다키지에 대해 관여하게 되기까지, 또 이렇게 한 권의 책을 써내기까지 얼마나 많은 분들의 유형·무형의 힘들을 빌렸던가. 모두가 프롤레타리아 문학 따위라고 생각하고 있던 시절 '일본 근대문학 중에 제일 재미있으니까.'라며 다키지와 하야마 요시키, 도쿠나가 스나오, 미야모토 유리코를 대상으로 미시간 대학교 비교문학 학위논문(2001년)을 쓴 헤더 보웬 스트라이크 씨. 계속해서 성원을 보내주었던 동료 최경희 씨. 처음으로 다키지 작품을 읽고 이야기하는 자리를 만들어 주었던 릿쿄대학의 이가라시 아키오 씨, 고지마 나오코 씨와 삿포로대학(당시)의 이마후쿠 류타 씨. 오타루에서의 장기체재를 가능하게 해 주었던 국제교류기금과 나를 받아 주었던 시립 오타루문학관의 가메이 히데오 관장님과 부관장이자 학예원인 다마가와 가오루 씨. 시라카바 문학관 다키지 라이브러리를 세운 사노 지카라 관장님과 학예원 사토 사부로 씨. 시카고대학 도서관 일본서적 담당 오쿠이즈미 에이자부로 씨. 자료 수집과 그 외의 도움을 주었던 사회학 전공 대학원생 고지마 아이코 씨. 수많은 친절에 감사드립니다.

다키지의 흔적을 따라가는, 기쁨을 실천할 수 있었던 것은 여러 만남들 덕분입니다. 각지에서 취재에 응해 주신 여러분. 다키지 연구자 여러분. 오기노 후지오 씨에게는 문헌 관련해서 신세를 졌다. 고바야시 다키지 축제 실행위원회 여러분. 일본민주주의문학회 삿포로지부 여러분. 아키타현 오오다테시의 「고바야시 다키지 작품을 고향에서 읽는 모임」 여러분. 이렇게 나열만 했지만 각 모임의 독자적인 분위기를 느낄 수 있었던 것은 큰 행복이었습니다. 감사합니다.

다키지에 대한 관심을 공유하고 조언해 주신 많은 분들. 이시쓰카 준이치 씨와 지에코 씨, 오가사와라 히로유키 씨, 가토 다이치 씨, 아스카 우타코 씨. 오후나 저녁 쯤에 찾아가면 항상 다과와 환담으로 맞아주시던 신일본부인회 오타루지부에 모이신 여러분.

이름을 다 말할 수 없을 만큼 많은 분들에게 도움을 받고, 제2의 고향이라고 느끼게 된 오타루에 가면 좀처럼 돌아오지 않는 나를 이해해 주었던 남편과 어머니에게도 감사의 한 마디를 전합니다.

일본어로 책을 쓰는 것은 불가능하다, 게다가 다키지에 관한 책이라니 힘들어서 안 될 거라고 우겨댔지만 여기까지 이끌어준 이와나미 신서 편집부의 사카마키 가쓰미 씨. 감사 인사와 함께 고생을 시켜서 죄송하다는 인사도 드립니다. 돌이켜보면 다키지의 작품이 유행하게 될 줄은 상상도 하지 못하던 때부터 열성적으로 나의 신념을 지지해 주었던 일에 대해서도 진심으로 감사드립니다.

마지막으로 그레고리 골리 씨에게 특별히 큰 도움을 받았으므로 기록해둡니다. 자명하면서도 어리석은 것으로 여겨지기 쉬운 리얼리즘을 다시 한 번 파악해볼 용기를 부여해준 것은 그의 저서 『우리의 눈이 더 이상 보지 못할 때:일본 모더니즘 문학의 리얼리즘, 과학 그리고 생태(When Our Eyes No Longer See : Realizm, Science, and Ecology in Japanese Literary Modernism)』(2008)입니다. 특히 미야자와 겐지를 논한 부분에서 대체로 대비관계로 여겨지는 모더니즘과 리얼리즘이 사실은 과학과 윤리로 이어져 있다는 것을 보여준 부분에 대해 감사의 마음을 담아 이 책을 바치고 싶습니다.

2008년 10월 28일 시카고에서

노마 필드

부록

주

1) 나가이 히데오, 『일본의 근대화와 홋카이도』, 홋카이도 대학 출판회, 2007.

2) 시라이시 사치오, 『손으로 쓰는 신문광고—광고가 말한다 ∴미쓰보시』, 미쓰보시, 1993.

3) 데즈카 히데타카, 『고바야시 다키지』, 신니혼 출판사, 2008(지쿠마쇼보, 1958).

4) 좌담회 「고바야시 다키지의 추억」 1968년, 오가사와라 마사루 『고바야시 다키지와 그 주권(周圈)』에 수록.

5) 데즈카 히데타카, 『고바야시 다키지』, 신니혼 출판사, 2008(지쿠마쇼보, 1958).

6) 강연 「고바야시 다키지의 추억」 1953년, 오가사와라 마사루 「두 개의 청춘—다키지와 세이」, 『 고바야시 다키지와 그 주권(周圈)』에 수록

7) 구라타 미노루, 『고바야시 다키지전』, 론소샤, 2003.

8) 데즈카 히데타카, 『고바야시 다키지』, 신니혼 출판사, 2008(지쿠마쇼보, 1958).

9) 좌담회 「고바야시 다키지의 추억」 1968년, 오가사와라 마사루 『고바야시 다키지와 그 주권(周圈)』에 수록.

10) 「투고소년 고바야시 다키지—프롤레타리아 문학의 역습」, 『스바루』 2007년 7월호.

11) 데즈카 히데타카, 『고바야시 다키지』, 신니혼 출판사, 2008(지쿠마쇼보, 1958).

12) 구라타 미노루, 『고바야시 다키지전』, 론소샤, 2003.

13) 다키지·유리코 연구회 편저, 「고바야시 다키지와 있었던 일」, 『고바야시 다키지 독본』, 1970.

14) 「고바야시 다키지 특집호」, 『료쿠큐』, 42호, 1965.

15) 구라타 미노루, 『고바야시 다키지전』, 론소샤, 2003.

16) 고바야시 다키지, 『 늙은 체조교사–다키코 그 외—고바야시 다키지의 초기작품집』, 고단샤 문예문고, 2007.

17) 오기노 후지오, 「오타루 고등상업학교 군교사건」, 『오타루 상과대 학사 기요』, 2008년 3월.

18) 도미오카 단지와 '교장배척운동'에 대해서는 「늙은 체조교사」을 발굴한 소네 히로요시의 자세한 조사 내용이「 고바야시 다키지의 《늙은 체조교사》의 배경과 모델」『(어문』 2007년 12월)에 기록되어 있다.

19) 구라타 미노루, 『고바야시 다키지전』, 론소샤, 2003.

20) 「 고바야시군과 작품」, 『 문화집단』, 1933년 6월호.

21) 「시가 나오야 씨의 문학종횡단」, 『문학안내』, 1935년 11월호.

22) 오타루 고등상업학교사 연구회 편저, 『오타루 고등상업학교의 사람들』, 오타루 상과대학, 2002.

23) 「고바야시 다키지의 추억」 1953년, 『이토 세이 전집』에 수록.

24) 오노 준이치, 「서민 고바야시 다키지의 편린」, 『료쿠큐』 42호.

25) 「군침을 흘리는 다키지—유머와 우정이 넘쳐났다」, 『오타루 상과대학 료쿠큐 신문』 250호, 1953년 8월.

26) 구라타 미노루, 『고바야시 다키지전』, 론소샤, 2003.

27) 「고바야시 다키지를 회고한다 2」, 『문학평론』 1935년 6월호.

28) 다키지·유리코 연구회 편저, 「『클라르테』 시절」 1974년, 『고바야시 다키지 독본』에 수록.

29) 나카노 세이이치, 「다키지 씨의 집념」, 『료쿠큐』 42호.

30) 「고바야시 다키지」 1934년, 『어떤 경제학자의 인생관』에 수록.

31) 오오쿠마 노부유키, 『문학적 회상』, 제삼문명사, 1977.

32) 마쓰자와 신스케, 「다키지와 오오쿠마 노부유키—오오쿠마 노부유키에게 보낸 서간을 중심으로」, 『고바야시 다키지의 문학—근대문학의 흐름에서 찾아보다』에 수록.

33) 「고바야시 다키지」 1934년, 『어떤 경제학자의 인생관』에 수록.

34) 「고바야시 다키지와 혼조 무쓰오」 1963년, 『이토 세이 전집』.

35) 나카노 세이이치, 「다키지 씨의 집념」, 『료쿠큐』 42호.

36) 「슬픈 근원 찾기」, 『월간 오타루』 1992년 10월호.

37) 「다구치 다키—역설적인 사랑을 관철시킨 성실함」, 『북방문예』, 1982년 4월호.

38) 『고바야시 다키지의 문학—근대문학의 흐름에서 찾아보다』에 수록.

39) 「다구치 다키—역설적인 사랑을 관철시킨 성실함」, 『북방문예』, 1982년 4월호.

40) 『북방문예』 1968년 3월호, 『의식』 1967년 3호에서 옮김.

41) 『애매옥』, 1925년.

42) 오기노 후지오, 「오타루 고등상업학교 군교사건」, 『오타루 상과대 학사 기요』, 2008년 3월.

43) 『무산자신문』, 1925년 11월 1일.

44) 고토사카 모리나오, 「이소노 소작쟁의 이야기」, 『신문 아카하타(赤旗)』 홋카이도판 연재, 1990년 9월 7일.

45) 고토사카 모리나오, 「이소노 소작쟁의 이야기」, 『신문 아카하타』 홋카이도판 연재, 1990년 11월 13일.

46) 고토사카 모리나오, 「이소노 소작쟁의 이야기」, 『신문 아카하타』, 홋카이도판 연재, 1990년 11월 20일.

47) 「고바야시 다키지와 있었던 일」 1970, 다키지·유리코 연구회 편저, 『고바야시 다키지 독본』에 수록.

48) 「아메노미야 요조 씨 담화」, 시립 오타루 문학관 편저, 『고바야시 다키지의 초상 2』에 수록.

49) 오기노 후지오, 『북쪽의 특별고등경찰』, 신니혼 출판사, 1991.

50) 『센키』 1929년 12월호.

51) 『프롤레타리아 문학』, 1932년 3월호

52) 「인간을 향한 신뢰」, 『전집』 「월보」 1, 1982년 6월.

53) 『문예 기타미』 1980년 제 11호, 『모시리야』 2008년 제5집에 전재.

54) 『문예평론』, 1935년 5월호.

55) 『신초』, 1933년 4월호.

56) 『신기계파』, 1930년 3월호.

57) 「채플린과 그 외」, 『시네마』, 1927년 12월호.

58) 야마노 치에, 「고바야시 다키지를 회고하다 (2)」, 『문학평론』, 1935년 6월.

59) 「니시키다 가쓰에 씨의 이야기」, 『다키지와 유리코』, 제11호, 1955.

60) 후와 데쓰조, 『고바야시 다키지, 시대를 향한 도전』, 신니혼, 2008.

61) 「『공장세포』,『 조직책』 보론」, 『 민족문학』 2003년 2월호. 또한 야마베는 관련자료의 보고인 『현대사자료(14) 사회주의운동(1)』, 미즈호쇼보, 1964년의 해설자이기도 하다.

62) 『신초』, 1930년 1월호.

63) 고노 도시로·히다카 쇼지 편저, 『야마모토 사네히코 소장-가와우치 마고코로 문학관 소장 「가이조」 직필원고 연구』, 유쇼도, 2007.

64) 『종합 프롤레타리아 예술 강좌』, 1931.

65) 유감스럽게도 발표되지 않은 작품이지만, 『전집』의 「해제」에서 읽을 수 있다.

66) 『도쿄 아사히신문』 1931년 5월 20일자 호외. 오기노 후지오 지적.

67) 오기노 후지오, 『고바야시 다키지의 편지』, 이와나미문고, 2009.

68) 일본민주주의문학회-가나가와현앙지부 『현앙사가미하라문예』 제3호, 2004년 9월.

69) 사가미 여성사 연구회, 「사네사시」, 『아쓰기의 여성 20인—인터뷰 모음』, 2004.

70) 다나베 고이치로에게 보낸 서간 중(1930년 12월 2일).

71) 「고바야시 다키지와의 만남과 삶의 방식으로부터 무엇을 배웠는가」, 『민주문학』, 2003년 2월호.

72) 『프롤레타리아 문학』 1933년 4~5월호.

73) 가미야 다다타카 외, 『'문학'으로서의 고바야시 다키지』, 별권 『국문학 해석과 감상』, 2006년 9월호.

74) 「다키지와 나」, 『방문예』 1968년 3월호, 『화가 오오쓰키 겐지의 세계—지금까지도 살아 있는 역사의 증거』에 수록. 이 화집에 연재삽화들도 수록되어 있다.

75) 『신문 아카하타』, 1976년 2월 15일.

76) 『나프』 1931년 10월~11월호, 『 프롤레타리아 문학』 1932년 1~4월호.

77) 『가이조』 1932년 4-5월호.

78) 『가이조』 1933년 3월호.

79) 『요미우리신문』 1933년 3월 18일.

80) 『히가시굿찬행』도 예외적인 작품 중 하나다.

81) 『'문학' 으로서의 고바야시 다키지』에 수록.

82) 가이드북 고바야시 다키지의 도쿄 편집위원회 편저, 『가이드북 고바야시 다키지의 도쿄』, 학습의벗, 2008.

83) 『프롤레타리아 연극』, 1933년 2~3월 호

84) 『홋카이도신문』 1977년 4월 22일.

85) 『문화평론』 1973년 2월호.

86) 오가사와라 마사루, 「아~ 또 그 2월 달이 돌아왔다—살해당한 세 명, 고바야시 다키지·니시다 노부하루·노로 에이타로」 1972년, 『고바야시 다키지와 그 주권(周圈)』에 수록.

참고 문헌

여기에서는 본문 중에 인용된 서적과 최근 간행된 자료들을 약간 보충했다. 또한 이 목록을 작성하며 선행 연구에 얼마나 의거했는지를 다시 한번 인식했다. 전쟁 전에 시작되어 반복적으로 편찬된 전집, 데즈카 히데타카의 획기적인 평전과 고향 오타루에 밀착하여 정리한 구라타 미노루의 평전, 각각에 대해 감사하는 마음을 담아 경의를 표하고 싶다.

오오쿠마 노부유키, 『어떤 경제학자의 인생관—오오쿠마 노부유키 에세이』, 론소샤, 1993.

고토사카 모리나오, 『이소노 소작쟁의-오타루 항만쟁의 자료집』, 후지출판, 1990.

『이토 세이 전집』 제1권, 3권, 20권, 23권, 24권, 신초샤, 1977~1979.

시라카바 문학관 다키지 라이브러리 , 『오늘날 중국에서 되살아나다, 고바야시 다키지의 문학—중국 고바야시 다키지 심포지엄 논문집』, 히가시긴자 출판사, 2006.

고바야시 다키지, 『늙은 체조교사-다키코 그 외—고바야시 다키지의 초기작품집』, 고단샤 문예문고, 2007.

오타루 고등상업학교사 연구회 편저, 『오타루 고등상업학교의 사람들』, 오타루 상과대학 2002.

고바야시 다키지 축제 실행위원회 편저, 『오타루, 고바야시 다키지를 걷다』, 신니혼 출판사, 2003.

고노 도시로-히다카 쇼지 편저, 『야마모토 사네히코 소장-가와우치 마고코로 문학관 소장 「가이조」 직필원고 연구』, 유쇼도 출판, 2007.
고바야시 다키지 축제 실행위원회 편저, 『가이드북 고바야시 다키지와 오타루』, 신니혼 출판사, 1994.
가이드북 고바야시 다키지의 도쿄 편집위원회 편저, 『가이드북 고바야시 다키지의 도쿄』, 학습의 벗 출판사, 2008.
가네쿠라 기케이, 『화가 오오쓰키 겐지—어떤 프롤레타리아 화가의 생애』, 소후샤, 2000.
화가 오오쓰키 겐지의 세계 창간위원회 편저, 『화가 오오쓰키 겐지의 세계—지금까지 살아있는 역사의 증거』, 오오쓰키쇼텐, 2004.
후지오 고오 작화, 『극화 「게잡이 공선」 고바야시 다키지의 세계』, 고단샤+α문고, 2008.
버라이어티 아트 웍스 기획-만화, 『게잡이 공선 만화로 독파』, 이스트 프레스, 2007.
오기노 후지오, 『북쪽의 특별고등경찰』, 신니혼 출판사, 1991.
하마바야시 마사오, 시라카바 문학관 다키지 라이브러리 기획-편집, 『날카로운 시선—고바야시 다키지와 그 시대』, 히가시긴자 출판사, 2004.
오가사와라 마사루 편저, 『신초 일본문학 앨범 고바야시 다키지』, 신초샤, 1985.
시가 나오야, 『꼬마점원의 신-기노사키에서』, 신초문고, 1968.
데즈카 히데카자, 『고바야시 다키지』, 신니혼 출판사, 2008(지쿠마쇼보, 1958).
구라하라 고레히토-나카노 시게하루 편저, 『고바야시 다키지 연구』,

일본도서센터, 1984(가이호샤, 1948).
시라카바 문학관 다키지 라이브러리 기획-편집, 『탄생 100년 기념 고바야시 다키지 국제 심포지엄 PartⅡ 보고집』, 히가시긴자 출판사, 2004.
후와 데쓰조, 『고바야시 다키지, 시대를 향한 도전』, 신니혼 출판사, 2008.
우도 도시오, 『고바야시 다키지 사론(私論)』, 책의 샘 출판사, 2008.
사토 사부로 기획-편집, 『고바야시 다키지 탄생 100년-사후 70년 기념 심포지엄 기록집』, 시라카바 문학관 다키지 라이브러리, 2004.
『고바야시 다키지 전집』 신장판-전7권, 신니혼 출판사, 1992.
구라타 미노루, 『고바야시 다키지전』, 론소샤, 2003.
『고바야시 다키지와 「게잡이 공선」』 가와데쇼보신샤, 2008.
다키지-유리코 연구회 편저, 『고바야시 다키지 독본』, 게이류카쿠, 1970.
오가사와라 마사루, 『고바야시 다키지와 그 주권(周圈)』, 간린쇼보, 1998.
시립 오타루 문학관 편저, 『고바야시 다키지의 초상』, 『고바야시 다키지의 초상 2』, 오타루 문학사, 1998, 1999.
오기노 후지오, 『고바야시 다키지의 편지』, 이와나미문고, 2009.
마쓰자와 신스케, 『고바야시 다키지의 문학—근대문학의 흐름에서 찾아보다』, 고요 출판사, 2003.
후지타 히로토, 『고바야시 다키지와 그의 동지들』, 학습의 벗 출판사, 2007.
『고바야시 다키지 명작집 「근대 일본의 빈곤」』 쇼덴샤, 2008.

사와치 히사에, 『완본 쇼와사의 여자』, 문예춘추, 2003.
다테노 노부유키, 『청춘 이야기-그 시대와 인간상』, 가와데쇼보신샤, 1962.
이즈 도시히코, 『전쟁과 문학—지금, 고바야시 다키지를 읽다』, 시라카바 문학관 다키지 라이브러리, 2005.
에구치 간, 『투쟁의 작가동맹기—우리 문학 반세기 후편』 상/하, 신니혼 출판사, 1966, 1968.
마쓰모토 다다시, 『영혼의 메시지, 러시아 문학과 고바야시 다키지』, 히가시긴자 출판사, 2004.
시라이시 사치오, 『손으로 쓰는 신문광고—광고가 말한다 ∴미쓰보시』, 미쓰보시, 1993.
『일본공산당 80년—1922년~2002년』 일본공산당 중앙위원회 출판국, 2003.
다나카 오사무, 『일본 자본주의와 홋카이도』, 홋카이도 대학 도서 간행회, 1986.
나가이 히데오, 『일본의 근대화와 홋카이도』, 홋카이도 대학 출판회, 2007.
미우라 아야코, 『어머니』, 가도가와쇼텐, 1992.
유치 아사오, 『프롤레타리아 문학운동—그 이상과 현실』, 반세이샤, 1991.
구라하라 유키오, 『증보신판 프롤레타리아 문학과 그 시대』, 임팩트 출판회, 2004(헤이본샤, 1971).
아라마타 히로시, 『프롤레타리아 문학은 굉장하다』, 헤이본샤 신서, 2000.

오오쿠마 노부유키, 『문학적 회상』, 제삼문명사, 1977.
히다카 쇼지, 『문학 텍스트의 영지―도시-자본-영상』, 하쿠지샤, 1995.
『백년의 오타루』 오타루시, 1965.
『「문학」으로서의 고바야시 다키지』 가미야 다다타카 외, 별권 『국문학 해석과 감상』, 2006.
나가이 히데오-오오바 유키오 편저, 『홋카이도의 백년』, 야마카와 출판사, 1999.
다바타 히로시 외, 『홋카이도의 역사』, 야마카와 출판사, 2000.
세키 히데시 외, 『신판 홋카이도의 역사(하) 근대-현대편』, 홋카이도 신문사, 2006.
모리쿠마 다케시, 『만화 100년―보고 들으며』, 시라카바 문학관 다키지 라이브러리, 2004.
도이 다이스케,『다시 살아나라 고바야시 다키지 〈시와 에세이〉』, 시라카바 문학관 다키지 라이브러리, 2003.
시마무라 데루, 『임계의 근대 일본문학』, 세오리쇼보, 1999.
이토 세이, 『젊은 시인의 초상』, 고단샤 문예문고, 1998(신초샤, 1956).
『우리들은 어떻게 「게잡이 공선」을 읽었는가―고바야시 다키지 「게잡이 공선」 에세이 콘테스트 입상 작품집』, 시라카바 문학관 다키지 라이브러리, 2008.

주요연보

1903년

12월 1일(호적에 의한 것), 아키타현 기타아키타군 시모카와조이무라 가와구치(현재의 오오다테시)에서 태어나다.

1907년

10월 형 다키로, 오타루의 큰아버지 게이기의 집에서 병사.

12월 게이기의 권유로 아버지 고바야시 스에마쓰, 어머니 세키, 누나 지마와 여동생 쓰기와 함께 오타루로 이주.

1916년

3월 시오미다이 소학교를 6년간 개근으로 졸업.

4월 큰아버지의 도움으로 홋카이도 청립 오타루 상업학교 입학.

1919년

교우회지 『존상(尊商)』 편집위원으로 발탁되다.

한 컷 그림, 수채화 등에도 열중했다.

1920년

동료와 회람문집 『소묘』 창간.

1921년

3월 청립 오타루 상업학교 졸업.

5월 큰아버지의 도움으로 오타루 고등상업학교 입학.

「늙은 체조교사」를 『소설구락부』에 투고, 선외가작으로 10월 호에 게재.

1924년

3월 오타루 상업고등학교 졸업.

홋카이도 척식은행 취직.

동인잡지 『클라르테』 창간.

8월 아버지 스에마쓰 사망.

다구치 다키와 만나다.

1925년

다구치 다키를 애매옥에서 해방.

「다구치의 〈누나와의 기억〉」, 「애매옥」 등 집필.

1927년

이소노 소작쟁의 후, 오타루 항만노동쟁의를 응원.

사회과학연구회 참여.

다구치 다키, 자취를 감추다.

「방설림」 기고. 「사람을 죽이는 개」, 「여성 수감자들」(희곡), 「채플린과 그 외」 등 발표.

1928년

제1회 보통선거, 야마모토 겐조 연설대에 참여.

「1928년 3월 15일」 발표.

1929년

일본 프롤레타리아작가동맹 창립, 중앙위원직 맡음.

다구치 다키와 재회.

2월 척식은행 해고.

「게잡이 공선」, 「부재지주」 발표.

1930년

3월 상경.

『센키』 방위 간사이 지역 순회강연 참가.

일본 공산당에 자금 원조를 했다는 혐의로 체포, 고문을 받음.

후에 불경죄, 그리고 치안유지법 위반에 의해 기소, 도요타마 형무소에 수감.

「공장세포」 발표.

1931년

1월 도요타마 형무소로부터 보석 출감.

다구치 다키와의 결혼을 단념.

작가동맹 서기장. 일본공산당에 입당. 「조직책」 발표.

「신여성의 기질」(후에 「야스코」로 개제)이 『미야코신문』에 게재.

「전형기의 사람들」이 『나프』에서 연재 개시.

1932년

미야모토 겐지 등의 인물들과 함께 문화운동 재건을 위한 비합법(지하) 활동을 개시.

파트너 이토 후지코와 함께 아자부 일대를 전전하며 운동의 지도와 집필활동을 이어가다.

「누마지리무라」 발표.

1933년

2월 20일, 쓰키지 경찰서 특별고등경찰에 의해 체포, 고문학살사.

「지구의 사람들」, 「당 생활자」(「전환시대」의 가제) 발표.

실천문학 역사인물찾기 시리즈

1 닥터 노먼 베쑨
세계를 감동시킨 진정한 '큰 의사'

2 케테 콜비츠
천재 여류화가의 사랑과 분노의 자화상

3 주덕해 (절판)
중국 조선족의 큰 별, 잊혀진 혁명가의 초상

4 뇌봉 (절판)
중국 인민을 위해 헌신한 사회주의 노동자

5 여운형 평전
다시 살아오는 해방정국의 민족지도자

6 랭스턴 휴즈 (절판)
아메리카 흑인들을 울린 영혼의 파수꾼

7 아그네스 스메들리 (절판)
원칙을 위해 순교한 세기의 여기자

9 어느 무정부주의자의 죽음 (절판)
스페인 내전의 신화적인 인물, 두루티

10 체 게바라 평전
시대정신을 가장 완벽하게 구현한 휴머니스트

11 스콧 니어링 자서전
자본화된 문명에 저항한 근본주의자

12 비노바 바베
명상과 혁명을 결합시킨 인도의 정신적 지도자

13 프란츠 파농
알제리 독립 투쟁을 이끈 프랑스 정신과 의사

14 바드샤 칸
철저한 '비폭력'으로 제국주의를 물리친
이슬람 전사

15 문익환 평전
역사의 폭풍우를 몰고 온 우리시대의 상징

16 간디 평전
'비폭력' 투쟁을 통해 '폭력'을 제압한 성자

17 오스기 사카에 자서전
아나키스트의 상징, 오스기 사카에의 삶과 사랑

18 약산 김원봉
항일전선의 위대한 별, 약산 김원봉

19 노신 평전
웅대한 자유혼을 지닌 중국의 대문호

20 김산 평전
빼어난 지성과 불굴의 의지를 겸비했던
독립투사

21 빅토르 세르주 평전
러시아 혁명의 연인, 순결한 영혼의 혁명가

22 이현상 평전
우리 현대사가 외면한 세계적 민중혁명가

실천문학 역사인물찾기 시리즈

23 넬슨 만델라 평전
세계 평화의 상징, 우리시대의 살아 있는 영웅

24 김학철 평전
조선의용군 최후의 분대장

25 밥 딜런 평전
포크의 제왕, 1960년대 미국 민주화운동의 아이콘

26 폴포트 평전
"인류 최악의 참사", 킬링필드의 기획자 폴 포트

27 박헌영 평전
비운의 혁명가 박헌영을 통해 보는 한국 현대사

28 티베트의 별 푼왕
티베트를 알고자 하는 이들을 위한 필독서

29 라이너스 폴링평전
과학으로 인류애를 실현한 우리 시대의 영웅

30 김병곤 평전
민중 속으로 들어간 혁명가

옮긴이 강윤화

이화여자대학교 국어국문학과를 졸업하고 같은 학교 통역번역대학원 통역학과에서 석사학위를 받았다. 2009년 「목숨전문점」으로 실천문학 신인상을 수상하며 등단했다. 2012년 대산문화재단 외국문학 번역지원 지원기금을 받았으며 2013년 『어쨌든 밸런타인』으로 창비청소년문학상을 수상했다. 장편소설 『어쨌든 밸런타인』, 소설집 『목숨전문점』, 번역서 『사람과 지역의 학교급식』, 번역서 『묵동기담/스미다 강』을 출간했다. 현재 한일 통번역가로 활동 중이다.

역사인물찾기 31

고바야시 다키지 평전

2018년 1월 23일 1판 1쇄 펴냄
2018년 1월 23일 1판 1쇄 펴냄

지은이 노마 필드
옮긴이 강윤화
펴낸이 윤한룡
편집 정미라, 성유빈
디자인 한시내
관리·영업 이승순, 박민지

펴낸곳 (주)실천문학
등록 10-1221호(1995.10.26)
주소 서울특별시 성북구 보문로 82-3 801호
전화 322-2161~5
팩스 322-2166
홈페이지 www.silcheon.com

ISBN 978-89-392-3021-7

이 도서의 국립중앙도서관 출판시도서목록(CIP)은 e-CIP홈페이지(http://www.nl.go.kr/ecip)와
국가자료공동목록시스템(http://www.nl.go.kr/kolisnet)에서 이용하실 수 있습니다.
(CIP제어번호:CIP2018001796)